Erika Pullwitt

# *Im Lande Gänseklein*

Roman

edition ebersbach

*Bibliografische Information der Deutschen Nationalbibliothek*
Die Deutsche Nationalbibliothek verzeichnet diese Publikation in der Deutschen Nationalbibliografie; detaillierte bibliografische Daten sind im Internet über http://dnb.d-nb.de abrufbar.

1. Auflage 2009

Horstweg 34, 14059 Berlin
www.edition-ebersbach.de


Satz und Umschlaggestaltung: Birgit Cirksena, Berlin
Druck und Bindung: Impress d. d., Slowenien
ISBN 978-3-86915-005-5

# Prolog

Dieser Morgen war sonnig und klar. Noch bis in die Nacht hinein hatte es gestürmt und geregnet, sodass Karin Lohberg nicht schlafen konnte, aber sie hatte so getan, als Steffen gegen ein Uhr nach Hause kam. Sie wollte nicht fragen, nicht jetzt.

Der letzte Schultag vor den Osterferien war mit Terminen und Gesprächen angefüllt und ließ ihr keine Zeit, an das bevorstehende, vielleicht alles entscheidende Wochenende zu denken. Sie saß in ihrem Büro und blickte vom Schreibtisch aus fasziniert auf das vor Sonne fast überschnappende Gelb der Forsythien, die auf der kleinen Rabatte vor dem Verwaltungstrakt der Schule standen. Sie wandte sich lächelnd wieder ihren Arbeiten zu. Erstaunt über ihre Stimmung nahm sie kurz darauf Steffens Zettel in die Hand, den er auf ihre Frühstückstasse gelegt hatte, bevor er am Morgen eilig und wie so oft ohne zu frühstücken losgefahren war, als sie unter der Dusche stand. »Lass uns zusammen einkaufen gehen, bin gegen halb vier zu Hause. Alles wird gut« stand darauf und *zusammen* war dick unterstrichen. Sie steckte den Zettel wieder in die Tasche ihrer Jeans. Das stellt er sich zu einfach vor, dachte sie. Anders muss es werden, ganz anders, wirklich ganz anders, murmelte sie mehrmals vor sich hin, als sie sich wieder über ihre Akten beugte.

Doch an konzentrierte Arbeit war nicht mehr zu denken und als Karin sah, dass es fast zwei war, packte sie Heftstapel und Akten in ihre Schultertasche und verließ das Gebäude.

Von der Sonne geblendet blieb sie im Eingang stehen, schloss die Augen und hielt ihr Gesicht den wärmenden Strahlen entgegen. Als sie die Augen öffnete, verfing sich ihr Blick erneut in dem Forsythienbusch. Mit einem tiefen Atemzug sog sie die Frühlingsluft in die Lungen und fuhr langsam mit der freien Hand über die gelbe Blütenflut. Steffen liebte einzelne Blütenzweige in der alten schmalen Jugendstilvase. Aber den Gedanken, einen Zweig abzubrechen, verwarf sie sofort wieder, auch, weil der Hausmeister über den Schulhof auf sie zukam und ihr schöne Ferien wünschte. Sie versprach, am Montag gegen zehn in der Schule zu sein, wenn die Handwerker mit den Reparaturarbeiten in ihrem Trakt für die Jahrgänge fünf bis sieben beginnen würden, und ging dann rasch zum Parkplatz.

Zu Hause setzte sich Karin mit einer Tasse Tee, einem Stück Käse und der Tageszeitung auf die Terrasse. Es war so hell, dass sie blinzeln musste, aber sie war zu faul, die Sonnenbrille zu holen, und legte stattdessen die Zeitung weg. So blieb sie eine Weile still sitzen, bis die nahe Kirchturmuhr drei schlug und daran erinnerte, dass sie noch einen Einkaufszettel schreiben wollte. Sie tat es aber dann doch nicht, weil Steffen sie begleiten wollte. Er ließ sich eher von Auslagen inspirieren als nach Plan einzukaufen. Steffen liebte es, den besten Fisch und die schönsten Birnen auszusuchen und sich fachmännisch beraten zu lassen, obwohl er nie kochte. Wenn Steffen mit den Marktfrauen herumflachste, kam sie sich manchmal wie ein Anhängsel vor, aber das ärgerte sie nur, wenn sie schlechte Laune hatte. Dann lachte er sie aus. Seit über einem halben Jahr waren sie nicht mehr gemeinsam einkaufen gegangen. Seit

Karin von seiner anhänglichen Freundin wusste, vermied sie dieses freitägliche Ritual.

Er müsste jetzt nur kommen, später würde es voll in den Geschäften sein. Karin schaute auf die Uhr. Sie hatte Herzklopfen. Wahrscheinlich würde er gleich mit ausgebreiteten Armen vor ihr stehen, mit der Alles-ist-gut-Geste. Sie hatte sich fest vorgenommen, diesmal seinem verharmlosenden Charme zu widerstehen. Sie wollte Steffen ihr Verletzt-Sein verdeutlichen, doch ob er auf ihre Bedingungen eingehen würde, war ungewiss. Alle relevanten Kompromisse ihrer fast zwanzigjährigen Ehe hatte sie allein mit sich ausgemacht. Das fand sie einfacher, denn Steffens eloquenter Rhetorik fühlte sie sich oft nicht gewachsen. Doch diesmal hatte sie ihr Inneres gewappnet. Entweder – oder. Sie hoffte auf das Entweder.

Als das Telefon klingelte, überflog sie Ärger, denn sie vermutete Steffen, der sein Kommen auf den Abend verschieben wollte. Fast wütend nannte sie ihren Namen, hörte dann am anderen Ende Stimmengewirr, bevor sich Steffens Sekretärin, Frau Richwein, meldete.

»Frau Lohberg, es ist etwas mit Ihrem Mann. Regen Sie sich bitte nicht auf! Ihr Mann hatte wohl einen Herzinfarkt, die Notärztin ist gerade bei ihm und hat einige Fragen an Sie!«, sagte Frau Richwein mit hektisch hoher Stimme. Karin musste sich setzen.

»Wieso denn das?« Hitze durchflutete sie.

»Frau Lohberg, ich bin die Notärztin. Man sagte mir, dass Ihr Mann häufiger Tabletten genommen hat. Können Sie mir sagen, um welches Medikament es sich handelt? Und hatte er schon mal einen epileptischen Anfall?«

Karin konnte nur verworren denken. Sie versuchte sich das Geschehen in Steffens Büro vorzustellen, war erstaunt, dass sie klar antworten konnte, und nannte der Ärztin das Medikament.

»Was ist denn los, was ist mit ihm?« Ein leichtes Zittern vibrierte in ihrer Stimme.

»Wie ist das mit epileptischen Anfällen? Hatte er schon mal einen?«, drängte die Ärztin.

»Nein!«, antwortete Karin empört, »er ist doch kein Epileptiker!« Was hatte das denn mit einem Herzinfarkt zu tun? Angst kroch in ihr hoch und ein plötzlicher Hass auf die Andere, so abgrundtief, dass sie erschrak.

»Ihr Mann hatte vermutlich einen Schlaganfall. Er lebt, aber es ist sehr ernst. Ich lasse ihn ins … ins Marien-Hospital bringen, dort ist eine gute Neurologie. Kommen Sie bitte sofort dorthin in die Notaufnahme.« Die Ärztin legte auf, ohne jedes weitere erklärende Wort.

Karin saß einige Sekunden mit dem Telefon in der Hand im Sessel. Neurologie. Schlaganfall. Das haben alte Menschen, Steffen ist fünfundvierzig!

Ihr Herz raste. Sie lief in Hektik nach oben und merkte dann, dass sie eigentlich nichts aus dem Schlafzimmer brauchte. Sie hastete wieder hinunter, in die Küche, suchte nach Tasche und Schlüssel. Sie spürte die schweren, schnellen Schläge ihres Herzens und rief ein Taxi. Neurologie klang wie geistesgestört, wie Schwachsinn, wie debil, wie nicht zurechnungsfähig.

In der Notaufnahme wusste man zunächst nichts von der Einlieferung ihres Mannes. Dann war ein Martinshorn zu hören und in großer Eile rollten zwei Sanitäter die Trage in den Flur, auf der Steffen lag, auf dem Rücken, die linke Hand wie typisch für ihn unter den Kopf geschoben, sodass der Ellenbogen schräg nach oben ragte. Er blickte geradeaus, hatte seine Brille nicht auf. Sie sprach ihn an, sprach auch die Notärztin an. Von beiden bekam sie keine Antwort. Seine Augen waren von einem undurchdringlichen, tiefen, glänzenden Graublau, und sein Mund lächelte abwesend. Spöttisch kam es ihr vor. Die Sanitäter drängten Karin zur Seite, um die Tür zu den Untersuchungsräumen zu öffnen. Dann Stille. Er hatte in seinem hellblauen Jeanshemd dagelegen und eigentlich ganz vergnügt ausgesehen, wenn nicht dieser Glanz in seinen Augen gewesen wäre und der Blick in die Ferne.

Karin stand jetzt allein im Flur der Notaufnahme. Sie fühlte, wie das Abweisende, das in solchen Räumlichkeiten wohnt, in sie eindrang. Bewegungslos wollte sie sein, ganz bewegungslos, dann würde dies alles sich auflösen. Nicht denken! Nicht denken! Karin spürte ihren Körper nicht, ihre Gedanken sprangen durcheinander, waren aber eigenartig klar. Steffen könnte sterben, was hätte sie dann alles zu regeln? Die Sache mit der neuen Hypothek. Wo waren die Unterlagen? Auch das Klassentreffen, das er organisiert hatte, müsste sie das absagen? Nein, Steffen stirbt nicht, das wäre ja nach all dem Theater mit dieser Psychopatin wie im Kino. Obwohl es vielleicht das Beste wäre. So ein Quatsch, er wird wieder gesund, und dann wird alles ganz anders, schöner. Wenn er im Kopf nicht mehr klar ist, oh Gott, was denn dann? Dieser Blick!

Eine Schwester führte Karin zum aufnehmenden Arzt, der sich kurz vorstellte und Fragen zur Person abspulte. Sie erfuhr von ihm, dass von Steffens Kopf gerade eine Computertomografie gemacht würde, um zu sehen, wo die Schädigungen seien. Bei einer Blutung müsse Steffen sofort in die Uni-Klinik, zur Operation. Der Arzt sprach sachlich und bestimmt. Das schüchterte sie ein.

Sie registrierte die schwarzen Haare des Arztes, seine

mittelgroße Statur, seinen dunkelgrünen Pullover unter dem Kittel. Während sie antwortete, sah sie Steffen im OP liegen, jemand war damit beschäftigt, seine Schädeldecke aufzubohren. Das Bild war klar in ihrem Kopf.

Der Arzt hatte braune Augen, und sie sagte, dass ihr Mann seit seinem dreißigsten Lebensjahr etwas erhöhten Blutdruck habe und regelmäßig Medikamente nähme. Ja, er habe in letzter Zeit ziemlich viel Stress gehabt. Beruflich und auch leider privat. Warum sie das sagte, wusste sie nicht. Der Arzt fixierte sie kurz, dann fragte er weiter. Karin funktionierte richtig, was die Antworten betraf. Sie wunderte sich, wie viele Gedanken und Bilder parallel im Kopf vorhanden sein konnten.

Dann saß sie wieder draußen im Flur, stand auf, ging umher, bis ihr das Klacken der Absätze auf die Nerven ging. Sie setzte sich wieder, wartete, jetzt mit leerem Kopf. Eine Schwester schickte sie schließlich in die Neurologie.

Vor dem Zimmer des Stationsarztes, durch die offene Tür, erkannte Karin den Arzt von eben. Er saß an einem Schreibtisch, daneben stand ein Krankenbett und eine Schwester war gerade dabei, die Räder zu fixieren. In dem Bett lag Steffen auf dem Bauch, die Arme seitlich angewinkelt, nach vorn weisend. Babys liegen so. Karins Blick folgte einem Schlauch von seinem rechten Handgelenk zu einer Infusionsflasche. Er war nicht zugedeckt, Bettdecke und Kleidung hingen über dem Fußende. Man hatte Steffen ein Krankenhaushemd angezogen und im Nacken zugebunden. Es war zu den Seiten etwas weggerutscht und gab einen keilförmigen Teil seines Rückens frei. Seine Unterhose war zu sehen. Er trug blaue Socken. Karin sah betreten beiseite und schluckte. Der Arzt bemerkte sie und bat sie ins Zimmer. Sie setzte sich auf den Stuhl gegenüber und beobachtete eine Weile die Schreibtätigkeit des Arztes. Sie wagte keinen Blick mehr auf Steffen.

»Zum Glück hat sich der Verdacht auf eine Hirnblutung nicht bestätigt. Der Schlaganfall hat eine andere Ursache, ein Verschluss in der Carotis links. Damit ist leider das Sprachzentrum in Mitleidenschaft gezogen. Der Chef wird gleich hier sein, er will mit Ihnen sprechen.«

Die geschäftsmäßige Stimme des jungen Arztes ärgerte sie nun. Ihr Blick ging zu Steffen, weil er sich aufrichtete, mit dem Po zuerst. Dabei rutschte das Hemd an beiden Seiten herunter und gab den ganzen Rücken frei. Als Steffen sich auf Knie und Unterarme stützte, knickte er rechts etwas ein. Er hob den Kopf und lallte eine Melodie, drehte den Kopf zu Seite, nach oben und unten, lachte zwischen den Gesangsfetzen. Karin erstarrte. Dieser kurze Moment war ihr unerträglich intim und absurd zugleich.

Der Arzt fragte noch einige Dinge und die Schwester versuchte Steffen auf den Rücken zu legen. Es gelang ihr nicht. Steffen lachte merkwürdig fremd und fuhr fort, lallend zu singen, auch als die Schwester den Blutdruck maß. Der Arzt schob Steffen eine Tablette in den Mund und erklärte ihm eindringlich, die Tablette unter die Zunge zu legen und nicht zu schlucken. Die Tablette fiel auf das Kopfkissen und nun drückte die Schwester sie unter Steffens Zunge. Sie hielt seine Lippen zwischen Zeigefinger und Daumen, so, wie man einem Kind den Mund zuhält. Karin empfand es als distanzlose Unverschämtheit, konnte aber nicht protestieren. Die Tablette blieb im Mund, Steffen hörte auf zu singen und legte sich wieder auf den Bauch. Karin wollte ihn anfassen, seinen Kopf streicheln, aber sie konnte ihren Arm nicht ausstrecken. Auch als die Schwester das Bett auf den Flur schob, blieb sie sitzen. Erst nachdem der Arzt sie aufforderte, der Schwester zu folgen, stand sie schwerfällig und widerwillig auf und folgte dem Bett, das schräg gegenüber in ein Einzelzimmer geschoben wurde.

Karin sah sich hilflos im Zimmer um, stellte einen Stuhl neben das Bett und setzte sich. Sie wusste nicht, was sie tun sollte. Steffen hatte jetzt die Augen geschlossen. Darüber war sie froh. Zögernd nahm sie seine linke Hand in ihre beiden Hände und begann plötzlich zu weinen, leise, ohne zu schluchzen. Der Chefarzt kam mit dem Stationsarzt ins Zimmer und schaltete das Licht ein. Karin erschrak. Es war ihr recht, dass sie auf den Flur geschickt wurde, so konnte sie ihre Wangen trocknen. Sie lehnte sich gegen die Wand neben der Tür und wartete. Dann stand der Chefarzt vor ihr, berührte beschwichtigend ihren Ellenbogen und redete sanft auf sie ein. Karin sah in die wimpernlosen, kleinen runden Augen des mittelgroßen Mannes im weißen Kittel und fühlte sich hier völlig fehl am Platz.

»Die Stenose sitzt sehr hoch im Kopf, sodass sie operativ nicht zu entfernen ist, jedenfalls nicht ohne hohes Risiko. Deshalb versuchen wir mit einem neuen Medikament den Blutpfropf aufzulösen. Ob es gelingt, kann ich nicht garantieren. Eine Schwester wird ständig nach Ihrem Mann sehen, außerdem wird das Bett mit einer Kamera überwacht.«

Karin schätzte den Mann auf sechzig Jahre. Durch die schütteren hautfarbenen Haare schimmerten bräunliche Altersflecken.

»Das genaue Ausmaß der Läsion lässt sich auf den CT-Bildern noch nicht abschließend beurteilen, dazu ist es zu früh. Ich kann Ihnen aber bereits sagen, dass Ihr Mann jetzt Aphasiker ist.«

Karin nickte, warum wusste sie nicht. Von Aphasie hatte sie noch nie gehört.

»Wäre Ihr Mann eher gefunden worden, hätte er größere Chancen gehabt. Tut mir sehr leid. Aber wir tun alles, um die Läsion einzudämmen.« Er fasste erneut ihren Ellenbogen, verstärkte den Druck und ließ dann los.

»Ja«, sagte Karin und dachte, dass sein Kopf wie der einer Schildkröte aussah, faltig und farblos. Sie wartete darauf, dass sich der Kopf in den Panzer zurückziehen würde.

»Kann ich über Nacht hierbleiben?«, fragte Karin. Doch der Arzt schüttelte den Kopf und sagte, dass das nicht nötig sei und sie ihre Kräfte in Zukunft noch brauchen werde.

Sie fuhr nach Hause, packte die notwendigen Sachen zusammen, aß einen Apfel, erbrach ihn und brachte dann die gepackte Tasche ins Krankenhaus. Sie sortierte alles in den Schrank ein, blieb noch eine Weile an Steffens Bett sitzen und betrachtete ihn, der nun auf dem Rücken lag und schlief. Er nahm sie nicht wahr, auch nicht, als sie sich über ihn beugte und seine Lippen zart berührte.

Der Nachthimmel war sternenklar und der beginnende abnehmende Mond hatte sich mit einem kalten, schützenden Hof umgeben. Karin stand in der Terrassentür und las immer wieder den Zettel vom Frühstückstisch. Eben erst hatte sie entziffert, was sie bloß für Steffens Unterschrift gehalten hatte. *Stelika* stand da, nicht Steffen. Steffen liebt Karin. Damals, als sie ihre Schülerliebe geheim halten mussten, steckte sie ihm ihren Antwortzettel heimlich in die Tasche, auf dem sie *Kaliste* geschrieben hatte. Karin liebt Steffen. *Kaliste* und *Stelika.*

Verzweiflung überflutete sie. Erschöpft vom Weinen schlief sie schließlich auf der Couch ein, bis stechende Sonnenstrahlen sich durch ihre geschlossenen Lider bohrten.

Sie erwachte.

# 1

Das Stimmengewirr, durchsetzt von swingenden Jazzrhythmen, drang durch die angelehnte Terrassentür. Zwar gedämpft, aber bei Weitem nicht so, dass Karin Lohberg sich hätte erholen können. Der Wunsch nach Stille und Alleinsein hatte sie, nachdem sie sich im Bad frisch gemacht hatte, nicht sofort wieder zu den anderen Gästen gehen lassen. In den letzten Jahren blähte sich dieser Wunsch manchmal zu einem heftigen Begehren auf, zu einer verzehrenden Sehnsucht nach Unerfüllbarem. In diesem Sehnen lagen jedoch Unzufriedenheit und Neid hinterhältig auf der Lauer.

Gern wäre sie jetzt durch den parkähnlichen Garten gegangen, den die Gastgeber liebevoll angelegt hatten, aber die Wege waren noch nass von dem heftigen Gewitterguss des frühen Abends. Es roch sommerlich frisch und zugleich bereits modrig feucht nach Herbst. Karin liebte diesen Geruch und atmete ihn tief ein. Sie fragte sich, was sie sich von diesem Abend versprochen hatte. Sie lehnte sich an einen der Palisadenpfeiler, die an der Wetterseite der Terrasse einer üppigen Kletterhortensie Halt gaben, und schaute in das große Wohnzimmer ihrer Freundin Jutta, in dem geredet, gescherzt und gelacht wurde. Steffen trug nicht zu der Geräuschkulisse bei.

Er stand allein am mittleren von drei Stehtischen, die in einer Ecke platziert waren, nippte gelegentlich an seinem Weinglas, schaute mal in die heiter plaudernde Runde, mal auf die leeren Dessertschalen vor ihm. Die drei Männer am Tisch links von ihm waren in ihr Gespräch vertieft. Einer von ihnen wandte Steffen den Rücken zu, die beiden anderen die Seiten. Am Stehtisch rechts zeigten sich vier Frauen Fotos, Karin konnte ihre Entzückensausrufe an den Gesichtern und Gesten ablesen. Sie war sicher, dass die vier gleichzeitig redeten. Die anderen Gäste verteilten sich auf den Sitzgelegenheiten rund um den Esstisch und am Kamin. Immer wieder ging jemand in die Küche, um sich vom Büfett zu bedienen. Die Unterhaltung war rege, Gesprächsthemen gab es offensichtlich zuhauf, denn fast alle kannten sich seit fünfundzwanzig Jahren, einige weit länger. Karin und Steffen waren mit den Gastgebern, Jutta und Klaus-Dieter Schmetzler, seit Studium und Referendarzeit mehr oder weniger befreundet. Karin sah Jutta mit Wein- und Wasserflasche von Tisch zu Tisch schlendern und nachschenken, sah sie lachen und Luftküsschen verteilen. Vor den Gästen am Couchtisch richtete sie sich sehr gerade auf, wobei sich ihre Schulterblätter zu berühren schienen. Die Oberarme setzten die waagerechte Linie der Schultern fort, die Unterarme standen senkrecht nach oben, in jeder Hand schwenkte sie eine Flasche. Der üppige Busen wölbte sich prächtig in dieser Siegerpose. Jutta war ein Ausbund an Energie, auch noch mit neunundsechzig, was sie jeden wissen ließ.

Karin begann zu frösteln und machte Anstalten, wieder hineinzugehen, als sie sah, dass Jutta sich zu den drei Männern am Tisch neben Steffen stellte. Sie lachten. Jutta hatte die Flaschen abgestellt und die drei Männer prosteten ihr nun zu. Jutta nahm dem Mann, der Steffen den Rücken zuwandte, das Glas aus der Hand und trank es in einem Zug leer. Mit ihm war Jutta in dritter Ehe siebenundzwanzig Jahre verheiratet. Klaus-Dieter, der sich gern Diddi nennen ließ, blickte Jutta kopfschüttelnd an und machte eine Bemerkung, die die anderen lachen ließ. Karin bemerkte Steffens argwöhnischen Blick, als er ansetzte, den Platz zu verlassen. Seine rechte Augenbraue war deutlich hochgezogen und die Mundwinkel zuckten. Er musste entweder im Rücken einer der vier Damen vorbeigehen, wo der Platz durchaus ausreichen würde, oder er musste den Rücken von Klaus-Dieter streifen, der wegen seines ausladenden Bauches weiter als die anderen vom Tisch weg stand. Das würde nicht ohne Körperkontakt gehen. Karin hätte wetten können, dass Steffen sich den Weg an Klaus-Dieter vorbei wählen würde, und musste lächeln, als Steffens Ellenbogen gegen den Rücken des massigen Mannes stieß. Klaus-Dieter, Diddi, der sich früher gern als Steffens engsten Freund bezeichnet hatte, drehte sich halb um, und Karin hörte seine laute, sonore Stimme.

»Mensch, Steffen, ich wusste gar nicht, dass du hinter mir stehst!« Er klopfte Steffen auf die Schulter. »Alter Junge, wie schön, dass du dich mal wieder unter die Leute gemischt hast!«

Karin beeilte sich, wieder ins Wohnzimmer zu kommen. Sie trat an den Stehtisch, als Jutta Steffen über die Wange strich und sagte: »Es ist so schade, dass du nicht mehr Tennis spielst!«, und zu den anderen gewandt fuhr sie fort: »Wisst ihr noch, wie wir uns früher die Bälle um die Ohren geschlagen haben? Und Steffens Aufschlag ...«

Steffen hob die Hand und sagte: »Ich Tennis ... ja ... spielen. Ju... Jutta nicht!« Steffen betonte das Wort *nicht* sehr deutlich. Jutta zog die Augenbrauen hoch, erwartungsvoll, und Steffen formte die Lippen, konnte aber so schnell kein Wort herausbringen.

»Genau«, unterbrach Karin hastig, »Tennis ist nicht mehr. Vorbei ist vorbei. Gegenwart ist angesagt.« Sie fing dabei Steffens Blick auf und schüttelte den Kopf, aber so wenig, dass nur Steffen es wahrnahm. Er ließ ein verärgertes *Scheiße* hören, eines der wenigen Wörter, zu denen er sicheren Zugang hatte. Die anderen lachten.

»Ja, da hast du recht, Steffen!«

»Ich dachte, du bist schon weg«, wandte sich Klaus-Dieter an Karin.

»Und lasse Steffen hier allein in der Ecke stehen?«

»Ich habe Steffen nicht gesehen, deshalb nahm ich an ...« Weiter kam er nicht, weil Jutta Steffen und Karin ein Glas Wein hinhielt und Prost sagte. Alle anderen hoben auch ihr Glas und tranken.

»Doch«, begann Steffen erneut, »ich ... Monate, nein Minuten hier ... zwanzig, genau ... zwanzig Minuten ... ich ... hach, Scheiße!« Steffen machte eine wegwerfende Handbewegung. Jutta, die ihn inzwischen um die Taille gefasst hatte und an sich drückte, meinte, dass er doch tolle Fortschritte gemacht habe.

»Is gut, is gut«, sagte Steffen und löste sich aus Juttas Umarmung, stellte das Weinglas ab und ging mit einer leeren Dessertschale in die Küche. Die Umstehenden lächelten oder lachten verlegen.

»Tscha«, sagte jemand.

»Ich hole mir auch noch was«, sagte Karin.

Außer Steffen war niemand in der Küche. Er betrachtete das Dessert- und Käseangebot. Karin stellte sich neben ihn und schmiegte ihre Hand in seine. Er schaute sie an und schüttelte den Kopf.

»Ich nicht, nein ... Kar... Kar... äh ... aber ich ... Stopp ... nicht.«

»Ja, ich weiß, ich kann das auch nicht mehr ertragen. Aber wir waren über ein Jahr nicht mehr bei Jutta.«

Steffen schüttelte immer noch den Kopf und stieß verärgert Luft durch die Nase. Er tippte mit dem Zeigefinger auf Karins Brust und sagte: »Ich nicht … Ka… Kar… rin.«

»Na, könnt ihr euch nicht entscheiden? Jutta hat ja wieder gezaubert. Toll!«, tönte plötzlich die unverkennbare hohe Stimme von Britta Storowsky hinter ihnen, eine der Frauen, die am Stehtisch die Bilder kreisen ließen.

»Ja, das kann sie wirklich gut. Steffen, soll ich dir noch etwas von der bayrischen Creme geben? Die isst du doch so gern.« Doch Steffen hatte sich einen neuen Teller genommen, zeigte auf den Käse und begann von dem Brie, der sich auf der Käseplatte breit gemacht hatte, einen Teil abzuschneiden.

»Ja, das ist eine Idee«, stimmte Karin zu und machte sich auch an dem Käse zu schaffen.

»Wie geht es dir, Steffen? Du siehst aber prima aus.« Britta stupste Steffen neckisch in die Seite.

»Mir geht es gut«, antwortete Steffen schnell und flüssig. Das war Steffens einziger vollständiger Satz, der fast immer gelang.

»Ja, toll! Und mit der Sprache geht es ja auch schon viel besser«, stellte Britta fest, füllte einen großen Dessertteller und wandte sich auch schon wieder zum Gehen.

»Mein Gott … ich … sprecheren …«, Steffen verdrehte die Augen und schaute Britta belustigt an.

»Doch, doch, du machst immer mehr Fortschritte«, meinte sie und trat von einem Bein auf das andere. »Pass auf, bald kannst du wieder richtig sprechen.«

Steffen lachte gekünstelt und winkte ihr mit dem Käsemesser zu, das er noch in der Hand hielt. Als Steffen sich aufrichtete und mit konzentriertem Blick gegen die Wand von fünf aufwärts zu zählen begann, blickte Britta Hilfe suchend zu Karin, die lautlos das Wort *warten* formte. Ihr stark geschminktes Puppengesicht hatte Karin immer fasziniert. Auch jetzt, nach Jahren, war es ein Blickfang.

»Zwanzig! Schlaganfall zwanzig … Monate … nein, äh … Jahre! Zwanzig Jahre! Mein Gott!« Steffen schaute Britta mit hochgezogener Augenbraue an.

»Nein, das kann nicht wahr sein, schon so lange ist das her? Das ist ja nicht zu fassen!«

»Ach ja, Britta, die Zeit vergeht. Wenn du …«, Karin hielt kurz inne und gab dem spontan begonnenen Satz eine andere Richtung, »wenn du noch Brie haben willst, musst du schnell noch zugreifen, bevor Steffen alles leerräumt.« Mit Britta hatten sie früher oft gemeinsam Dinge unternommen und gefeiert. Karin hatte sie und ihren Mann Lothar in den ersten Jahren nach dem Schlaganfall zwei- oder dreimal zum Essen eingeladen. Eine Rückeinladung war nie erfolgt. Einmal stammelte Britta erschrocken herum, als Steffen sich am Telefon meldete, was selten vorkam. Er regte sich über das Erschrecken und Gestotter der Anrufer heftig auf, denn es war nicht nur Britta, die nicht mit ihm am anderen Ende rechnete. Vermutlich gehörte sie auch zu denjenigen, die den Telefonhörer sofort wieder auflegten, wenn sie seine Stimme hörten. Als Karin sie einmal fragte, warum sie nicht mal anrufen würde, meinte sie, dass ihr vor lauter Schreck nichts einfallen würde, was sie Steffen sagen könne, wenn er am Apparat sei. Auch wolle sie nicht stören, weil Karin ja wegen Steffen genug um die Ohren hätte. Deshalb würde sie sich nicht melden, aber sie sei immer für sie, Karin, da, wenn sie gebraucht würde.

»Ich muss jetzt aber wieder rein, sonst ist mein Platz weg.

Ich zeige dir nachher mal neue Bilder meiner Enkel. Drei sind es jetzt und im Dezember kommen Zwillinge! Komme gar nicht mehr zum Golfen!« Sie verließ die Küche, es war still. Karin lachte kurz und schaute Steffen an, der mitlachte, weil Karin lachte.

»Was war denn das jetzt? Sonst ist mein Platz weg, blöder geht's kaum!« Karin schüttelte den Kopf.

»Ich weiß nicht«, sagte Steffen, was bedeutete, dass er das, was Britta sagte, nicht verstanden hatte. Karin erklärte es langsam, musste *Enkel* durch das Zeigen der Körpergröße von kleinen Kindern verdeutlichen und die Anzahl *drei* mit den Fingern zeigen. Dass noch Zwei im Werden waren, umschrieb sie mit der Nachahmung eines Schwangerenbauches. Steffen nickte, er hatte verstanden, aber das mit dem freien Platz konnte Karin nicht deutlich machen.

»Is gut«, sagte Steffen schließlich, »is gut«, tippte sich an die Stirn und zeigte auf seine Armbanduhr.

»Ich ... ehm ... Waldweg«, meinte er, deutete mit dem Zeigefinger auf Karin und fuhr fort: »Kar... Ka... rin nicht.«

»Doch, ich gehe mit, nach dem Käse. Ich fahre, ich habe so gut wie nichts getrunken.« Karin bestätigte ihren Entschluss mit einem Kuss und ließ Steffen den Vortritt, als sie beide mit ihren Käsetellern wieder ins Wohnzimmer gingen. Am Esstisch saßen drei Frauen und ein Mann, die angeregt diskutierten. Zwei Stühle waren frei. Das Gespräch wurde nicht unterbrochen, man blickte nur kurz hoch, Weingläser wurden zur Seite geschoben. Karin hörte zu, während sie aß. Es wurde von unternommenen und geplanten Reisen erzählt, von Theater- und Opernaufführungen, von Ausstellungseröffnungen und Museumsbesuchen, von guten und schlechten Essen in diesem oder jenem Restaurant. Karin wartete auf eine Gelegenheit, um von ihrem Entschluss zu erzählen, drei Wochen in einem Wellness-Hotel an der Nordsee zu verbringen, um zu lesen, zu fotografieren, vor allem, um allein zu sein.

Als Karin freudig ihr Vorhaben darlegte, wurde allgemein fragend eingewandt, dass Steffen dann ja allein zu Hause sei. Leicht zweifelnd wurde eingesehen, dass das schon gehen würde und drei Wochen sicherlich ein Experiment wären, das aber unter Umständen abgebrochen werden könne, auch weil Steffen sich lachend mit *Karin weg* und *prima* äußerte. Dann wurde überlegt, ob es nicht für Karin besser sei, eine Studienreise zum Beispiel nach Ägypten zu machen. Da sei sie unter Leuten, würde tolle Dinge sehen und in eine andere Kultur eintauchen und vor allem könne sie etwas erleben. Allein an der Nordsee, da würde sie doch depressiv. Die vier am Tisch waren einhellig der Meinung, dass Karin umbuchen solle. Doch sie müsse wissen, was ihr gut tun würde.

»Ja, so ist es«, erwiderte Karin. »Mir steht der Sinn nach Ruhe und vor allem nach mir.«

Das Gespräch glitt wieder zu den Themen Reisen, Essen und Kultur. Karins Blick blieb an Roberts müdem Gesicht hängen, das zerfurcht war und voller Mitesser unter den Tränensäcken. Steffen und er waren gleich alt und hatten früher hin und wieder ein Segelwochenende miteinander verbracht. Zwei Jahre nach dem Schlaganfall war Steffen von Robert einmal zum Segeln mitgenommen worden, danach nie wieder. Das mehrmals laut verkündete Angebot, im Ruhestand mit Steffen Fahrradtouren zu machen, stand schon drei Jahre im Raum.

»Ich«, sagte Steffen plötzlich laut, »ich … gestern … nein … äh …«, er kam nicht weiter und sah Karin an.

»Ich weiß nicht, was du meinst. Versuch's noch mal.«

Die anderen blickten Steffen verdutzt an.

»Ich Bonn … Mu… Muse…«

»Ach, du meinst die Guggenheim-Ausstellung in Bonn!«, sagte Karin erleichtert, »ja, wir waren kürzlich auf der Museumsmeile und haben uns die Guggenheim-Ausstellung angesehen.«

»Mensch … mein Gott! … Mensch und fünf Uhr …«, sagte Steffen und schaute die anderen erwartungsvoll an, die ihrerseits Karin fragend ansahen. Karin überlegte, was Steffen gemeint haben könnte. Steffen wiederholte *fünf Uhr* und *Mensch* mehrmals, und unterstrich die Richtigkeit seiner Feststellung mit *mein Gott … aber auch.*

»Ah ja, Steffen meint wahrscheinlich, dass es sehr voll war, viele Menschen, und wir konnten nur zu einer vorgegebenen Uhrzeit in die Ausstellung gehen, die Karten mussten vorher reserviert werden. Man hatte nicht viel von der Ausstellung, viel zu viele Gruppen.«

»Ja, blöd«, bestätigte Steffen.

»Da macht ihr ja schöne Ausflüge, ihr beiden«, sagte Liselotte Brauer, die neben Steffen saß und nun seine Hand tätschelte, »und was hast du sonst noch unternommen, und was treibst du, wenn du bald Strohwitwer bist?«

Steffen konnte einige Worte formulieren, die sich jedoch alle auf den Ausstellungsbesuch bezogen, aber nicht Liselottes Fragen beantworteten, weil er sie nicht verstehen konnte. Der ersten Frage fehlten die Substantive, die er als Schlüsselwörter dringend gebraucht hätte, und zwei Fragen hintereinander schaffte er nicht zu durchdringen. Karin half hier und da und überlegte, ob sie wieder einmal erklären sollte, dass Steffen die Schallwellen der Sprache nicht mehr richtig decodieren und somit den Worten keinen Sinn zuordnen konnte. Sie verzichtete darauf.

Der Redeschwall der Diskussion verebbte, die Gruppe am Tisch löste sich auf. Liselotte war als Erste aufgestanden, holte sich noch etwas vom Büfett und setzte sich dann zu den anderen am Kamin. Steffen und Karin saßen schließlich noch eine Weile allein am Esstisch. Als Steffen auf seine Armbanduhr zeigte, standen sie auf. Karin gab Jutta noch ein Zeichen, dass sie aufbrechen wollten, und mit einer Telefongeste kündigte Karin ein Telefongespräch an. Jutta nickte, winkte ihnen kurz zu und widmete sich wieder ihren Gesprächspartnerinnen. Niemand sah auf und bemerkte, dass Steffen und Karin die Party verließen.

Die halbstündige Fahrt verlief sprachlos. Zu Hause stellte sich Steffen vor Karin, umfasste fest ihre Schultern und sagte: »Warum? Wieso?«

»Ach Tierchen, ich weiß es nicht oder weiß es doch. Ich hab's dir schon so oft zu erklären versucht!« Karin schmiegte ihren Kopf an seine Brust und umfasste seinen Rücken. Sie wiederholte mehrmals: »Ich weiß es doch auch nicht.« Sie wiegten sich hin und her und schwiegen. Sie spürte, dass Steffen den Kopf schüttelte und hörte ihn schnauben, sie selbst kämpfte mit einem Kloß im Hals.

»Komm, wir trinken noch einen Cognac«, sagte sie betont energisch, machte sich von ihm los und ging zu dem kleinen Glastisch, auf dem ein paar Flaschen und Gläser standen.

»Ich nicht«, sagte Steffen, nahm aber doch das Glas, das Karin ihm reichte, und trank es aus. »Ich nicht«, wiederholte er und blickte Karin an, die die Stirn runzelte, weil sie befürchtete, dass Steffen wieder darüber reden wollte, warum der ehemals so große Freundeskreis nicht mehr vorhanden war. Sie hatten so oft darüber gesprochen, Karin wusste nicht, was von dem, was sie dazu sagte, von Steffen verstanden worden war.

»Wie, du nicht? Hast doch den Cognac schwuppdiwupp getrunken.«

»Ach … stopp nein … ich nicht«, sagte er und bewegte verneinend den Zeigefinger hin und her, »Leute, Leute … ich nicht!«

Karin schaute ihn an. Das Szenario überraschte Karin nicht mehr, auch wenn sie sich trotz allem jedes Mal noch ein wenig Hoffnung machte, gerade bei dieser Einladung das Fremdheitsgefühl nicht zu spüren. Das Gefühl, nicht mehr dazuzugehören, war dominant. Dass Steffen aber immer noch so betroffen war, machte sie ratlos und traurig. Sie wusste, dass es für ihn weitaus schwerer war als für sie, die Reaktionen der Menschen auf ihn nachzuvollziehen. Er erlebte sich nicht von außen. Die Irritationen der anderen konnte sie ihm nie begreiflich machen, ihm nie das Erschrecken veranschaulichen, das seine zerstörte Sprache bei anderen hervorrief, wie es ja jahrelang auch bei ihr gewesen war.

»Du weißt doch, dass wir unseren Unterhaltungswert verloren haben! Ist doch ein alter Hut! Sei's drum!« Sie hatte sich noch einen Cognac eingeschenkt und prostete Steffen zu, nippte aber nur daran und stellte das Glas auf den Tisch. Sie setzten sich nebeneinander auf die Couch, Steffen mit steifem Rücken, sie mit hochgezogenen Schultern.

»Leute nicht«, sagte Steffen, »Stopp.«

»Ja, ist klar. Aber …«

»… ich nicht!« Er meinte es ernst. Als Unbehagen in ihr aufstieg, lehnte sie ihren Kopf an seine Schulter und versuchte sich zu entspannen. Sie hatte ihn nicht großartig überreden müssen, mit zu Juttas Party zu gehen, weil überwiegend der alte Freundes- und Bekanntenkreis eingeladen war und Steffen einige von ihnen bestimmt fünf

Jahre nicht gesehen hatte. Sie hatte ihm eine Liste machen müssen, wer alles da sein würde, und jeweils hinzugefügt, wie alt jetzt jeder war und wer nicht mehr arbeitete, was fast für alle zutraf. Zu den meisten bestand eigentlich nur noch ein Geburtstags- und Weihnachtsgruß-Kontakt. Steffen hatte sich gefreut, den so selten getragenen, gut sitzenden schwarzen Leinenanzug anziehen zu können. Mit dem weißen Polohemd dazu sah er lässig aus, jung und sportlich, nicht wie fünfundsechzig.

Karin war in den ersten Jahren nach dem Schlaganfall das eine oder andere Mal allein zu ähnlichen Einladungen gegangen, aber das lag mehr als zehn Jahre zurück. Deshalb hatten sie sich über Juttas herzliche und auch eindringliche Einladung sehr gefreut und sie gern angenommen, zumal Jutta den Kontakt zu ihnen nie abgebrochen hatte und auch hin und wieder mit Steffen spazieren gegangen war, allerdings schon seit über einem Jahr nicht mehr. Sie hatte so viel mit ihrem Haus und dem riesigen Garten zu tun, der einen englischen Charakter bekommen sollte.

»Es lohnt nicht, weiter darüber nachzudenken. Es ist, wie es ist, und das wissen wir doch schon lange«, sagte Karin, »ich gehe ins Bett, du kannst ja noch hier sitzen und verlorener Zeit nachtrauern.« Sie stand abrupt auf, wohlwissend, dass sie Steffen gegenüber ungerecht war. Sie fühlte Wut in sich aufsteigen. Sie versuchte, Steffen an den Händen hochziehen, aber er machte sich schwer und schüttelte den Kopf.

Als sie vom Bad durch das Wohnzimmer in ihr Zimmer ging, sah sie Steffen schlafend auf der Couch liegen. Sie beneidete ihn um die Fähigkeit, sich hinzulegen und fast sofort einzuschlafen, auch wenn er Probleme wälzte. Sich schlafend auszuklinken, das hatte er schon immer gekonnt, und oft hatte sie diese Tatsache wütend gemacht. Besonders, wenn sie Streit hatten, lag sie wach und grübelte die halbe Nacht, während er leise vor sich hinschnarchte. Das vertrieb ihr den Schlaf erst recht. Zwei Jahre nach dem Schlaganfall hatten sie die Wohnung umgebaut, sodass jeder sein eigenes Schlafzimmer bekam. Das war Steffens Wunsch, denn er wollte morgens nicht geweckt werden, wenn Karin zur Schule musste. Sie kam diesem Wunsch gern nach, weil er auch insgeheim der ihre war. Sie hatte nicht gewagt, ihn auszusprechen. Jedenfalls damals nicht.

Karin las noch, allerdings ziemlich unkonzentriert, und hörte Steffen gegen halb zwei nach oben in sein Zimmer gehen. Als endlich Müdigkeit über sie kam und sie das Licht löschte, hörte sie die Kirchturmuhr drei schlagen. Sie wachte hustend gegen sechs Uhr auf. Die kalte Luft auf der Terrasse hatte den Husten wieder geweckt, doch war sie ihm insgeheim dankbar, denn er hielt ihre lauernden Schuldgefühle in Schach, die sie wegen des Wunsches nach drei Wochen Alleinsein hatte. Die Nordsee war die folgerichtige Ortswahl gewesen, um den Husten zu kurieren.

Sie blieb im Bett, fühlte sich ausgelaugt und gab vor, einer möglichen Erkältung vorzubeugen, denn in einer Woche sollte die Nordseezeit beginnen. Steffen brachte ihr Tee und Müsli, setzte sich mit sorgenvoller Miene auf den Bettrand, als ein Hustenanfall sie überkam. Sie versicherte ihm, dass sie nicht krank würde, sodass er beruhigt auf der Terrasse frühstückte und sich dann für eine kleine Radtour zurechtmachte. Er gab ihr zu verstehen, dass er mittags am Waldschwimmbad essen wolle, sie sich also nicht ums Mittagessen kümmern müsse. Das war ihr recht. Als sie sah, dass er nur ein T-Shirt anhatte und auch keinen Pullover mitnehmen wollte, konnte sie es sich nicht verkneifen, ihn darauf hinzuweisen, dass es kühl geworden war und er doch besser eine Weste überziehen solle. Steffen zeigte ihr einen Vogel und sagte *blöd, wirklich* dreimal hintereinander und machte dazu wegwerfende Handbewegungen, die er verstärkte, als sie meinte, dass er den Fahrtwind vor allem im Wald nicht unterschätzen solle.

»Nicht, dass du dich noch erkältest und ich nicht fahren kann!«, rief sie ihm nach und sank stöhnend in ihr Kopfkissen, wollte sich ein wenig dem Selbstmitleid hingeben. Aber die Vorfreude auf die Nordsee gab ihren Gedanken eine andere Richtung.

Als Steffen am frühen Nachmittag zurückkam, telefonierte sie gerade mit Meike Pöhling, einer Bekannten, die sie vor gut drei Jahren in Würzburg während einer Tagung für Aphasiker und deren Angehörige kennengelernt hatte. Seitdem riefen sie sich hin und wieder an und schickten sich E-Mails. Es waren immer lange Gespräche, bei denen Karin sich in ihr Zimmer zurückzog. Steffen verdrehte meist die Augen wenn er mitbekam, mit wem Karin telefonierte. Der Austausch zweier Mitbetroffener über ihr Leben mit einem Aphasiker war für Steffen selbst in jeder Hinsicht unverständlich. Er hatte auch nie Lust gehabt, mit anderen Aphasikern Kontakt zu pflegen. Schon öfter wollten die beiden Frauen sich gegenseitig besuchen, möglichst gemeinsam mit ihren Männern. Doch bisher hatte es nie geklappt, vermutlich auch deshalb, weil keiner es so recht wollte. Jetzt, da Karin drei Wochen in der Nähe von Husum sein würde, stand einem Treffen nichts im Wege, denn Meike Pöhling lebte mit ihren zwei Kindern und ihrem Mann in der Gegend.

Steffen hatte sich umgezogen, Teetassen auf den Terrassentisch gestellt und die Markise herausgedreht, als Karin sich nach dem Telefonat zu ihm gesellte. Er konnte es kaum erwarten zu erzählen, dass die nette Kellnerin ihn wieder bedient und auch noch gelobt habe, dass er mit dem Rad gekommen sei. Er hatte erfahren, dass die Kellnerin vierundzwanzig Jahre alt sei und in Köln Englisch studierte, das andere Fach wusste er nicht.

Die folgende Woche war ausgefüllt mit Vorbereitungen für ihre Abwesenheit.

# 2

Als Karin am Sonntag darauf auf ihrem reservierten Platz saß und der Zug den Hauptbahnhof verließ, konnte sie nicht richtig durchatmen. Sie lehnte sich zurück, schloss die Augen und versuchte autogene Übungen. Nachdem sich die Verspannungen gelöst hatten, überfiel sie Ratlosigkeit. Sie kam sich verlassen vor. Das Blättern in einer Illustrierten half nicht, und so überließ sie sich den Gedanken über Sinn oder Unsinn der selbst verordneten Auszeit, bis sie schließlich meinte, der bewusst verdrängten Wahrheit ins Gesicht zu sehen: Die teure Reise – drei Wochen in einem Wellnesshotel – war glatter Unsinn, denn bei ihrer Rückkehr würde ja alles wieder wie immer sein. Resigniert wünschte sie sich nach Hause.

Die Vorfreude auf diese Reise hatte sie in den letzten Wochen sehr genossen, ja manchmal war sie sogar richtig fröhlich bei dem Gedanken gewesen, lang verschüttete botanische und ornithologische Kenntnisse wieder auszugraben und die herrliche Marsch- und Dünenlandschaft der Nordsee mit Fahrrad und Fotoapparat zu erkunden. Sie hatte sich auf die Weite des Meeres, auf die schnell ziehenden Wolken, auf den Wind und das Glitzern des Watts im Gegenlicht gefreut. Im Strandkorb wollte sie sitzen und einfach nur sein und an nichts denken. Die Aussicht, sich um nichts zu kümmern, keine Rücksicht nehmen zu müssen und vor allem ohne Kompromisse die Zeit verbringen zu können, hatte sie euphorisch gemacht. Als sich nun ein

Schuldgefühl breitmachen wollte und sie sich zum tausendsten Mal Steffen in Situationen vorstellte, die er verbal nicht regeln konnte, einen Unfall zum Beispiel, auch wenn es ein noch so kleiner wäre wie der vor fünf Jahren, stand sie auf und ging in den Restaurantwagen, um zu frühstücken. Nachdem sie ihre Bestellung aufgegeben hatte, rief sie Steffen an, ließ es zweimal klingeln, legte wieder auf und rief erneut an. So wusste Steffen, dass sie es war, und nahm das Telefon ab. Er lachte, als sie ihm sagte, dass sie ihn vermissen würde, *ver-mis-sen.* Sie wusste nicht, was genau er verstand, die Information, dass sie ihn vermisste oder ob er meinte, sie würde ihn fragen, ob er sie vermissen würde. Das wäre nie zu ergründen. *Blöd… wirklich,* war sein lachender Kommentar und er bat Karin, ihn auf seinem Handy anzurufen, *Handy… jetzt… Karin.* Er hatte seit drei Wochen ein neues Handy, dessen Handhabung sich von seinem alten unterschied. Karin hatte ihm die wichtigsten Tastenkombinationen etliche Male erklärt. Die vielen überflüssigen Funktionen des neuen Handys, die auch sie nie benutzen würde, weil sie deren Sinnhaftigkeit nicht verstand und Notwendigkeit bezweifelte, hatten die Erklärungen in Streitereien ausarten lassen. Steffen ließ sich nie gern etwas von ihr erklären, auch vor dem Schlaganfall nicht. Aber seit zwanzig Jahren war er auf sie angewiesen und forderte mit Selbstverständlichkeit ihre diesbezüglichen Dienste ein. Er tat sich oft schwer, Karins kleinschrittigen Erklärungsversuchen zu folgen. Vor Zorn war dann meist seine Aufnahmebereitschaft blockiert. Es war ihm zuwider, wenn sie versuchte, Schritt für Schritt Zusammenhänge aufzuzeigen, so wie sie das mit Schülern gemacht hätte. Aber es ging ihm oft viel zu schnell, was er lange Zeit nicht zugeben konnte.

Karin tat ihm den Gefallen und ließ sein Handy klingeln, bis er abnahm und sich zufrieden mit *toll* meldete und freudig die Klingelmelodie pfiff.

»Du bist albern«, lachte Karin, »aber ich hab dich trotzdem lieb.« Der Kellner servierte gerade den Kaffee und grinste dümmlich. »Ich ruf dich an, wenn ich im Hotel bin.«

»Jaha«, sagte Steffen.

Seine Fröhlichkeit beruhigte sie. Sie konnte die langsamer werdende Fahrt über die Elbebrücken und den Blick auf Hamburg genießen. Die Sonne war wieder öfter da und überzog jetzt den Wirrwarr aus Industrie, Hafen, Straßen, Schienen und bläulich schimmernden Kanälen mit funkelndem Geglitzer, sodass alles noch verwirrender aussah. Sie war sehr lange nicht in Hamburg gewesen und nahm sich vor, mit Steffen mal ein paar Tage hier zu verbringen. Jetzt freute sie sich wieder auf die Nordsee.

Am Bahnhof wartete der Hotelservice. Sie und ein älteres Ehepaar wurden abgeholt. Die Frau schien ziemlich gebrechlich zu sein, sie hatte Schwierigkeiten mit dem Gepäck und suchte verzweifelt einen kleinen Koffer, bis der alten Dame einfiel, dass ihre Tochter alles im großen Koffer verstaut hatte. Das Hotel lag etwas außerhalb des Ortes, und Karin fragte sich, ob sie nicht doch besser mit dem Auto gefahren wäre. Doch Steffen drei Wochen ohne Wagen zu lassen, obwohl er keine großen Fahrten mehr machte, wäre auch nicht gut gewesen. Das Auto hatte für Steffen einen großen Stellenwert. Er war überglücklich, als er durch das intensive Training während der Zeit in der Tagesklinik wieder Auto fahren konnte. Karin dagegen war damals zunächst erschrocken und zornig gewesen, als der Arzt sie stolz von Steffens Fahr-Fähigkeit unterrichtete. Das Autofahren würde Steffens Selbstwertgefühl und Lebenswillen stärken und es sei wahrscheinlich die einzige Fähigkeit, ein Gefühl von Unabhängigkeit zu erzeugen. Der Arzt meinte, dass ihr Mann zwar schwer sprachgestört, aber nicht debil sei. Sie solle loslassen und ihn nicht rund um die Uhr beschützen wollen. Inzwischen wusste sie, dass der Arzt recht hatte, doch immer noch stand sie unter Spannung, wenn Steffen mit dem Auto unterwegs war.

Auf der kleinen Straße, die aus dem Ort herausführte, ging es nur im Schritttempo voran und es stellte sich heraus, dass es einen Unfall gegeben hatte. Ein Krankenwagen stand blinkend auf der Kreuzung und die Polizei ließ abwechselnd den Verkehr an der Unfallstelle in die eine oder andere Richtung passieren. Eine Frau mit kurzem, sehr rotem Haar löste sich aus der Gruppe der Sanitäter, sie wirkte hektisch und war offensichtlich in den Unfall involviert, denn sie rannte zu einem am Straßenrand liegenden Fahrrad, riss die Tasche aus dem Gepäckkorb und eilte damit wieder zu den Sanitätern. Der Fahrer ihres Kleinbusses sagte, dass es an dieser Kreuzung ständig scheppern würde. Es sei nur eine Frage der Zeit, wann mal einer aus dem Heer der rücksichtslosen Radfahrer tot bleiben würde. Karin lächelte über diese Formulierung. Er schimpfte auf die vielen Radfahrer, die keine Verkehrsregeln mehr beachten würden, und dass es in der Saison und an Wochenenden oft eine Plage sei. Als sie an der Unfallstelle vorbeifahren konnten, sah Karin die rothaarige Frau auf einen Mann zueilen, der gerade mit dem Polizisten redete. Das Gesicht des Mannes konnte sie sehen, Brille, Dreitagebart, Rollmütze, unter dessen Rand sich graues Haar hervorringelte. Der Mann schaute völlig verdutzt der Frau entgegen, die ihm etwas zurief, das ihn aus der Fassung brachte. Die Frau trug eine unvorteilhafte Bermuda, die ihren Po dicker und die Beine kürzer machte, als sie wahrscheinlich waren. Karin schaute sich im Vorbeifahren um, damit sie das Gesicht der Frau sehen konnte. Aber sie sah nur noch den Mann, der eine schwarze Weste zu einer beigefarbenen Hose trug.

Die Einfahrt zum Hotel führte an einer Schafherde vorbei, durch einen kleinen Kiefernbestand und zwischen Rosenhecken hindurch. Es war schöner, als Karin es in Erinnerung hatte, als sie und Steffen sich vor sechs Jahren das Hotel angeschaut hatten. Damals war von Wellness nicht die Rede, sondern es war eine hübsche kleine Anlage von einem reetgedeckten Haupthaus mit zwei Annexen. Vor Karin lagen nun die teilweise neuen, ineinander verschachtelten sechs Häuser.

Erst am späten Nachmittag konnte sie ihre beiden Koffer auspacken. Mit dem Zimmer, das ihr zuerst zugewiesen wurde, war sie nicht einverstanden. Auf die parkenden Wagen wollte sie nicht schauen und auch nicht in die Kaffeetassen der unterhalb des Fensters sitzenden Terrassen-Gäste. Sie hatte ausdrücklich ein Zimmer mit Balkon und Blick über die Salzwiesen gebucht. Doch die gestylte junge Frau an der Rezeption erklärte in einem überheblichen Singsangton, dass alle Einzelzimmer im Moment belegt seien. Karin müsse mit dem zugewiesenen Zimmer Vorlieb nehmen, sie könne jetzt kein Einzelzimmer mit Balkon aus dem Hut zaubern. In vier Tagen wäre aber eines frei. Es entwickelte sich ein heftiger Wortwechsel. Als Karin den Hotelmanager zu sprechen wünschte und die Auskunft erhielt, dass dieser am Wochenende nicht anwesend sei, verlangte Karin seine Privatnummer.

Die Unterhaltung war laut geworden, sodass sich Gäste im Vorraum umschauten. Sie merkte, dass die Aufregung hektische rote Flecken auf Hals und im Gesicht hinterließ. Die Frage nach der Privatnummer blieb jedoch nicht ohne Wirkung und drei Minuten später stand der Hotelmanager vor Karin, durchforstete die Zimmerbelegung im Computer und entschuldigte sich bei ihr. Der Buchungsfehler des Hotels brachte Karin ein verwinkeltes Dachzimmer ein, ein Doppelzimmer mit französischem Bett, kleinem eingezogenen Balkon mit Blick über die Salzwiesen, und ein herrlich großes Bad.

Sie hatte die Koffer noch nicht geöffnet und lag quer auf dem Bett, als ein Kellner einen Obstkorb und ein Kännchen Tee brachte und sich noch einmal im Namen des Hotels entschuldigte. Er stellte den Tee auf den Balkontisch und versicherte, dass er ein Auge auf ihre Bequemlichkeit werfen werde.

»Ein Auge auf meine Bequemlichkeit«, wiederholte Karin und sah den Kellner erstaunt an, »das ist eine seltene, aber sehr schöne Formulierung.«

»Ich bin noch vom alten Schlag, Frau Lohberg.« Er verneigte sich formvollendet und sagte, wenn sie noch einen Wunsch habe, solle sie nach Matties fragen. Karin sah ihm nach und versuchte sein Alter zu schätzen, auf jeden Fall hatte er das Rentenalter schon erreicht.

Das Knistern der Kluntjes, als sie den Tee darüber goss, und die kleinen Sahnewölkchen in der Tasse beruhigten sie. Der Blick über die Wiesen, das Geschrei der Möwen und das leise Knirschen des Korbsessels, als sie sich aufrichtete, um den Horizont genauer abtasten zu können, versetzten sie in einen gelassenen Gemütszustand. So soll es bleiben, nahm sie sich fest vor.

Karins Gelassenheit wich noch am selben Abend einer verzweifelten Bitterkeit, als sie nach dem Abendessen und einem kleinen Erkundungsgang rund ums Hotel in ihrem Bett lag. Das Zimmer strahlte eine Heimeligkeit aus, in die sie sich hätte zufrieden und freudig kuscheln können, doch gerade die brachte sie aus der Fassung. Es war zu schön für sie, für sie allein. Die offene Dachbalkenkonstruktion, die Sprossenfenster der Balkontür, durch die man auf das überstehende Reet sehen konnte – das alles hätte Steffen einen Jauchzer entlockt und sie hätte dieses Entzücken gern mit ihm geteilt. Nur mit welchem Steffen? Mit dem behinderten, dem kommunikationsverstümmelten Steffen? Oder mit dem Steffen von früher? An den Steffen aus dem Leben vor dem Schlaganfall konnte sie sich nicht mehr richtig erinnern. Das Wissen oder die Vorstellung, wie er einmal war, wie er sich angefühlt, angehört und angefasst hatte, ging langsam verloren. Der jetzige Steffen füllte sie bis in die Haarspitzen hinein aus. Es war so viel Steffen in ihr, dass er Tränen aus ihr herauspresste, um Platz zu haben.

Die Woche vor ihrer Reise war ausgefüllt gewesen mit vielerlei Überlegungen und Vorbereitungen, damit Steffen gut über die Runden kommen würde. Es gab zu waschen und zu bügeln, doch das waren einfache, fast erholsame Tätigkeiten, da sie mit sich allein beschäftigt war. Nervenaufreibend und konfliktträchtig war das, worüber sie miteinander sprechen mussten: Das Einüben der Bedienung von Espresso-, Waschmaschine und Geschirrspüler und immer wieder das neue Handy. Karin machte Zeichnungen für die Bedienungsschritte, ging mit ihm seine Einkaufslisten durch, überprüfte seine Medikamente und zeichnete einen Plan für das Blumengießen, was sie mehrmals gemeinsam taten. Sie überwies alle Rechnungen und beantwortete

Korrespondenzen. Dann machte sie sich daran, Essen für Steffen vorzukochen, portionierte es, klebte auf jede Einzelportion einen Aufkleber, auf dem sie die Mikrowelleneinstellung schrieb und als Alternative ein Bild zeichnete, wie die gefrorene Portion in einen Topf gelegt werden sollte, dessen Boden knapp mit Wasser bedeckt ist, und welche Einstellung die Herdplatte haben sollte. Zum Schluss bemerkte sie, dass sie keine Zeichnung gemacht hatte, den Gefrierbeutel vorher zu entfernen. Auf zusätzlichen Aufklebern holte sie das nach. Sie war sehr müde an diesem langen Abend. Doch dann fiel ihr noch ein, dass sie versprochen hatte, die notwendigen Arbeitsschritte zu zeichnen, damit er auch ein Steak und seine geliebten Scampi braten konnte. Für all diese Selbstverständlichkeiten hatte er die richtigen Handlungsabfolgen nicht mehr parat, er brauchte Zeichnungen als Anweisung und vor allem auch als Erinnerungshilfen. Er hatte Probleme beim Umsetzen von Handlungsabsichten, zwar nur gering ausgeprägt, doch sie waren da.

Am Morgen wachte sie erst auf, als Steffen mit einer Tasse Tee in ihr Zimmer kam und fröhlich die gezeichneten Bratanweisungen hin und her schwenkte, die er auf dem Küchentisch gefunden hatte.

»Schön auch!«, freute er sich, nickte ihr, mit der Zunge schnalzend, anerkennend zu und gab ihr einen Kuss. »Ich … ka… Kaps… nein … ja hier«, sagte er und zeigte auf die gezeichneten Scampi, entdeckte, dass das Wort auf dem Blatt auch geschrieben stand, und las: »Scccam… Scampi, genau, Scampi, ich!« Karin lachte und sagte: »Genau, da kannst du Scampi essen so viel du willst, wenn ich weg bin!«

Jetzt lag sie im Hotelzimmer, war endlich allein, weinte, ohne es zu wollen, grübelte sich durch die Verworrenheit ihres Lebens und versuchte verzweifelt die Freude herbeizudenken, die sie bei der Vorstellung empfunden hatte, sich drei Wochen um nichts kümmern zu müssen. Aber die schöne Vorstellung wich dem Gedanken, Steffen würde krank wie vor zwei Monaten oder er verlöre noch einmal den Parkschein oder der Autoschlüssel fiele ihm in einen Gully, so wie ihr das passiert war. Missgeschicke, die viele Aufregungen, Demütigungen, Wut und Aggressionen nach sich zögen, wenn sie Steffen zustoßen würden. Wie käme er ohne ihre Hilfe zurecht? Das Wissen um Steffens Intelligenz, um sein Beharrungsvermögen und um seinen erprobten Durchsetzungswillen, mit denen er ähnliche Situationen gemeistert hatte, war in Gemütslagen wie dieser ausgelöscht. Sie lag auf dem Rücken und fühlte eine Schwere, doch sie wusste, dass es nicht ihr Körper war, der ihr schwer vorkam.

Ein sanftes, verwischtes Zischen lenkte ihre Aufmerksamkeit wieder auf sich. Sie richtete sich auf und befürchtete, dass es eines der störenden Hotelgeräusche sein könnte, auf das sie sich fixieren und dann immer deutlicher hören würde. Dann wurde ihr klar, dass es der Wind war, der über das Reet strich. Darüber freute sie sich und ging auf den Balkon, setzte sich eine Weile, eingehüllt im Bademantel, und beobachtete die dunklen Wolken, die plötzlich leuchtende Konturen bekamen, wenn sie am Mond vorbeizogen. Als sie fröstelte, füllte sie die Badewanne und überließ sich der Wärme des Wassers. Sie überlegte, ob sie noch einmal Steffen anrufen soll, aber da es schon fast Mitternacht war, verwarf sie den Gedanken und bekam dabei einen Hustenanfall.

Am nächsten Morgen wachte sie mit leichten Kopfschmerzen auf. Sie sah im Spiegel ihre verquollenen Augen, die sie sich mit kaltem Wasser wieder klein spülte. Der Himmel hatte jegliche Struktur verloren, wie auch die Luft, die eine feuchte, indifferente Masse zu sein schien. Sie hatte nicht gemerkt, dass die Sitzkissen auf dem Balkon über Nacht feucht geworden waren, sodass sie einen nassen Po bekam, als sie sich eine Weile setzte und die Schafe im milchigen Dunst auf der entfernten Wiese betrachtete. Jetzt freute sie sich auf die vielen Fotomotive.

Das erzählte sie Steffen lachend, als sie ihn gegen halb neun anrief, um ihm einen guten Morgen zu wünschen. Doch er verstand den Grund des feuchten Pos nicht, und sie musste es mehrmals erklären, sodass nichts mehr zum Lachen übrig blieb. Auch ihre Beschreibung der Schönheit der Marschlandschaft, die sich mit dem Himmel vereint hatte, verstand er nicht, nur dass die Sonne nicht schien, das konnte er verstehen.

Am Abend zuvor hatte sie einen Einzeltisch in einer Ecke zugewiesen bekommen, einen richtigen Logenplatz, um die Kellner hautnah bei der Arbeit zu beobachten. Ein Lufthauch der Pendeltür in die Küche hatte jedes Mal Karins Gesicht gestreift. Nach dem ganzen Hin und Her mit dem Zimmer wollte sie nicht noch um einen anderen Tisch bitten, doch hier wollte sie nicht drei Wochen sitzen bleiben, zumal das Büfett in unmittelbarer Nähe lag, ständig ging jemand am Tisch vorbei. Nach dem Frühstück traf sie Matties, dem sie ihr Leid klagte und der ihr schon für das Abendessen einen besser gelegenen Tisch versprach.

Am Vormittag orientierte sich Karin auf dem Hotelgelände, schaute sich Schwimmbad und Sauna an, machte Termine für ein paar Massagen und Inhalationen, für Kosmetik und Pediküre. Letztere hatte sie sich noch nie angedeihen lassen, aber ihre Füße wiesen inzwischen Druckstellen auf. Sie fand das immer äußerst hässlich, wenn sie diese Fußdeformationen im Schwimmbad oder in der Sauna bei alten Frauen sah. Doch seit einigen Jahren hatte auch sie sich von schicken Schuhen verabschieden müssen.

Karin hatte vor, viel zu radeln, aber dazu musste sie in den Ort. An der Rezeption wollte sie nach dem Fahrradverleih und nach den Zeiten des Pendelbusses zum Zentrum und zum Strand fragen. Die Hotelbesitzerin, Frau Weidun, eine Dame um die Fünfzig, stand hinter der Theke. Karin erinnerte sich sofort. Sie hatte sich vor sechs Jahren sehr freundlich mit Steffen unterhalten und sich von Karin die Folgen des Schlaganfalls erklären lassen.

»Ich kann mich noch gut an Sie erinnern«, sagte Frau Weidun. »Ich sehe Ihren Mann noch vor mir, wie er mir mit vielen Gesten erzählte, dass er mit fünfundvierzig einen Schlaganfall hatte. Daran habe ich oft denken müssen.«

»Das wissen Sie noch?«, fragte Karin erstaunt.

»Ja, weil kurze Zeit danach mein Bruder – ich weiß nicht, ob Sie ihn damals kennengelernt haben – auch einen Schlaganfall bekam. Er konnte danach auch nicht mehr sprechen. Wenn Sie mir damals nicht erzählt hätten, dass es unbedingt eilt, in die richtigen medizinischen Hände zu kommen, wäre alles viel schlimmer gekommen. Wir hatten ja alle keine Ahnung, dass ein Schlaganfall so früh kommen kann«, seufzte Frau Weidun. »Pit war auch noch keine fünfzig.«

»Ist die Sprache wieder da?«, wollte Karin wissen.

»Ja, aber schleppend. Er sitzt im Rollstuhl. Ehe kaputt. Was soll man machen?«

»Das ist nicht einfach für die Frau«, sagte Karin.

»Wollte Ihr Mann nicht mitkommen?«

Karin erklärte, dass sie eine Auszeit brauchen würde und sich sehr auf diese drei Wochen gefreut habe, auch wolle sie ihren Husten kurieren. Frau Weidun erkundigte sich, ob Karin mit dem Zimmer zufrieden sei und bat um Nachsicht für ihre Nichte, die gestern Rezeptionsdienst hatte, sie müsse noch viel lernen, obwohl sie schon drei Berufsjahre hinter sich habe.

Inzwischen hatten sich mehrere Gäste an die Rezeption gestellt und wurden ungeduldig, sodass Frau Weidun mit Karin verabredete, bei nächster Gelegenheit eine Tasse Kaffee zu trinken. Als Karin einen Schritt nach hinten machte, trat sie jemanden auf die Füße, entschuldigte sich erschrocken, wandte sich um und erkannte den Mann, der bei dem Unfall mit dem Polizisten gesprochen und die Frau mit den roten Haaren erstaunt angeblickt hatte. Durch ihren Schwung beim Umdrehen kippte sie leicht gegen ihn und fühlte den federnden Widerstand seines Körpers. Er sah sie mit einer Mischung aus Belästigtsein und Amüsiertsein an, den Kopf leicht nach unten zu ihr geneigt, lächelte er schwach. Karin fand, dass es gequält aussah. Große Männer, zu denen sie aufschauen musste, irritierten sie.

»Ich wollte nicht …«, stammelte Karin, »Entschuldigung!« Sie sah zu ihm hoch, was ihr komisch vorkam.

»Macht nichts, so leicht wirft mich keine Frau um«, erwiderte er lächelnd und trat zur Seite, damit sie ausweichen konnte.

Sie war zu lange aus der Übung, um schlagfertig zu antworten, stattdessen ging sie schnell, fast abrupt weg und ärgerte sich über ihre Unbeholfenheit und auch darüber, dass sie nicht nach dem Pendelbus und dem Fahrradverleih gefragt hatte. Es war inzwischen fast Mittag, und eigentlich wollte sie am Strand oder im Ort eine Kleinigkeit essen und sich die Gegend ansehen, doch jetzt entschloss sie sich, auf der Terrasse einen Salat zu sich zu nehmen und danach in den Ort zu fahren. Es war immer noch diesig und auch völlig windstill, und so war es egal, wo sie saß, um ihre Zeitung ausbreiten zu können. Sie aß in Ruhe den Salat, beobachtete die anderen Hotelgäste, die sie teilweise schon beim Abendessen und Frühstück gesehen hatte, und war beruhigt, dass das Publikum altersmäßig doch relativ gemischt war. Als sie dem Kellner den Verzehr quittierte, bemerkte sie den großen Mann, dem sie auf den Fuß getreten war. Er betrat mit einer jungen, attraktiven blonden Frau und zwei Kindern die Terrasse und strebte einem Tisch am anderen Ende zu. Auch so einer, dachte Karin, der im Alter noch mal seinen Samen streuen muss. Beim Verlassen der Terrasse schielte sie zu ihm hin, blickte aber sofort wieder weg, als sich ihre Blicke kurz begegneten. Er setzte gerade das kleinere Mädchen auf seinen Schoß und sah dabei zu Karin, die fand, dass sein Blick triumphierend war. Lächerlich, diese alten Väter, stellte Karin für sich fest.

Am Nachmittag fuhr sie mit dem Pendelbus in den Ort, bummelte durch das kleine Zentrum, aß ein Eis, mietete ein Fahrrad und radelte zum Strand. Sie war begierig, den Sand unter den Füßen zu spüren, steckte, bevor sie loslief, die Zehen tief hinein und bewegte die Fußsohlen hin und her, um die Reibung der Sandkörner zu fühlen. Die Sonne hatte sich inzwischen mithilfe eines leichten Windes durch den Dunst gekämpft. Karin schritt zunächst im lockeren Sand zügig aus, merkte jedoch schnell, dass die ungewohnten Bewegungen die Beine anstrengten, und verlangsamte das Tempo. Sie hatte sich vorgenommen, jeden Tag am Strand mindestens eine Stunde stramm zu laufen, allein, und nicht in einer der angebotenen Walking-Gruppen, für die im Hotel geworben wurde. Als der lockere Sand in festen feuchten Boden überging, machte sie eine Verschnaufpause, blickte eine Weile versonnen über das im Gegenlicht silbrig glänzende Watt. Hunde tollten umher und ließen sich von Kindern Frisbee-Scheiben zuwerfen. Es herrschte reger Betrieb, weil aber kaum jemand im Watt watete, entschied sie sich, ein Stück durch den Schlick zu laufen. Als der Schlamm sich um ihre Füße schloss und fast bis zu den Knöcheln reichte, musste sie an Steffen denken, der äußerst ungern am Strand barfuß lief. Schlick, in dem vielleicht gar kleine Lebewesen sein könnten, war eine Horrorvorstellung für ihn. Sie zog langsam einen Fuß aus dem graubraunen Brei und machte große Storchenschritte. Eine kindliche Freude überkam sie, die sie Steffen unbedingt mitteilen musste.

»He, Tierchen, stell dir vor, ich laufe durchs Watt und lasse den Schlick so richtig durch die Zehen quatschen. Herrlich! Du würdest dich fürchterlich ekeln«, sprudelte sie los, schilderte das Strandleben um sich herum und dass sie guter Stimmung war.

»Mo… Mobenent … ich weiß nicht«, stoppte Steffen ihren Redeschwall. Es klang anklagend und auch ein wenig so, als ob er sich belästigt fühlte. »Wieso?«, fragte er, jede Silbe gleich betonend, seine Standardfrage.

»Entschuldige, Schatz, ich bin zu schnell gewesen.«

»Ja, genau … See?«

»Ja, ich bin am Strand. Ich laufe durch den Schlick.«

»Wieso?«

Dieses falsch angebrachte *Wieso* hatte sie schon oft in Rage gebracht, obwohl sie wusste, dass Steffen etwas anderes meinte, es aber nicht ausdrücken konnte. Jetzt hatte sie gute Laune, sprach langsam und deutlich und war bemüht, dennoch natürlich zu klingen: »Es ist Ebbe, das Wasser ist weg. Verstanden?«

»Klar!«

»Ich wate im Schlamm.«

»Laufen?«, wollte Steffen wissen.

Karin musste eine Weile überlegen, was er meinte, und kam dann darauf, dass er wissen wollte, wie sie vom Hotel zum Strand gekommen sei. In kleinen kurzen Sätzen wiederholte sie noch einmal ihre nachmittäglichen Erlebnisse. Dann versuchte Steffen von seinem Mittagessen im Restaurant berichten, aber sie verstand nicht richtig, was er erlebt hatte, jedenfalls hatte er jemanden getroffen, aber er konnte nicht sagen, wer das war.

»Is gut«, sagte er schließlich resigniert und noch ein paar Mal, »wirklich, is gut«, weil Karin unzufrieden war, dass er den Namen nicht nennen konnte. Schließlich verabschiedeten sie sich und Karin versprach, am Abend noch einmal anzurufen.

Wie ein Soufflé, das zu früh aus dem Herd genommen wurde, war ihre Ausgelassenheit in sich zusammengefallen.

Vor ihr lag eine endlos scheinende grau schimmernde Weite, ohne Horizont, nur Unendlichkeit. In dem Grau bewegten sich einzeln oder in Gruppen unscharf schimmernde Striche, Wattwanderer, die allmählich dem Strand zustrebten. Sie lief einige Zeit parallel zum Strand, begann zu schwitzen, weil sie fast rannte, und bespritzte dabei ihre hochgekrempelte weiße Hose bis zu den Oberschenkeln. Erst, als sie wieder den lockeren Sand erreicht hatte, hielt sie außer Atem inne, betrachtete die dunklen Punkte auf der Hose und fluchte laut.

# 3

Matties hatte Wort gehalten und geleitete Karin am Abend zu einem Tisch in einer kleinen Nische, von dem aus sie gut die Hälfte des Restaurants überblicken konnte. Es waren nicht mehr alle Tische besetzt wie am Abend zuvor. Ob das am Wochenende gelegen hatte, am Saisonende oder ob es an der täglichen Wahlmöglichkeit für das jeweilige Abendmenü lag, konnte Karin nicht abschätzen. Die Ursache war ihr auch egal, aber die Auswirkung auf den Geräuschpegel empfand sie als wohltuend. Das Ehepaar, das mit ihr angekommen war, saß einige Tische entfernt und winkte Karin zu. Die beiden waren schon mit dem Dessert beschäftigt und signalisierten, dass die Aprikosencreme besonders gut sei. Karin schüttelte verneinend den Kopf und deutete lachend auf ihre Hüften, worauf der alte Herr die Augen verdrehte. Er sah pfiffig aus in seinem altmodischen, graugrün melierten Tweedanzug, der bestimmt schon viele Jahre wärmende Dienste geleistet hatte und das, wie es schien, sommers wie winters. Jetzt erst bemerkte Karin den eigentlich markanten Schnurrbart, der im Gegensatz zu den schütteren grauen Stoppeln recht üppig und in verschiedenen Grautönen gesprenkelt war. Nach Beendigung des Desserts wischte er mit den Zeigefingern die entsprechende Schnurrbartseite ab, eine Bewegung, die etwas Leichtes, aber auch sehr Bestimmtes hatte, es war wie ein bewusstes Setzen eines Endpunktes am Schluss einer schönen Geschichte. Seine Frau löffelte klirrend die kleinsten Reste aus ihrer Dessertschale und schien völlig vertieft in diese Tätigkeit zu sein. Er hatte in der Zwischenzeit aus einem silbernen Etui, das, der Stoffbeule nach zu urteilen, schon seit Jahren in der äußeren linken Seitentasche seines Jacketts beheimatet war, ein Zigarillo herausgeholt und auf den Tisch gelegt. Das Zeichen wirkte, das Löffelklirren hörte auf und sie faltete sorgfältig ihre Serviette zusammen, während er seiner Serviette keine solche Behandlung zukommen ließ. Beim Aufstehen lächelte er Karin zu, er musste gemerkt haben, dass sie ihn und seine Frau beobachtet hatte.

Zum Glück brachte Matties die Vorspeise, sodass Karin den beiden nicht auch noch ungeniert hinterherschaute, wie der alte Herr seine Frau zwischen den Tischen und Stühlen und den zum Salatbuffet gehenden Gästen hindurch und vorbeileitete. Sie widmete sich dem Lachstatar und versuchte herauszuschmecken, was neben Dill und Gurken die pikante Note prägte. Sie tippte auf Limetten, Schale und Saft. Am Nachbartisch hatten drei Frauen in Karins Alter oder vielleicht etwas jünger Platz genommen und unterhielten sich über das aktuelle Wetter, über den Vollmond und seine Folgen. Karin war bemüht, nicht hinzuhören, was ihr aber nicht so recht gelang, da eine der Stimmen, sie gehörte der kleinsten Frau, auffällig zart war, fast piepsig. Dass sie die blonden Haare mit rosa Schmetterlingsklämmerchen vom Gesicht fern hielt, erheiterte Karin. Damit sie nicht immer hinsehen musste, wollte Karin sich einen Salat holen. Als sie im Begriff war aufzustehen und die Bewegung auch schon eingeleitet hatte, sah sie den großen Mann am Salatbüfett stehen. Reflexartig ließ Karin sich wieder gegen die Stuhllehne fallen. Irritiert tat sie so, als ob ihr die Serviette heruntergefallen wäre, und beugte sich vor, um diese aufzuheben, stieß dann, als sie sich aufrichtete, mit dem

Ellbogen gegen das Wasserglas, das von dem Schwung zur Tischkante rollte. Sie fing das Glas im Fallen auf, während am Nachbartisch ein Dreiklang von *Huch* zu hören war und dann ein Lob für Karins schnelle Reaktion. Matties hatte das Malheur schon bemerkt, der große Mann auch. Er hielt einen Salatteller in der einen Hand, in der anderen ein Stück Baguette und grinste, als Karin unwillkürlich zu ihm hinsah. Idiot, dachte sie, meinte gleichzeitig sich selbst. Matties wies einen jungen Kellner an, den Tisch neu einzudecken, was Karin veranlasste, zum Büfett zu gehen. Der große Mann ging zu seinem Tisch, an dem seine Familie saß, die junge hübsche Frau und die zwei kleinen Mädchen. Karin sah nicht hin. *Opa,* hörte sie und sah doch hin. Der große Mann legte einem der kleinen Mädchen ein Stück Baguette in die Hand. Im gleichen Moment setzte sich ein dicker, älterer Mann mit Glatze neben die junge Frau.

Als Karin vom Büfett zurückkam, interessierten sich die drei Frauen für das, was auf dem Teller lag, sodass Karin stehen blieb, um die verschiedenen Salate betrachten zu lassen. Sie empfahl den Möhren-Ingwer-Salat. Während des Essens erhofften die Frauen von ihr Insiderinformationen, die sie ihnen aber nicht geben konnte. Das enthob Karin der Verpflichtung weiterer Kommunikation.

Frau Weidun, die von Tisch zu Tisch ging und sich bei ihren Gästen nach deren Zufriedenheit erkundigte, fragte, ob sie später zusammen ein Glas Wein trinken könnten.

»Ich würde gern mit Ihnen reden, wenn es Ihnen nichts ausmacht«, sagte Frau Weidun.

»Gern, aber ich weiß nicht, was ich Ihnen …«

»Ja, Sie haben recht, entschuldigen Sie, ich möchte Sie nicht belästigen.«

»Tun Sie nicht, wirklich! Wenn ich irgendwie helfen

kann mit meinen Erfahrungen, tue ich das gern«, beeilte sich Karin zu sagen. Es war ihr peinlich, abweisend gewirkt zu haben. Frau Weidun schien erfreut, schlug neun Uhr in der Bar vor, verabschiedete sich freundlich von Karin und setzte ihren Rundgang fort. Das Gefühl, belästigt zu werden, hatte schnell der Freude Platz gemacht, dass jemand Wert auf ihre Erfahrung legte.

Als Karin durch die Pendeltüre in die Bar trat, fiel ihr Blick sofort auf den großen Mann, der in einem Sessel saß und die Türe im Blickfeld hatte. Er schien auf jemanden zu warten. Frau Weidun kam ihr entgegen und führte sie zu einem abgelegenen Tisch. Sie kam schnell zu ihrem Problem. Sie schilderte Karin, dass ihr Bruder Pit ein paar Tage vor dem Schlaganfall über Kribbeln im rechten Bein geklagt hatte und dass ihm auch kurze Momente schwindlig war, aber sie alle hätten das seinem alten Bandscheibenvorfall zugeschrieben. Dann hatte ein Gast ihn im Garten gefunden, wie er schräg auf einer Bank saß und ihm Speichel aus dem Mund tropfte.

»Um es kurz zu machen, meine Schwägerin war nicht in der Lage, einen Krankenwagen zu rufen, das haben Gäste getan. Sie sprang nur hysterisch hin und her, als ich dazukam, anstatt zu handeln. Und da ist mir eingefallen, was mir damals ein Gast, das waren Sie, von Ihrem Mann erzählt hatte, dass er nicht gefunden wurde und dass deshalb Gehirnzellen abgestorben seien. Nach vielem Hin und Her war unsere Notrufzentrale schließlich so gnädig, sofort zusätzlich zum Krankenwagen einen Notarzt loszuschicken. Das war gut so, der bestätigte meinen Verdacht und Pit wurde mit Blaulicht nach Husum gebracht.« Sie machte eine Pause, als der Kellner den Wein brachte. Karin fragte, nachdem sie sich zugeprostet hatten, welche Behinderungen zurückgeblieben seien.

»Ja, das ist es ja. Pit lehnt inzwischen jede Therapie ab, obwohl er so gute Fortschritte gemacht hat. Er kann durchaus laufen, will es aber anscheinend nicht, weil er das rechte Bein etwas nachschleift. Er ist auch längst nicht mehr inkontinent. Bei Ihrem Mann merkte man ja überhaupt nichts mehr von einer Lähmung.«

»Er hatte auch im Grunde keine, nur ein paar Tage war etwas zu merken. Ein Schlaganfall wirkt sich bei jedem anderes aus, je nachdem, wo die Blutzufuhr unterbrochen ist.«

»Ach so, ich dachte ...«, sagte Frau Weidun enttäuscht, »ich hatte gehofft, dass Sie meinem Bruder Mut machen könnten, mit der Therapie weiterzumachen und dass er wieder so gut laufen lernt wie Ihr Mann.«

»Weitermachen ist immer gut, vor allem für die Psyche ist es wichtig, sich nicht aufzugeben. Ich weiß nicht, ob Ihr Bruder sich von einer Fremden etwas raten lässt.« Karin war nicht erpicht darauf, mit dem Bruder zu sprechen, aber das konnte sie natürlich nicht sagen.

»Ihr Mann hatte damals auf mich einen so fröhlichen Eindruck gemacht, ganz das Gegenteil von meinem Bruder, der lässt sich gehen und weint auch schnell.«

»Depressionen sind nach einem Schlaganfall häufig, mein Mann ist zum Glück davon verschont geblieben. Vielleicht braucht Ihr Bruder die Hilfe eines guten Psychiaters. Fragen sie doch Ihren Arzt.«

»Psychiater, nein! Das lehnt mein Bruder strikt ab. Seit meine tolle Schwägerin ausgezogen ist und nur noch einmal im Monat kommt, geht es mit Pit bergab.«

»Gerade deshalb könnte eine Therapie wichtig sein. Brechen Sie nicht den Stab über Ihre Schwägerin, sie muss mit kaum vorstellbaren Problemen fertig werden, auch mit Schuldgefühlen. Mit einem depressiven Ehepartner kann das Zusammenleben die Hölle sein, und wenn dazu noch eine Behinderung kommt, dann …« Karin fragte sich, warum sie Partei für die unbekannte Schwägerin ergriff. Frau Weidun sagte nichts, zog aber die Stirn kraus. Karin fragte, ob es in der Nähe Selbsthilfegruppen gebe. Frau Weidun wusste es nicht und bezweifelte, dass es so etwas in dieser Gegend geben würde.

»Der Hotelbetrieb nimmt mich völlig in Anspruch, sodass ich mich kaum um meinen Bruder kümmern kann. Wir hatten alle gehofft, dass er sich wenigstens um die rein organisatorischen Dinge kümmern würde, aber auch das lehnt er ab. So bleibt alles an mir hängen. Er bläst lieber Trübsal und weint dieser Frau nach. Entschuldigung, ich belästige Sie mit Familienkram.« Frau Weidun machte in der Tat einen erschöpften Eindruck, und Karin schwankte einen Moment zwischen Mitleid und Belästigtsein.

»Es tut mir leid, dass ich Ihnen nicht helfen kann, ich kann Ihnen lediglich Tipps und Adressen geben, wo sie sich informieren können. Schauen sie doch ins Internet!«

»Danke, dass Sie mir zugehört haben. Sie haben es zum Glück leichter, Ihr Mann ist nur sprachbehindert, da sind die Probleme nicht so gravierend wie bei meinem Bruder«, sagte Frau Weidun, stand auf, reichte Karin die Hand und bedankte sich noch einmal.

Karin war so verdutzt, dass sie keine Antwort geben konnte, spürte Wut in sich aufsteigen. Sie blieb noch kurz sitzen, ging dann an den Tresen und bestellte sich einen doppelten Gin. Der große Mann saß immer noch in dem Sessel, ihm gegenüber eine Frau mit grell rothaarigem

Hinterkopf. Karin erkannte die Frau von der Unfallstelle, die auf den großen Mann mit ausladenden Gesten einredete. Sie bemühte sich, nicht allzu auffällig hinzusehen. Sie spürte die Blicke des Mannes, aber sicher war sie nicht. Als die Frau aufstand, tat Karin völlig uninteressiert und hielt den Blick auf das Flaschenregal gerichtet. Sie sah der Frau erst nach, als diese wütend die Pendeltüre aufstieß.

»Jesses«, sagte der Barkeeper, »da fliegen ja gleich die Scharniere raus!«

»Ja, ja«, meinte der große Mann und setzte sich an die Bar, nur einen Hocker von Karin entfernt, »das sind schon Probleme, die diese Frau hat.«

»Noch ein Bier, Herr Dr. Wohleidt?«, fragte der Barmann.

»Gern«, antwortete der Angesprochene und wandte den Kopf gleichzeitig Richtung Karin, »Trinken Sie eins mit?«

»Danke, nein, ich ...«, weiter kam Karin nicht, denn der Barmann unterbrach sie.

»Die hat Nerven«, meinte er, »hat die was mit dem gestrigen Unfall zu tun?«

»Ja, das ist die Mutter der jungen Frau, die in den Wagen gefahren ist. Es geht um die Schuldfrage. Ich bin Unfallzeuge, leider, nur ist sie nicht mit meiner Aussage einverstanden.«

»Ist das Mädchen schwer verletzt?«, fragte der Barmann, während er sich um das Bier kümmerte. Karin war hin und her gerissen, ob sie nicht doch noch die Einladung annehmen sollte, doch sie besiegte ihre Neugier und stand auf.

»Bleiben Sie doch noch auf ein Bier!«, sagte der große Mann. Karin bemerkte seine dunklen Augen.

»Nein, es ist schon ziemlich spät für mich.«

Was rede ich für einen Unsinn, dachte sie. In der Lounge

fiel ihr ein, dass sie den Gin nicht bezahlt hatte. Verunsichert blieb sie am Treppenaufgang stehen, überschlug die Auswirkung ihres Zurückkommens in die Bar und entschied sich, ins Zimmer zu gehen. Während sie die Treppen hochstieg, klingelte ihr Handy, Steffen wünschte ihr eine gute Nacht.

»Ja, mein Schatz, schlaf gut, bis morgen, ich hab dich lieb!«, sagte Karin zu Steffen.

Sie setzte sich noch eine Weile auf den Balkon. Als das Handy erneut klingelte, ging sie ins Zimmer und dachte, dass Steffen es noch einmal sei, aber es war Jutta Schmetzler.

»Ich hoffe, du schläfst noch nicht, oder?«, plauderte Jutta los.

»Nein, bin gerade ins Zimmer gekommen, habe einen merkwürdigen Abend gehabt.« Sie berichtete Jutta über ihr Gespräch mit der Wirtin und über ihre Empörung, dass mal wieder Aphasie als nicht so schlimm betrachtet wurde.

»Du bist viel zu empfindlich. Viel schlimmer finde ich, dass die Hotelbesitzerin dich für ihre familiären Probleme einspannen wollte. Du bist zum Erholen da und nicht, um anderer Leute Probleme zu regeln.«

»Wahrscheinlich bereut sie inzwischen, dass sie mir das schöne Doppelzimmer überlassen hat. Bin mal gespannt, ob ich in ein Einzelzimmer umziehen muss.«

»Und wie ist sonst das Publikum? Alles alte Leute?«

»Nein, gemischt. Es sind schon etliche ältere Paare da, ein sehr nettes übrigens, aber auch das Mittelfeld ist vertreten. Die Frage ist, wo ich mich mit meinen fast fünfundsechzig einsortieren muss, fühle mich eher der Mitte zugehörig. Ich scheine die einzige Einzelperson hier zu sein, die Frauen, die hier sind, treten in Schnatter-Grüppchen auf und frequentieren die Kosmetikerin und den schwedischer Masseur, ein Bild von einem testosterongesättigten Mann, du hättest deine Freude an ihm.«

»Probier den Masseur doch mal aus, vielleicht …«, lachte Jutta.

»Um Himmels willen! Danach steht mir der Sinn absolut nicht! Hab morgen früh, noch vor dem Frühstück, einen Termin bei einer ziemlich korpulenten Kneterin. Die soll gut sein. Da wir schon bei Männern sind, da ist auch noch so ein richtiges Musterexemplar von Alterspotenzler! Vermutlich mindestens so alt wie ich, aber junge Frau, so um die dreißig, und zwei kleine Kinder. Die armen Kinder, wenn die pubertieren, ist Papa bestimmt Mitte oder Ende siebzig und ruhebedürftig.« Karin erzählte belustigt von diesem Mann, aber nicht, dass er sie zu einem Bier eingeladen hatte. Das Gespräch nahm dann eine andere Richtung, weil Jutta ausführlich über die neuesten Gemeinheiten von ihrem unsäglichen Diddi berichten musste. Die neuen Gemeinheiten waren wie immer die alten. Diddi versuche seit jeher, durch abfällige Bemerkungen ihren unbändigen Tatendrang zu dämpfen, während sie ihm Behäbigkeit und Sturheit vorwarf.

»Was regst du dich auf, du kennst doch die Spielart: Was du willst, will dein Mann nicht und umgekehrt. Aber sind neue Gartenmöbel denn wirklich so nötig, dass du dich mit Klaus-Dieter so anlegst? Die alten tun's doch noch!«

»Darum geht es doch schon gar nicht mehr, die Gartenmöbel sind mir längst egal! Ich kann sagen und vorschlagen, was ich will, er sieht sofort alles negativ. Alles ist Unfug und Schwachsinn, was von mir kommt, sagt er, stell dir mal vor!«

Karin nahm das Handy vom Ohr und atmete tief durch.

»Jutta, ich muss dich unterbrechen, ich habe Steffen versprochen, ihm noch gute Nacht zu sagen. Ist ja schon nach elf! Wahrscheinlich hat er schon einige Male angerufen. Lass uns morgen telefonieren, ja?« Die Lüge ging Karin leicht von den Lippen.

»Ja, ist gut«, schniefte Jutta in ihrer eigenen Weise. Die Angewohnheit, stoßweise Luft durch die Nase einzusaugen, wie es Kinder beim Weinen tun, sodass ein Schluchzer entsteht, hatte Jutta bis zur Perfektion kultiviert. Aufmerksamkeit zu bekommen war ihre große Leidenschaft.

Nach der Versicherung, sich selbstverständlich nicht durch die Probleme der Freundin belästigt zu fühlen, versprach Karin hoch und heilig, am nächsten Tag nach Massage und Pediküre anzurufen.

Die Freundschaft mit Jutta Schmetzler hatte zögerlich begonnen. Damals, während der Referendarzeit in Bonn, hieß Jutta mit Nachnahmen Dollenfuß, das war ihr Mädchenname. Danach hieß sie für zwei Jahre Garlowsky, anschließend Pohlmann und dann folgte schnell Schmetzler. Pohlmann und Schmetzler waren vermögend und boten ihr und dem Sohn aus erster Ehe finanzielle Sicherheit. Juttas Art, auf Menschen zuzugehen, ihre mitreißende und optimistische Fröhlichkeit hatten Karin imponiert, aber auch abgestoßen. Imponiert, weil sie selbst die Dinge immer zu realistisch sah und nach allen Seiten abklopfte, um nicht enttäuscht zu werden. Jutta tat das nie. Sie setzte auf ihr einnehmendes Wesen und machte damit in der Referendarzeit manchen Schnitzer bei den Unterrichtsentwürfen und vor der Klasse wett. Bei Karin war das anders. Sie war zwar fachlich ziemlich fehlerfrei, aber in der Referendarzeit vor der Klasse sehr unsicher. Sie fühlte sich auf dem Präsentierteller. Jutta aber lief vor Publikum zur Höchstform auf, auch auf Partys. Sie war meist der Mittelpunkt und wollte es auch sein. Warum sich Jutta um Karins Zuneigung bemühte, war Karin nicht klar, aber es hatte ihr geschmeichelt. Mit Jutta konnte Karin unbeschwert plaudern. Plaudern, aber nicht diskutieren. Probleme der anderen lachte Jutta einfach weg. Auch als Karin damals verzweifelt von Steffens Affäre mit der fünfzehn Jahre jüngeren Susanne Schmidt erzählt hatte, meinte Jutta, dass sei doch nicht tragisch, Steffen wäre eben ein interessanter und attraktiver Mann, der halt auch seine Schwächen habe. Er würde sie, Karin, mit Sicherheit nicht wegen einer solchen Tussi verlassen.

Gegen zwei Uhr verfiel Karin in einen oberflächlichen Schlaf, aus dem sie schweißgebadet und mit Gedanken an Jutta aufwachte. Sie würde ihr sagen, dass ihre Ichbezogenheit keine echte Freundschaft zulassen würde, weil ihr Blick nur auf die eigenen hausgemachten Probleme gerichtet sei. Zwar würde Jutta das nicht verstehen, denn sie könne sich nicht in andere hineinversetzen. Deshalb, so Karins nächtliche Logik, müsse sie Jutta auch nichts genauer erklären. Diese Erkenntnis war befreiend. Erleichtert, zu einem klaren Entschluss gekommen zu sein, schlief Karin schließlich ein.

# 4

Schwimmen und Massage hatte Karin schon absolviert und saß nun vor der Türe der Kosmetikerin, bei der sie zur Pediküre angemeldet war. Sie hatte sich keine Gedanken darüber gemacht, dass nasse Haare, Bademantel und Badeschlappen nicht unbedingt dem Äußeren einer älteren Frau schmeichelten. Erst als zwei Frauen des Nachbartischs fröhlich plaudernd zum Massagetermin kamen, zog sie den Bademantel enger um sich und setzte sich aufrechter hin, strich sich über die Haare und wechselte mit den Frauen ein paar Worte über die Wassertemperatur und über die wohltuende Wirkung der Massage bei dem schwedischen Wunder, wie sie den Masseur lachend nannten. Karin meinte, dass bei ihr Ruhe eher Wunder wirken würde. Die Damen bezogen das auf sich und schwiegen, unterhielten sich auch nicht miteinander, sondern legten, als eine der beiden etwas sagen wollte, demonstrativ den Zeigefinger auf die Lippen. Karin hatte keine Lust zu erklären, dass sie das so nicht gemeint hatte, zu gering war ihr Interesse an einer Unterhaltung. Um in der verkorksten Atmosphäre nicht so dazusitzen, stand Karin auf, ging ans Ende des Flures und rief Steffen an. Sie musste zweimal ihr abgemachtes Zeichen läuten lassen, bevor Steffen abnahm.

»Guten Morgen, Tierchen, gut geschlafen?«

»Ja hier!«, klang es wütend am anderen Ende.

»Was ist denn los?«

»Ja hier, mein Gott!«, empörte sich Steffen.

»Jetzt mal langsam. Bist du noch im Bett?«

»Mein Gott … ich nicht … ähm … Scheiße!«

»Steffen, ruhig! Versuch es noch mal!«

Es dauerte, bis Steffen endlich deutlich machen konnte, dass sein Problem mit Wasser zu tun hatte. War es das Wasserlassen, mit dem er in der letzten Zeit Probleme hatte und weswegen er beim Urologen war? Hatte es reingeregnet wie vor einem Jahr? War kein warmes Wasser zum Duschen da? War das Wasser abgesperrt, weil auf der Straße wieder Kanalarbeiten durchgeführt wurden? Das alles schien es nicht zu sein.

»Zehn Tage, nein ähm … Minuten«, sagte Steffen entnervt und unterbrach die Verbindung.

Die Kosmetikerin forderte Karin auf, ins Behandlungszimmer zu kommen. Es tat gut, die inzwischen kalt gewordenen Füße ins warme Wasser zu tauchen. Den Kopf hätte Karin am liebsten unter kaltes Wasser gehalten, die geröteten Wangen glühten, wie immer, wenn die Verständigungsschwierigkeiten mit Steffen Puls und Blutdruck anstachelten. Die permanent lauernde Angst um Steffen hatte sie wieder gepackt. Sie hustete. Mitten in den Erklärungen der Kosmetikerin zu Karins Schrunden an den Füßen rief Steffen an. Das Missfallen der Kosmetikerin versuchte Karin zu ignorieren und bat um Verständnis.

»Ein Jahr«, sagte Steffen sofort, als Karin sich meldete. Damit konnte sie nicht viel anfangen und hörte mehrmals hintereinander Steffens empörtes *Blöd, wirklich, mein Gott!*

»Lass mich nachdenken, ich ruf gleich zurück! Bin bei der Kosmetik.«

Die Kosmetikerin hatte Verständnis, nachdem Karin die Sprachprobleme erklärt hatte. Und als Karin mit den vorgeschlagenen Behandlungen einverstanden war und ihr nun die Füße für die Pediküre überließ, rief sie Steffen wieder an.

»Du meinst mit Wasser etwas im Bad. Richtig?«

»Bad, genau«, sagte Steffen erleichtert, »aber Wasser nicht!«

»Wie, Wasser nicht, ich hab verstanden, dass Wasser da ist!«, rätselte Karin.

»Mein Gott, ein Jahr!« Wieder war Empörung über Karins Begriffsstutzigkeit zu spüren, aber er übte sichtlich Zurückhaltung.

»Ach, ich weiß! Ist das Waschbecken wieder verstopft? Das Wasser fließt nicht ab?«

»Noch mal!«, bat Steffen.

»Im Waschbecken steht Wasser. Das Wasser fließt nicht ab.« Karin sprach langsam und betonte jede Silbe. Ihr Rücken war schweißnass.

»Ja!«, jubelte Steffen.

»Gut, dann rufe ich den Installateur und die Hausverwaltung an. Ist doch kein Problem, mein Schatz, das kommt in ein paar Stunden in Ordnung.«

Erlöst ließ sie sich gegen die weiche Rückenlehne des Sessels fallen.

Die Telefonate wegen des verstopften Waschbeckens waren schnell erledigt. Alle notwendigen Telefonnummern hatte sie wohlweislich im Handy gespeichert. Was schwierig wurde, war Steffen den Termin mitzuteilen, denn die Rohreinigungsfirma konnte nur einen ungefähren Zeitraum nennen. *Vierzehn Uhr* hätte Steffen relativ schnell verstanden, aber *zwischen vierzehn und fünfzehn Uhr dreißig* gestaltete sich kompliziert, weil Steffen die Bedeutung des Wortes *zwischen* nicht mehr erkennen konnte. Er musste sich die Zahlen aufschreiben, was dauerte, weil er vierzehn als *vierzig* auffasste und verständnislos *wieso?* fragte, aber schließlich klappte es und er verstand den Termin endlich als Zeitraum. Allerdings passte ihm die Vereinbarung nicht, weil er essen gehen wollte.

»Du liebe Zeit, Steffen! Dann gehst du morgen zum Italiener! Was ist denn daran so tragisch!«, sagte Karin stöhnend. Steffen schnaufte und legte auf.

Nach einer halben Stunde, Karin machte sich eilig fürs Frühstück zurecht, rief er an, lachte sein *is gut, is gut!* und gab ihr einen Kuss durchs Telefon.

»Du bist schon ein besonders blöder Blödmann!«, meinte Karin. Er bestätigte es mit einem frohen *Jaha!*

Der Frühstücksraum war fast leer und das Büfett zeigte nur noch einen kargen Abklatsch der sonst reichlichen Schinken-, Käse- und Räucherfischauswahl. Müsli und Obst waren aber genug vorhanden, Joghurt brachte die Kellnerin frisch aus der Küche, sodass es letztlich an nichts fehlte. Bis auf die Zeitung, die Karin sich von der Rezeptionstheke holen musste. An der Rezeption übergab der Hotelmanager ihr einen zusammengefalteten Zettel, den er aus ihrem Schlüsselfach nahm.

»Eine Nachricht für Sie, Frau Lohberg«, sagte er und grinste.

Karin entfaltete den Zettel, während sie an ihren Tisch ging.

»Ich habe Ihren Gin gern übernommen. Darf ich auf Wiederholung rechnen???« Die Unterschrift war kaum zu entziffern, aber es konnte nur G. Wohland heißen, so hatte sie seinen Namen in Erinnerung. Das ist schon ziemlich unverschämt, fand sie, musste aber doch innerlich lachen.

Plötzlich gut gelaunt frühstückte sie und erinnerte sich,

dass sie Jutta anrufen musste, um, ja, um ihr die Freundschaft aufzukündigen. Aber sie war sich nicht mehr sicher. Im selben Moment zeigte das Handy den Eingang einer SMS an.

»Gehe gleich mit Diddi Gartenmöbel ansehen. Teakholz! Endlich! Melde mich in den nächsten Tagen, dicke Küsschen!«

»Gut, ebenfalls Küsschen!« simste Karin zurück. Manchmal fügen sich die Dinge zur Zufriedenheit.

Dem Wetterbericht nach war kein Regen angesagt, es sollte heiter bis wolkig sein, mit mäßigem Wind. Radfahr-Wetter. Kurz entschlossen meldete Karin sich vom Abendessen ab, um unabhängig zu sein.

Als sie kurze Zeit später ihr Fahrrad aus dem Schuppen holte, sah sie den großen Mann mit seiner Familie auf dem Parkplatz. Es schien eine Abschiedsszene zu sein, er umarmte alle, beugte sich zu den Mädchen hinunter und küsste sie. Schließlich stiegen der dicke alte Mann, die junge Frau und die beiden Mädchen ins Auto und fuhren winkend davon. Karin war wieder ein Stück zurück in den Schuppen getreten. Es wäre ihr peinlich gewesen, gesehen zu werden, vor allem wollte sie nicht auf den plumpen Zettel angesprochen werden. Nachdem der Mann über die Terrasse ins Hotel gegangen war, konnte sie gefahrlos das Rad auf den Zufahrtsweg schieben und radelte davon. Die Balance mit dem vollen Lenkradkorb und der sperrigen Kameratasche auf dem Gepäckträger war zunächst ungewohnt. Sie gewöhnte sich aber rasch daran. Nur das durchrüttelnde Kopfsteinpflaster blieb unangenehm.

Es wurde ein schöner, entspannter Tag, so, wie sie es sich vorgestellt hatte. Nur einmal, am frühen Nachmittag, als sie dösend in einer Dünenkuhle lag, hätte die Zufriedenheit kippen können. Steffen rief an und war voller Ungeduld, weil die Rohreinigungsfirma noch nicht gekommen war. Er wollte, dass sie bei der Firma nachfragen solle. Es war erst halb drei, also versprach sie ihm, um halb vier, wenn der gesetzte Zeitraum vorüber und die Firma noch nicht da gewesen sei, anzurufen. Damit war Steffen nicht einverstanden und fand das blöd und Scheiße. Sie wusste, dass er seit dem Morgen unruhig war. Warten war für ihn schwierig, schon früher, aber bei Weitem nicht so wie nach dem Schlaganfall. Alles musste jetzt und gleich geschehen und er setzte voraus, dass Karin alles liegen ließ, um seine Unbill aus der Welt zu schaffen. Karin konnte, vor allem in der berufstätigen Zeit, nicht so schnell springen, wie er es gern gehabt hätte. Erst allmählich lernte sie, seinem Drängen nicht sofort nachzugeben. Auch Steffen musste lernen, seine Ungeduld zu zügeln. Nach zwanzig Minuten meldete sich die Firma: das Wasser floss wieder. Steffen war begeistert über die kleine Maschine, die den meterlangen Spiraldraht durch das Abflussrohr geschoben und den Verschluss schnell beseitigt hatte.

»Du bist ein Kindskopf sondergleichen! Mach doch nicht immer so ein Theater!«, schimpfe sie ihn spielerisch aus.

»Genau!«, sagte er fröhlich, »Rad, ich… zwei Minuten… nein Stunden.« Er versuchte zu formulieren, wohin er fahren wollte, bekam es aber nicht verständlich heraus. Das störte Karin nicht, denn sie kannte ihn, er würde nach einer Stunde anrufen und ihr erzählen, wo er gerade ein Eis aß oder ein Bier trank. Den Namen des Restaurants las er dann von der Speisekarte ab. Wie auch das, was er bestellt hatte. Das klappte fast immer problemlos, und Karin freute sich, dass er gut zurecht kam und ihm seine kleine Selbstständigkeit Spaß machte.

Sie verstaute ihre Sachen wieder auf dem Fahrrad, schob es durch den Sand und hob es schnaufend die Treppen zur Deichkrone hoch. Der Wind packte sie schräg von vorn, sodass sie aufpassen musste, nicht den Deich herunterzufahren. Die körperliche Anstrengung tat ihr gut und lenkte ihre Gedanken auf das, was sie gerade machte. Sie schaute entzückt auf die Schafe, die vor ihr auf der Deichkrone lagen und den Weg versperrten. Mit dem Teleobjektiv konnte sie einige Schafe bildfüllend ablichten und achtete darauf, dass blau-weiß gefleckter Himmel den Hintergrund bildete. Von dieser Stelle wären gute Aufnahmen von dem fernen Leuchtturm zu machen, am späten Nachmittag, wenn das Licht der Sonne golden wurde. Dann müsste sie allerdings das Stativ mitnehmen. Sie freute sich darauf.

Sie strampelte noch eine knappe Stunde Richtung Leuchtturm, kehrte dann aber um. Sie fand ein Café mit Terrasse, von dem aus sie das Fahrrad im Blick hatte, und aß ein Eis. Die Sonne berührte den Horizont, als sie erschöpft, aber zufrieden am Hotel eintraf.

# 5

So unspektakulär wie die vorangegangen vergingen auch die folgenden zwei Tage. An diesen beiden Tagen hatte sie nur mit Steffen und dem Kellner gesprochen.

Am Freitagmorgen ergab es sich, dass Karin nach dem Frühstück zum Zeitunglesen auf die Terrasse ging und den alten Herrn in einer windgeschützten Ecke sitzen sah. Er lächelte ihr freundlich entgegen und lud sie mit einer Handbewegung zu sich ein. So kamen sie ins Gespräch und Karin erfuhr, dass er Professor für Soziologie gewesen war und nun, wie er formulierte, der schweren Aufgabe entgegensah, seine Frau durch die fortschreitende Krankheit zu begleiten. Um welche Krankheit es sich handelte, sagte er nicht und Karin fragte aus Diskretion nicht nach. Um die unausgesprochene Frage nicht im Raum schweben zu lassen, erzählte Karin von Steffens Aphasie, von seiner ehemaligen Tätigkeit in der Lehrerausbildung und von ihrer Arbeit als Lehrerin an einer Gesamtschule. Dass sie Abteilungsleiterin gewesen war, erwähnte sie nicht. Als es Zeit für den alten Herrn wurde, seine Frau von der Inhalation abzuholen, versicherten sie sich, das Gespräch bei nächster Gelegenheit unbedingt fortzusetzen. Es kam ihr vor, als ob sie sich vertraut wären. Der Professor wandte sich im Gehen um und winkte ihr zu. Sie war angerührt von dieser kleinen Handbewegung, die sie dankbar lächelnd erwiderte.

Sie widmete sich ausgiebig der Zeitung, rekelte sich dann zufrieden im Korbsessel, um Schultern und Nacken zu entspannen, die ihr vom Rad fahren schmerzten. Dann merkte sie, dass sie beobachtet wurde, und sah den großen Mann an der Türe stehen, er schaute sie an und kam auf sie zu.

»Guten Morgen, darf ich mich zu Ihnen setzen?«, fragte er und setzte sich.

»Ich kann es wohl nicht verhindern, oder?«

»Warum so abweisend? Ich habe Ihnen doch nichts Böses angetan. Finde ich jedenfalls.« Ihr fiel ein, dass sie auf seinen Zettel nicht reagiert hatte. Sie hätte ihm einfach fünf Euro mit einem herzlichen Dank über das Brieffach zukommen lassen können.

»Nein, natürlich nicht, ich danke Ihnen, dass Sie meinen Gin bezahlt haben.«

Weil er nichts erwiderte und sie nur ansah, hörte sie sich sagen, dass sie gedanklich so mit ihren Problemen beschäftigt gewesen sei, dass sie ihre Schulden bei ihm völlig vergessen habe. Was erzähle ich für einen Unsinn, dachte sie und fragte gleichzeitig, ob sie sich jetzt mit einem Cappuccino revanchieren könne.

»Gern«, sagte er, »das freut mich.« Er winkte Matties heran, der ein paar Tische weiter Geschirr abräumte.

»Matties, bringen Sie Frau Lohberg und mir bitte Cappuccino, mit Milch, oder?«, wandte er sich an Karin, die zustimmend nickte.

»Sofort, Herr Doktor«, sagte Matties, »Cappuccino italiano. Sonst noch einen Wunsch?« Als beide verneinten, eilte er davon.

»Woher wissen Sie meinen Namen?«

»Ganz einfach, ich habe Frau Weidun danach gefragt, schließlich musste ich Sie ja von meiner Freundlichkeit in Kenntnis setzen«, lachte er und wandte seinen Blick nicht von ihr, sodass sie mitlachen musste.

»Darf ich auch Ihren Namen erfahren?«

»Oh, entschuldigen Sie, ich hätte mich vorstellen müssen. Wohleidt, Georg Wohleidt.«

»Und was für ein Doktor sind Sie, Herr Dr. Wohleidt?« Sie hob den Titel mit silbengleicher Betonung hervor.

»Den lassen Sie bitte weg, den Doktor. Betriebswirtschaft, völlig uninteressant.«

»Na ja, ob uninteressant oder nicht, Hauptsache Doktor, oder nicht?«

»Welche Bosheit reitet Sie jetzt?«

»Sie halten mich für boshaft?«, fragte Karin. »Vielleicht haben Sie tatsächlich recht.«

Matties brachte den Cappuccino und Karin bat ihn, die Bestellung auf ihre Rechnung zu schreiben.

Herr Wohleidt sah Karin über den Brillenrand an und verrührte dabei den Zucker. In seinen Augen funkelte Spott, und als er sie noch schmaler zusammenzog, zitterten die Lachfalten leicht. Auch die Mundwinkel zuckten. Sie blickte irritiert weg, beschäftigte sich mit ihrem Cappuccino und fühlte, wie ihr Röte ins Gesicht stieg. In das Schweigen hinein klingelte ihr Handy. Sie hoffte inständig, dass es nicht Steffen war, denn ein radebrechender Dialog mit Steffen in Gegenwart dieses Mannes wäre ihr peinlich gewesen. Nicht dass sie sich für Steffen schämte, das hatte sie abgelegt, zumeist jedenfalls, nein, sie wollte keine Erklärungen abgeben über ihre Lebenssituation. Es meldete sich Meike Pöhling, die den Termin für ihr Treffen absprechen wollte. Karin sagte, dass sie gleich zurückrufen werde, und war froh über den Grund, das Beisammensein mit dem großen Mann, wie sie ihn weiterhin nannte, zu beenden, ohne wieder unhöflich zu erscheinen. Sie trank ihren Cappuccino aus, wünschte ihm einen schönen Tag und dann rutschte ihr noch eine Frage heraus: Ob er trotz seiner jungen Frau und der Kinder nicht ausgelastet sei. Noch während sie sprach, hätte sie sich am liebsten die Zunge abgebissen.

»Das ist natürlich eine rein rhetorische Frage«, fügte sie an, raffte hektisch die Zeitung an sich und eilte schnellen Schrittes davon. So entging ihr das zunächst verdutzte Gesicht von Dr. Georg Wohleidt, das dann aber rasch einen Ausdruck von Belustigung zeigte.

In ihrem Zimmer beschimpfte sie sich laut als dämliche Gans. Er würde wer weiß was in die Bemerkung hineininterpretieren. Sie würde ihm jetzt noch deutlicher ihre Abneigung zeigen, ja, das nahm sie sich fest vor. Sicherlich würde er sie nun als boshafte und frustrierte Zicke einsortieren, doch das gefiel ihr auch nicht. Unangenehm, sehr unangenehm war ihr dieser Auftritt. Auch, dass sie sich bei den Frauen des Nachbartisches unbeliebt gemacht hatte, bewirkte einen üblen Geschmack im Mund.

Karin warf ihren Tagesplan um, sie hatte vorgehabt, bis zum Nachmittag am Pool zu bleiben, lesend und dösend, um dann beim richtigen Sonnenstand mit der Kamera Richtung Leuchtturm zu fahren. Für das Abendmenü hatte sie sich eingetragen, auch das musste nun rückgängig gemacht werden. Nervöse Unruhe erfasste sie. Eine Wiederholung des am ersten Tag vorgenommenen Strandlaufes schien ihr eine gute Möglichkeit, sich unsichtbar zu machen, und von der körperlichen Anstrengung erhoffte sie sich klare Gedanken und Beruhigung.

Weil sie Schultern und Nacken eine Ruhepause gönnen wollte, entschloss sie sich, mit dem Pendelbus zu fahren, doch der fuhr gerade weg, als sie die Hotelhalle verließ, und sie brachte ihn auch nicht durch Winken zum Halten. Dem Bus folgte ein Cabrio, in dem die drei Frauen vom Nachbartisch saßen, die sicherlich Karins vergebliches Bemühen gesehen hatten. Eine der Frauen, ihr rosa Chiffonschal flatterte im Wind, drehte sich nach Karin um und winkte. Karin hob automatisch die Hand, aber es wurde kein Winken daraus, eher ein Abwinken. Sie musste das Fahrrad nehmen, wenn sie nicht eineinhalb Stunden warten wollte. Missmutig begab sie sich in den Fahrradschuppen, musste am Vorderreifen Luft aufpumpen und hätte dem Rad am liebsten einen Tritt versetzt.

Warum hatte sie nicht darauf bestanden, mit dem Wagen zu fahren? Steffen, immer nur Steffen! Sein Unabhängigkeitsgefühl war wichtig. Was denn sonst. Kopfsteinpflaster und Gegenwind bewirkten eine Verkrampfung in den Nackenmuskeln und die Schultern begannen zu schmerzen. »Scheiße«, rief sie in den Wind.

Als sie Jutta gegenüber versichert hatte, dass sie nicht vorhabe, an der Küste durch die Gegend zu touren, schließlich sehne sie sich nur nach Ruhe, da wusste Karin durchaus, dass das eine der selbstbetrügerischen Lügen war, mit denen sie ihr Leben erträglich machte. Die Lügentechnik war nicht nur in den ersten Jahren nach dem Schlaganfall überlebenswichtig geworden, sondern vor allem nach ihrem eigenen Zusammenbruch, als sie, noch berufstätig, für sich keine Zukunft mehr sah, vor allem aber keine gemeinsame mit Steffen. Verzweifelt bemüht, wieder Fuß zu fassen, konzentrierte sie sich auf die Wahrnehmung positiver Elemente ihres reduzierten Lebens mit Steffen und der alles durchdringenden Aphasie. Das war harte Arbeit und nicht immer mit Erfolg gekrönt, und jetzt, im Gegenwind, kam ihr die Selbstverständlichkeit, mit der sie immer wieder Rücksicht auf Steffen nahm, als Fluch ihres Lebens vor. Je mehr sie in die Pedale treten musste, desto wütender wurde sie, auf sich, auf Steffen, auf das Kopfsteinpflaster.

Eine Psychologin, bei der sie damals Hilfe suchte, hatte davon gesprochen, dass eine solche bleibende Behinderung durchaus eine Chance in sich bergen könne, wenn die Bedingungen stimmten. Bei ihr, Karin, sähe sie gute Bedingungen: Emotionale Stärke, kognitive Fähigkeiten und finanzielle Sicherheit. Da bei Karin und Steffen keine finanziellen Probleme vorhanden seien, sie seien ja Beamte, könne sie sich dem Ausbau ihrer emotionellen Stärken voll widmen, indem sie die Wahrnehmung und Bewertung ihrer Lebenssituation bewusst ändere. Nicht alles negativ sehen, sondern positive Lebenspartikel suchen, und seien sie noch so klein. Wichtig sei, diese auch finden zu wollen. Selbstsuggestion hatte Karin das zornig und abwertend genannt und war nach der fünften Sitzung nicht mehr hingegangen. Doch der Appell der Ärztin hallte in ihrem Kopf nach und sie begann tatsächlich nach Möglichkeiten zu suchen, die ihren kleinen, reduzierten Bedürfnissen und Interessen etwas Freiraum gaben. Über eigene Bedürfnisse hatte sie in gesunden Zeiten erst nachgedacht, als die Ehe durch Steffens Affäre mit dieser Susanne Schmidt kriselte. Der Beruf und das abwechslungsreiche, mit Theater, Kino, Reisen, Tennis und vielen Einladungen ausgefüllte Leben mit Steffen ließen eigene Interessen und Hobbys schon aus zeitlichen Gründen nicht zu. Ihr Bedürfnis war das Leben mit Steffen. Das füllte sie aus. Nichts davon war nach dem Schlaganfall mehr vorhanden.

Je näher Karin dem Strand kam, desto böiger wurde es und damit schwieriger, Balance zu halten. Der Holzsteg war streckenweise mit Sand zugeweht, sodass sie schließlich abstieg und das Rad bis zu den Fahrradständern schob. Die auflaufende Flut ließ nur einen kleinen Streifen mit festem Sand übrig. Die Alternative zum Walking war ein normaler Spaziergang im lockeren Sand. Aber sie gab nach einen halben Stunde auf und ging zurück zur Strandbude, wo sie einen Strandkorb mietete. Ein Badelaken hatte sie mitgenommen, aber keinen Badeanzug und kein Buch. Eine Zeit lang schaute sie den Wellen zu, den im Sand buddelnden Kindern, die sich immer wieder den Flugsand aus den Augen rieben und weinten, bis die genervten Eltern ihre Utensilien im Strandkorb verstauten und mit den Kindern nach Hause gingen. Unschlüssig blieb Karin sitzen, überlegte, wo und was sie essen könnte, hatte zu nichts Lust, wollte nicht aufstehen, aber auch nicht sitzen bleiben. Sie lehnte sich unruhig mal in die rechte, mal in die linke Ecke des Strandkorbes, fand aber keine bequeme Rückenstellung. Am Horizont baute sich eine Wolkenbank auf, die scheinbar zum allgemeinen Aufbruch ringsum Anlass gab. So schloss Karin auch ihren Strandkorb zu und verlängerte an der Bude die Miete auf vier Tage. Sie stieg in den wartenden Bus, der zwischen Ortsmitte und Strand pendelte. Das Fahrrad konnte bis zum Nachmittag warten. Eine halbe Stunde später saß sie in einem Restaurant an der Strandpromenade, beobachtete das Treiben auf der Mole, nahm sich vor, nach dem Essen Steffen anzurufen. Sie erinnerte sich an den versprochenen Rückruf und war froh, dass Meike Pöhling den Termin auf den Abend verschob, weil eines der Kinder Durchfall bekommen hatte.

Nach dem Essen bummelte sie durch den Ort und entdeckte einen hübschen Badeanzug in einem Unterwäschegeschäft, konnte sich aber nicht zum Anprobieren entschließen. Der Bus brachte sie wieder zum Strand, doch blieb ihr keine Zeit für einen Spaziergang, Regenwolken drohten und es war besser, so schnell wie möglich ins Hotel zu fahren. Mithilfe des Rückenwindes war sie kurze Zeit später im Fahrradschuppen, gerade, als der Regen prasselnd einsetzte. Aus dem Dämmerlicht des Schuppens leuchtete der graue Haarschopf des großen Mannes auf.

»Da haben Sie aber unverdientes Glück gehabt«, meinte er und deutete auf den wolkenbruchartigen Regen.

»Mein Glück ist nie unverdient – nur mein Unglück!«, platzte es aus ihr heraus. »Ausgerechnet Sie hier zu treffen.« Sie blieb im Torbogen stehen, er stellte sich neben sie.

»Nicht schon wieder boshaft werden, das habe ich wiederum nicht verdient!«

»Verdient oder nicht, Sie haben mich erschreckt!«, sagte sie betont sachlich und bemühte sich, sich nicht zu ihm hinzudrehen.

»Man erschrickt nur bei schlechtem Gewissen.«

»Warum sollte ich eines haben?« Es fiel ihr nun schwer, nicht zu lachen.

»Na, warum wohl? Erst rempeln Sie mich rüde an, dann lassen Sie mich Ihren Gin bezahlen und machen mir sonst noch merkwürdige Vorwürfe!«

Er sah sie von der Seite an und lachte leise und glucksend.

»Ach ja, ein misshandelter Mann, mal eine schöne Nachricht!« Sie atmete sein Aftershave ein. Weil die schweren Regentropfen Schmutzspritzer aufwirbelten, trat sie hastig einen Schritt zurück, stieß dabei gegen ihre Tasche und strauchelte, sodass der große Mann nach ihrem Oberarm griff.

»Eigentlich sollte ich Sie fallen lassen«, meinte er, den Oberarm fest umfassend. Sie musste sich ihm zuwenden. Das befreite ihr Lachen.

»Aber?«, fragte sie lachend, wieder fest auf beiden Beinen stehend. »Was hindert Sie?«

»Tja, was hindert mich? Ich werde darüber nachdenken. Trinken wir einen Tee zusammen?«

Der Regen hatte zwar nachgelassen, war aber noch so heftig, dass sie auf den zwanzig Metern bis zum Hoteleingang nass werden würden. Kurz entschlossen zog Karin ihr Badelaken aus der Tasche, sie breiteten es über ihre Köpfe und rannten, sich an den Schultern berührend, durch den Regen.

»Danke, dass Sie mich beschützt haben«, keuchte er, »das macht einiges wett!«

»Ah ja, das beruhigt mich! Nicht gut in Form, was?« Sie hechelte ebenfalls nach dem schnellen Lauf.

Er schlug vor, am Kamin in der Lounge Platz zu nehmen. Sie waren die einzigen Gäste und weil auch niemand an der Rezeption war, ging Dr. Wohleidt in die Hotelküche. Er schien sich hier gut auszukennen. Tatsächlich kam Matties nach einer Weile mit zwei Kännchen Friesentee. Er lächelte liebenswürdig, fragte, ob alles recht sei, und ging wieder Richtung Küche.

»Waren sie schon öfter hier?« fragte er.

»Ja, wir waren schon ein paar Mal an der Nordsee, aber nicht in diesem Hotel«, sagte sie und ärgerte sich, dass sie wir gesagt hatte.

»Mit Ihrem Mann?«, fragte er. »Nicht dass ich neugierig bin, es interessiert mich nur.«

Karin lachte laut auf.

»Frau Lohberg, Sie verwirren mich!«

Sie antwortete nicht, war abrupt ernst geworden und nahm ihre Tasse auf, um die letzte sahnig süße, im Nachgeschmack leicht bittere Teeschicht auszuschlürfen. Da Dr. Wohleidt sich ebenfalls seinem Tee widmete und schwieg, wartete sie, bis er ausgetrunken hatte, um sich dann zu verabschieden. Sie spürte ihren schneller werdenden Herzschlag und wollte der Situation ein Ende setzen. Er bedauerte, dass sie gehen wollte, und stand auf, als sie sich erhob. Sie hatte das Gefühl, dass er ihr die Hand geben wollte, aber ihre innere Verspannung hemmte eine entsprechende entgegenkommende Armbewegung.

»Bis später«, sagte er nur.

»Ja, bis später mal«, antwortete sie, ging ein paar Schritte, bis ihr einfiel, dass die Tasche noch neben dem Sessel stand. Als sie sich umdrehte, hatte er sie schon in der Hand und reichte sie ihr wortlos.

Wie von selbst richtete sich ihr Rücken auf, die Schultern schoben sich nach hinten, doch sie hatte das Gefühl, plump und ungelenk die Stufen zu ihrem Zimmer hochzusteigen. Oben angekommen, blickte sie über die Schulter hinunter, aber sein Sessel war leer.

# 6

Am nächsten Morgen erkundigte sich Matties nach ihrem Befinden, da sie sich, Kopfschmerzen vorgebend, am Abend zuvor ein Schinkenbrot aufs Zimmer hatte bringen lassen. Er hatte es ihr selbst gebracht und sofort angeboten, als er ihr verstörtes Gesicht und die vom Wind und dem Sandstaub geröteten Augen sah, noch einen Grog schicken zu lassen. Das würde einer Erkältung vorbeugen. Sie hatte seinem Vorschlag zugestimmt.

»Danke, Matties, mir geht es wieder gut. Der Wind und überhaupt der Wetterumschwung haben mich wohl etwas mitgenommen.«

»Wie jeden Samstag haben wir heute nach dem Abendessen Livemusik in der Bar. Das wäre doch vielleicht was für Sie! Die meisten Gäste lieben es. Soll ich einen Platz für Sie reservieren?«, fragte er freundlich.

»Oh Gott, das ist absolut nichts für mich, Matties, aber danke, dass Sie mich darauf aufmerksam machen.« Und weil sie fürchtete, dass sie gereizt geklungen hatte, stellt sie in Aussicht, es sich vielleicht doch noch zu überlegen. Dass Matties sich über ihre Befindlichkeit Gedanken machte, erfreute sie heute Morgen nicht wie sonst, sie empfand es als unangenehm aufdringlich. Livemusik war das Letzte, was sie sich als Abendgestaltung wünschte, sie sehnte sich danach, endlich in die erhoffte innere Ruhe und Ausgeglichenheit zu finden.

Nun konfrontierte Matties sie mit der Aussicht auf

abendliche Livemusik. Sie assoziierte Livemusik mit einem Einmannorchester, dem Gesang eines ältlichen Mannes, begleitet von vorgefertigten Rhythmen, und gekünstelter Lustigkeit anhand plumper Anzüglichkeiten.

»Wie Sie meinen«, sagte Matties sichtlich enttäuscht und wandte sich nach einer Verbeugung anderen Gästen zu.

Der Frühstückstisch der drei Damen nebenan war bereits abgeräumt, sie hatten sich der morgendlichen Walking-Gruppe angeschlossen. Auch das ist nichts für mich, dachte Karin, Wahrscheinlich ist alles nichts für mich. Was mache ich hier eigentlich?

Wie die anderen Abende, hatte sie auch den gestrigen Abend im Zimmer verbracht, allein, wie sie es sich gewünscht hatte, allein mit einer wachsenden, unzufriedenen Unruhe. Steffen hatte Probleme gehabt, ein Steak zu braten, und deshalb mehrmals angerufen. Es hatte lange gedauert, bis Karin herausbekam, dass er statt einer Butter-Olivenöl-Mischung Margarine in die Pfanne gegeben hatte, die vermutlich fürchterlich spritzte und auch zu heiß geworden war. Er war wütend. Das Ergebnis seiner Bemühungen war ein völlig durchgebratenes, zähes Stück Fleisch. Er hatte versucht, ihr die Schuld zu geben, weil sie zu ungenaue Anweisungen aufgeschrieben habe. Als Beweisführung las er mehrmals ihre Anweisungen vor. »Scheiße«, nannte er diese, »sehr, sehr, sehr blöd.« Karin hatte nur aufgeschrieben, Fett in die Pfanne zu tun. »Fett«, er betonte es triumphierend. Aber schließlich hatte er ihr ja oft genug zugesehen und unter ihrer Anleitung schon oft selbst ein Steak gebraten. Sie nahm die Schuld auf sich, denn genau genommen hätte sie aus Erfahrung wissen müssen, dass er Fett als Oberbegriff nicht deuten und schon gar nicht mit einer Butter-Ölmischung gleichsetzen konnte. Dennoch hatten seine Vorwürfe sie aufgeregt, sodass sie ihm sarkastisch recht gab, eine gute Nacht wünschte und das Gespräch abbrach. Nach einer halben Stunde, schwankend zwischen Wut und Vernunft, rief sie ihn an. Seine Stimme war gepresst, sie vermutete, dass er geweint hatte. Das trieb ihr wiederum die Tränen in die Augen und mit belegter Stimme sagte sie, dass es eine Scheißbehinderung sei, mit der sie sich herumschlagen müssten und sie beide unnötig wütend aufeinander mache. Voller Zärtlichkeit fragte sie ihn, als er schwieg, ob er sie trotzdem noch ein kleines bisschen lieb habe. Da musste er lachen. »Ich auch«, hatte er geantwortet, »ich auch.«

Danach lag sie regungslos im Bett und starrte in die Deckenbalken. Beim autogenen Training gelang es ihr nie, sich schwere Arme und Beine einzureden. Jetzt war der ganze Körper drückend schwer, von Entspannung keine Spur. Dass Steffen ihre Frage nicht wortgenau verstanden und wie üblich intuitiv versucht hatte, den Inhalt aus der Situation heraus zu ertasten, war Normalität, doch daran würde sie sich nie gewöhnen, auch wenn sie wusste, dass ihm keine andere Möglichkeit mehr zur Verständigung geblieben war. Auch jetzt rief sein Verhalten lähmende Fassungslosigkeit hervor. Diese Behinderung, dachte Karin, ist der Inbegriff der Zerstörung, ist ihr Synonym, nur weiß das keiner. Sie stieß gerade ein bitteres Lachen aus, als ihr Handy klingelte, Meike Pöhling rief an, um den Termin abzusprechen.

Es wurde ein langes Gespräch, Meike war verzweifelt, die achtjährige Tochter hatte anscheinend das Reden eingestellt, weil der Papa nichts mehr erklären konnte, keine Geschichten mehr erzählte und kaum mehr etwas mit ihr unternahm. Sie verabredeten sich für Dienstag, Meike könnte dann allein kommen. Aufgewühlt lief Karin nach dem Gespräch im Zimmer herum, ging auf den Balkon, ins Bad, schaltete den Fernseher ein, aber nichts fesselte ihre Aufmerksamkeit. Und als die Teestunde am Kamin in dem Gedankenwust immer wieder aufgetaucht war, wusste Karin, dass die Betäubung des Schlafes so bald nicht kommen würde.

Nach dem Frühstück ließ Karin sich massieren, schwamm ein paar Runden und widmete den Vormittag der ausgiebigen Körper- und Gesichtspflege, alles Tätigkeiten, die sie in ihrem früheren Leben garantiert aus einem Stimmungstief herausgeholt hätten. Jetzt versetzten sie diese Wohltaten in eine zähe Wehmütigkeit. Während sie sich eincremte, betrachtete sie sich im großen Spiegel, richtete sich auf, drehte sich, ließ die Schultern hängen, machte dazu einen Rundrücken, schob den Bauch vor, war entsetzt über ihre Figur und richtete sich wieder auf. Aber sie konnte durchaus zufrieden sein mit ihrem Körper, auch wenn die Dellen an den Oberschenkeln sich vermehrt hatten. Die Innenseiten der Oberarme zeigten Altersspuren, doch nur ganz oben, innen am Ansatz knitterte die Haut. Minirock und Spaghettiträger waren schon lange nicht mehr Bestandteil ihrer Garderobe. Im Grunde also alles kein Problem, wenn nicht der Badeanzug wäre, er gab genau diese Stellen frei. Der jetzige war dazu noch ausgeleiert und bot dem Bauch keinen Widerstand mehr. Unansehnlich fand sie sich, betrachtete sich aber durchaus gefasst und zeigte ihrem Spiegelbild einen Vogel. Sie schnitt Grimassen: »aaaaaa, iiiiiii, oooooo«, und das im schnellen Wechsel. Sie und Steffen hatten das oft einer Filmszene nachgemacht, hatten sich, im

Gleichtakt dieser Grimassen, dabei angesehen und mussten vor Lachen abrupt abbrechen. Meist waren sie sich dann in die Arme gefallen. Steffen konnte so herrlich albern sein. Sie machten diese Gesichtsgymnastik heute noch, vor allem zur Entspannung in gereizten Situationen, aber so richtig ausgelassen lachten sie nicht, und was früher mit Steffen gefolgt war, folgte längst nicht mehr.

Bevor Karin sich zu einem kleinen Mittagessen auf die Terrasse setzte, nahm sie von der Rezeptionstheke eine Zeitung mit. Frau Weidun, die heute wieder anwesend war, gab Karin freundlich lächelnd eine Nachricht, die von Prof. Hammschulte sei.

»Ein ganz liebenswürdiger alter Herr«, sagte sie, »auch seine Frau, die arme. Waren schon so oft hier.«

»Ja, die sind beide wirklich sehr nett«, erwiderte Karin, unschlüssig, ob sie nach der Krankheit von Frau Hammschulte fragen sollte, tat es aber dann doch nicht.

»Wie geht es ihrem Bruder?«

»Ach, Frau Lohberg, er liegt im Krankenhaus«, sagte sie und kämpfte mit den Tränen, »schrecklich, einfach schrecklich. Er will nicht mehr, hat sich aufgegeben.« Sie schnäuzte sich die gerötete Nase. »Ich sage das Ihnen, weil wir ja miteinander gesprochen hatten. Schlaftabletten. Es muss sonst niemand wissen.«

»Ja, natürlich. Das tut mit sehr leid. Wenn ich etwas tun kann …« Die Floskel beendete sie nicht.

»Danke, nein, Sie können nichts tun. Erholen Sie sich!« Sie berührte Karins Hand, die auf der Theke lag und die Zeitung umfasste. »Haben Sie einen schönen Tag!«

Karin gab den Wunsch zurück und suchte sich einen Tisch auf der Terrasse. Das Leid anderer, meinte sie, schien ihr zu folgen, spürte sie auf, vermutlich setzte ihr eigenes Desaster eine Duftspur.

Wenn sie Fremden gegenüber erwähnte, dass ihr Mann einen Schlaganfall gehabt hatte, dann förderte das häufig Geschichten zutage, die zu erzählen offensichtlich als Trost für sie gemeint waren, denn es war, so dachte und sagte man es auch, immer viel schlimmer als bei Steffen. Wieso sie das trösten sollte, hatte sie nie verstanden. Diese Geschichten interessierten sie nicht und häufig war die Sensationslust der Erzähler allzu deutlich. Die ersten Wochen nach Steffens Schlaganfall, als das Ereignis allmählich die Runde machte, riefen viele Leute an, um ihr Entsetzen mitzuteilen und um sich nach Steffen zu erkundigen. An manchen Abenden wurde ihr die Berichterstattung über Steffens Situation zu viel, was sie schließlich manchem fremden Anrufer gegenüber kurz angebunden machte. Vor allem ein Gespräch war ihr im Gedächtnis geblieben: Die Mutter eines ehemaligen Schülers von Steffen hätte, wie sie munter erzählte, Steffen als hervorragenden Lehrer kennengelernt und würde ihn immer noch verehren. Sie meinte, dass man von erhöhtem Blutdruck keinen Schlaganfall bekäme, denn nur bei niedrigem Blutdruck wie bei ihrer Oma wäre die Durchblutung im Gehirn schlecht. Sie schilderte in drastischer Ausführlichkeit, wie die Oma unverständliches, wirres Zeug geredet, ins Bett gemacht und sich nicht nur einmal mit Kot beschmiert hatte. Ganz schlimm sei das gewesen, und sie hoffe, dass das bei Steffen nicht der Fall sei. Das wäre ja entsetzlich. Karin war die Sprache weggeblieben, auch weil die Frau am anderen Ende zwischendurch immer wieder kaute und trank. Sie hatte Karin voller Hoffnung auf Sensationelles aufgefordert, von Steffens Leidensweg zu erzählen. Nach dem Gespräch schrie Karin ins Sofakissen, drückte das Gesicht fest hinein und schrie, bis ihr die Luft wegblieb. Am nächsten Tag sollte sie Steffen aus dem Krankenhaus holen.

Während sie ohne Appetit ein kleines Fischgericht aß, versuchte Karin die Schrift von Herrn Hammschulte zu entziffern. Er fragte, ob sie, da seine Frau sich nicht wohl fühle, ihm am Abend ein Stündchen Gesellschaft leisten würde, vielleicht könnten sie das angefangene Gespräch fortsetzen. Karin freute sich, obwohl ihr klar war, dass über Krankheit gesprochen werden würde und über Steffens Behinderung.

Nach dem Essen fuhr sie mit dem Pendelbus in den Ort und kaufte einen Badeanzug. Und weil sie schon mal mit Anprobieren begonnen hatte, ließ sie sich die neue Kollektion Unterwäsche zeigen. Noch sei auch ihre Größe vorhanden, sagte die Verkäuferin. Da musste Karin dankbar zugreifen.

Es war ein teurer Einkauf, aber sie beruhigte sich damit, dass sie seit bestimmt drei Jahren keine Unterwäsche mehr gekauft hatte, solch schöne schon seit Ewigkeiten nicht mehr. Steffen würde sich freuen. Doch da der Spaß an Dessous kein gemeinsamer mehr war, überkamen sie Schuldgefühle. Den Gedanken, die Wäsche wieder zurückzubringen, verwarf sie sofort, er war doch zu lächerlich. Im Herrengeschäft nebenan erstand sie für Steffen einen grauen Polopullover, genau nach seinem Geschmack.

Als sie, bepackt mit den Einkaufstüten, über den Hotelvorplatz ging, luden die Livemusiker gerade ihre Instrumente aus. Boxen, Bass, Schlagzeug und Klarinetten-Kasten lagen vor der Eingangstür. Karin war überrascht, hier eine Jazzgruppe anzutreffen. Matties half den Musikern, damit der Eingang nicht zugestellt würde.

»Sie hätten mir sagen sollen, dass die Livemusik Jazz ist, Matties«, tadelte sie scherzhaft, »ich habe mir etwas völlig anderes vorgestellt.«

»Eine Hammondorgel mit Schnulzensänger?«

»Genau«, bestätigte sie lachend.

Matties lächelte mit schief gelegtem Kopf, sagte aber nichts.

»Bin meinen Vorurteilen aufgesessen.« Sie blickte ihn voll an. »Das meinten Sie doch, nicht wahr?«

»Aber Frau Lohberg!«, entrüstete er sich spielerisch, schüttelte zungenschnalzend den Kopf und trug einen Lautsprecher davon.

# 7

Professor Hammschulte war ein kluger und witziger Mann, der fesselnd von seinen Reisen erzählen konnte und sie, darüber freute sie sich besonders, in ein Gespräch über Schule und Bildungspolitik verwickelte.

Karin war begeistert, mal wieder zu fachsimpeln. Im anderen Leben war Steffen auf Partys oft Initiator politischer Diskussionen gewesen, er hatte seine Position überzeugend darstellen können und hatte Gegenargumente klug und manchmal auch sehr ironisch zerlegt, aber nie verletzend. Sie selbst war bei diesen Gesprächen zumeist im Hintergrund geblieben, weil sie, wenig eloquent, oft nicht zu Wort kam und Steffen, wenn sie mutig angesetzt hatte, förmlich über sie hinweggeredet hatte. Die Sehnsucht nach Sprechen, nach Austausch brannte plötzlich in ihr wie seit Jahren nicht mehr.

»Ja, viele Chancen wurden leider vertan«, bedauerte sie, bezogen auf ihr Thema der Schulreformen, und sprach ziemlich laut. Das Jazz-Quintett spielte bereits seit einer Viertelstunde und machte die Unterhaltung ein wenig schwierig. Die Bar und der angrenzende kleine Kaminraum waren voll mit plaudernden Menschen. Während sie das sagte, merkte sie, dass der Professor an ihr vorbei nach oben blickte und lächelte.

»Ja, viel zu oft im Leben werden Chancen vertan«, sagte der große Mann über ihr mit spöttischem Unterton. Karin hatte, noch bevor sie seine Stimme hörte, sein Aftershave wahrgenommen. »Große und kleine werden vertan. Guten Abend gnädige Frau, Herr Professor!« Der Professor war aufgestanden und bot Dr. Wohleidt mit einer Handbewegung den Platz neben sich auf der Bank an. Karin rührte sich nicht und betrachtete irritiert das Geschehen.

»Ich möchte auf keinem Fall Ihre angeregte Unterhaltung stören.«

»Tatsächlich?« Karin schenkte dem Störenfried keine Aufmerksamkeit, sondern betrachtete die Kapelle. Sie spürte die verdrängte Enttäuschung, dass er ihr nicht nachgesehen hatte, als sie nach dem gemeinsamen Tee die Treppe hochgegangen war. Sie wollte ihn mies finden. Ihre Wangen röteten sich wieder.

»Nein, nein, Sie stören absolut nicht, ich muss sowieso gleich nach oben. So weiß ich Frau Lohberg in guten Händen.«

»Ach, was für ein Unsinn«, ärgerte sich Karin, »Ich komme sehr gut allein zurecht.« Der Schlagzeuger hatte gerade zu einem beeindruckenden Solo angesetzt und zog alle Aufmerksamkeit auf sich, sodass ihre Worte untergegangen waren, denn keiner reagierte.

»Frau Lohberg und ich haben gemeinsame Erfahrungen in der frühen Gesamtschulbewegung. Eine bemerkenswerte, liebenswürdige Frau!«, sagte der Professor zum Doktor.

»Ich teile Ihre Meinung, aber nur zum Teil«, erwiderte der große Mann und tat so, als ob Karin nicht vorhanden sei, »Bemerkenswert ja, aber liebenswürdig? Das müsste sie noch unter Beweis stellen, mir gegenüber jedenfalls.«

Herr Hammschulte blickte zu Karin, die immer noch scheinbar interessiert die Musiker betrachtete und so tat, als ob sie nicht zuhörte. Zu albern fand sie, was der große

Mann von sich gegeben hatte, und überlegte, ob sie jetzt nicht besser gehen sollte.

»Ich dachte, Sie würden sich schon kennen, weil...«, meinte der Professor, lächelte, als er sah, dass Karins Kaumuskeln arbeiteten. »Na, ist auch egal. Dann lernen Sie sich eben jetzt kennen. Das ist Georg...«

»Doch, doch, wir kennen uns...«, unterbrach der große Mann, »flüchtig, würde ich sagen. Frau Lohberg verflüchtigt sich immer ganz schnell, scheint überhaupt auf der Flucht zu sein.«

»Da hat er nicht ganz Unrecht«, murmelte Karin, und auch, dass sie keinerlei Interesse an aufdringlichen Männern habe. Der große Mann beugte sich zu ihr hinüber und bat um Wiederholung des letzten Satzes. Sie schwieg und sah ihn an, suchend, was sie erwidern könnte. Seine intensiven, sehr graublauen Augen blickten ernst, tasteten mit schnellen Bewegungen Karins Blick ab und hielten ihn dadurch fest. Schließlich lächelte sie und entspannte ungewollt die Gesichtsmuskeln. Sie war verwirrt und zwang sich wegzuschauen. Der Pianist spielte *Sentimental Journey* und begann zu singen. Sie summte mit, um in der Melodie Halt zu finden.

»Ach ja, das waren noch Zeiten!«, sagte der Professor, dem der Augenkontakt seiner Tischnachbarn nicht entgangen war, gewollt wehmütig und lachte. »Ich muss jetzt nach oben, meine Frau ist nicht gern so lange allein.« Er winkte die Kellnerin heran und bezahlte seinen und Karins Wein. Sie bat, ihn das nächste Mal einladen zu dürfen, und hoffe, dass es seiner Frau bald besser ginge.

»Eine leichte Erkältung, das schwächt sie leider inzwischen sehr. Sie müssen mir noch etwas über Aphasie erzählen, das haben wir völlig vergessen«, sagte er, stand auf, nickte Herrn Dr. Wohleidt zu und ging. Die Kellnerin war am Tisch stehen geblieben und hatte auf die Bestellung von Dr. Wohleidt gewartet. Der sah Karin fragend an, deutete auf ihr fast leeres Weinglas und weil sie nickte, bestellte er auch ein Glas Rotwein für sie.

»Aber nur ein Glas bitte, keine Karaffe. Und schreiben Sie es auf meine Rechnung«, sagte Karin zur Kellnerin und bestelle sich ein Wasser dazu. Sie hatte mit dem Professor schon zwei Gläser getrunken, mehr trank sie in der Regel nicht, denn sie vertrug Alkohol nicht mehr gut. Weitere Gäste kamen, zwei Paare, die sich mit an den Tisch setzen wollten, was nicht zu verwehren war. Es gab ein kleines Hin und Her. Herr Wohleidt hatte sich neben Karin auf die hufeisenförmige Bank gesetzt und saß jetzt außen, verschloss Karin den Fluchtweg, wie sie für sich feststellte. Er unterhielt sich heiter mit den Ankömmlingen und sein Arm berührte Karins Hand, als er einen Bierdeckel auf ihren Platz schob. Das allgemeine Gespräch entband Karin von einer direkten Unterhaltung mit dem großen Mann, sodass sie sich an dem Gespräch über Hotel und Wetter und den zunehmenden Verkehr beteiligte. Schnell kreiste das Gespräch um Radtouren und um die Unfallgefahren beim Überqueren der Hauptstraße. Dr. Wohleidt wurde gefragt, ob er nicht in den tragischen Unfall am vergangen Wochenende involviert gewesen sei, in dem eine junge Frau fast zu Tode gekommen wäre.

»Ich habe den Unfall nur gesehen, mehr nicht«, sagte er.

»Ach so«, sagte eine der Frauen sichtlich enttäuscht, »ich dachte, weil Sie sich gestern mit einer Frau lautstark um Unfallkosten gestritten haben, dass Sie der Verursacher seien.«

»So entstehen Gerüchte«, erwiderte er, nahm sein Bier

und wandte sich demonstrativ Karin zu, die die Aufforderung verstand, ihrerseits ihr Weinglas nahm und ihm zuprostete. Seine Augen baten um Einverständnis und Karin versuchte es ihm zu signalisieren, obwohl sie nicht genau wusste, worum es ging. Da die Musik schwieg, war das Schweigen am Tisch besonders deutlich. Als sie mit einem Boogie wieder einsetzte, nahm der große Mann Karins Hand und zog sie, die völlig verblüfft war, hinter sich her auf die kleine Tanzfläche. Schon bei vorherigen Stücken hatten einige Gäste getanzt.

»Um Gottes Willen, ich kann nicht mehr tanzen!«

»Das verlernt man nicht. Ist wie Fahrrad fahren!«, lachte er und hatte sie schon um die Taille gegriffen. Er hielt ihre rechte Hand sehr fest und ihre linke traf jedes Mal auf seine geöffnete rechte, wenn sie sich näherten und sich wieder abstießen. Sie sahen sich lachend an.

»Sehen Sie, es geht noch! Sie sehen reizend aus, wenn Sie lachen.«

Andere Paare kamen hinzu und die Musiker hatten Spaß daran, den tanzenden, zumeist älteren Leuten Musik aus deren Jugendzeit zu spielen.

»Die Musik geht tatsächlich immer noch in die Beine.« Nach dem Boogie war Karin außer Atem »Macht aber Spaß!«

»Wusste ich doch«, sagte er und nahm beim Blues, den die Kapelle nun spielte, Karins rechte Hand an seine Brust und hielt sie umschlossen. Sie erinnerte sich an den federnden Widerstand seines gewölbten Oberkörpers, als sie ihn angerempelt hatte. Jetzt berührte sie das Federnde bedrohlich lange. Sie drückte sich ab, er gab sie ein paar Zentimeter frei und lächelte. Sie dachte angestrengt über eine mögliche Frage nach, sie wollte sich unterhalten, den Gleichklang der wiegenden Körper nicht überhand nehmen lassen. Ihr fiel nichts ein.

»Sie werden schon wieder ernst«, sagte er vorwurfsvoll, »mit Fröhlichkeit erträgt man die Unbill des Lebens viel besser!«

»Sie sind schon ein komischer Kauz!«

»Wieso denn das?«

»Ach, Herr Wohleidt, ich habe Sie ja nicht gerade nett behandelt.«

»Selbsterkenntnis ist ein verheißungsvoller Auftakt zur Besserung. Ab jetzt behandeln Sie mich einfach immer nett, dann ist alles vergeben und vergessen!« Er zog sie wieder enger zu sich heran, sodass sie fast seine Wange an der Schläfe spürte. Sie bog den Kopf zurück und sah ihn an.

»Das geht nicht.«

»Was geht nicht?«

»Ich brauche mehr Abstand, sonst tut mir der Nacken weh, wenn ich zu Ihnen hoch gucken muss«, log sie lachend und er lachte mit.

Den folgenden Swing tanzten sie, als ob sie schon oft zusammen getanzt hätten. Wieder am Tisch, saßen sie allein, die anderen hatten sich in der Zwischenzeit an einen anderen freien Tisch gesetzt. Er sagte, dass es ihm Spaß gemacht habe und er es gern wiederholen würde. Sie sagte nichts dazu außer *schau'n wir mal* und fragte ihn dann nach den Umständen des Unfalls. Er schilderte kurz den Hergang und hatte Spaß an Karins Reaktion, als er erwähnte, dass er an der Ampel auf seine Nichte gewartet habe. »Ihre Unterstellung hat mich sehr amüsiert«, lachte er, »aber eigentlich würde ich mich lieber mit Ihnen über nettere Dinge unterhalten.«

»Zum Beispiel?«

»Zum Beispiel, dass Sie schöne Augen haben, grün am Tageslicht, hier eher olivbraun bis ocker.«

»Das ist kein erörterungswürdiges Thema. Für mich ist es sowieso schon spät«, sagte sie und schaute auf die Uhr. »Ach du lieber Himmel, halb zwölf!« Vor Schreck hatte sie sich aufgerichtet und wäre bestimmt aufgesprungen, hätte er nicht beruhigend seine Hand auf ihre gelegt.

»Ist es denn die Möglichkeit? Schon wieder auf der Flucht!« Eine Mischung aus Amüsiertheit und Verwunderung sprach aus seinem Gesicht.

»Sieht fast so aus, aber ich bin es nicht mehr gewohnt ... ach, lassen wir das.« Karin betrachtete die fremde Hand, die ihre bedeckte und erstaunlich kühl und trocken war. »Ich muss jetzt wirklich gehen!« Es klang fast flehend und langsam zog sie ihre Hand unter seiner hervor.

»Okay«, sagte er und nahm seine Hand weg, »ich bringe Sie aber noch bis vor die Tür. Keine Widerrede!«

Es war Karin unangenehm, dass er sie die Treppe hoch begleitete. Sie blieb stehen und meinte, dass sie jetzt den Weg schon finden würde, doch er ließ sich nicht abwimmeln. Vor ihrer Tür fragte er, ob sie morgen Abend mit ihm essen gehen würde. Als sie zusagte und zu ihm hoch blickte, meinte sie zu schwanken. Er rührte sich nicht, sie sah seine Kiefer mahlen. Dann nahm er ihre linke Hand und führte sie zu seinem Mund, deutete eine Berührung nur an.

»Schlafen Sie gut«, sagte er sanft, »es war ein schöner Abend.«

Als sie die Tür aufschloss, ging er. »Schlafen Sie auch gut!«, rief Karin ihm nach.

# 8

Obwohl der Schlaf nur fünf Stunden gedauert hatte, erwachte Karin gegen neun Uhr ausgeschlafen und guter Dinge. Sie griff als Erstes zum Telefon und rief Steffen an, der am vergangenen Abend völlig aus ihrem Bewusstsein geraten war. Sie war erleichtert, auf dem Display des Handys keine Mitteilung über einen versäumten Anruf zu sehen. Sie drehte den Spieß um und beschwerte sich spielerisch, dass er ihr nicht gute Nacht gesagt habe.

»Ach«, sagte er, »ich … Vi… Viban… eneo, nein … hach … ein Uhr!« Er wollte sagen, dass er bis ein Uhr nachts ferngesehen hatte. Video, hatte er gemeint, sein Synonym für Fernseher und Fernsehen. Den Film konnte er aber erst nennen, als er den Titel aus der Programmzeitschrift holprig vorlas. Er lachte, war guter Laune und fragte nicht, wie sie den Abend verbracht hatte. Sie hätte ihm gesagt, dass sie mit anderen Gästen in der Bar Jazz gehört habe. Das ist doch völlig in Ordnung, sagte sie sich, und dass ein Mann Interesse an mir hat, ist auch in Ordnung, zumal ich mich nicht für ihn interessiere. So konnte Karin sich heiter von Steffen verabschieden und berichtete noch, dass das Wetter trocken sei und dass sie fotografieren gehen wolle.

Das Frühstück hatten die meisten Gäste schon hinter sich, lediglich zwei Tische waren noch besetzt, und der Professor war auch eben erst mit seiner Frau gekommen. Karin begrüßte beide mit Handschlag und freute sich, dass es Frau Hammschulte offensichtlich wieder besser ging.

Karin setzte sich kurz zu ihnen, weil das Begrüßungsgespräch ausführlicher wurde als erwartet, vor allem aber, um in gleicher Augenhöhe mit ihnen zu sein. Der Professor musste ihr abendliches Gespräch seiner Frau berichtet haben, denn sie fragte, ob Karin noch im Schuldienst sei.

»Nein, schon über zehn Jahre nicht mehr. Mein Mann hatte vor zwanzig Jahren einen schweren Schlaganfall und ist seitdem Aphasiker, das heißt …«

»Verlust der Sprache, kommt aus dem Griechischen. Ist eine ganz üble Sache«, unterbrach Frau Hammschulte. Überrascht sah Karin sie an. Sie hatte sie für ein wenig tüdelig gehalten.

»Ja, das stimmt. Einen völligen Verlust der Sprache bedeutet Aphasie aber in der Regel nicht unbedingt. Die meisten Aphasiebehinderten verfügen noch über Reste von Sprachfähigkeit«, ergänzte Karin gerade, als Matties kam und fragte, ob sie wie immer Tee wolle, und vorschlug, ihr Gedeck an diesen Tisch zu bringen.

»Die Frage ist, wie schwer das Sprechen, Verstehen, Lesen und Schreiben geschädigt sind. Manchmal ist nur die motorische Produktion des Sprechens gestört, alles andere ist intakt geblieben. Das wäre für meinen Mann und mich eine beneidenswerte Variante.« Karin merkte, dasss sie Gefahr lief, sich zu ereifern, und hielt inne, sagte, dass sie sich erst einmal etwas vom Frühstücksbüfett holen wolle. Als sie zurückkam, fand sie die beiden im Gespräch über den Hotelbesitzer, Frau Weiduns Bruder.

»Kennen Sie ihn?«, fragte der Professor. Karin verneinte, erzählte aber, dass Frau Weidun sie wegen des Bruders angesprochen hatte in der Hoffnung, sie könne ihn zum Weitermachen der Therapie motivieren. Die Hammschultes schüttelten beide den Kopf.

»Sie kann ihren Bruder nicht in Ruhe lassen, das ist schon immer ein großes Problem gewesen, vor allem für seine Frau, also für die Schwägerin. Herr Weidun scheint mir im Kopf völlig klar zu sein. Er spricht zwar sehr, sehr langsam, ja, aber eher, weil er müde ist, erschöpft. Vielleicht liegt's auch an Tabletten. Ich weiß es nicht«, sagte der Professor zweifelnd.

»Aphasiker sind übrigens im Kopf klar, sie werden leider oft für debil gehalten. Der Verlust der Sprache bedeutet nicht den Verlust der Intelligenz, jedenfalls in der Regel nicht.«

Frau Hammschulte hielt mit Kaffeerühren inne und schaute Karin zweifelnd an. »Da muss ich Ihnen widersprechen, junge Frau, ohne Sprache funktioniert kein Denken, wer die Dinge nicht benennen kann, kann sie nicht denken. Wörter und Begriffe gehören zum Denken und Intelligenz geht nicht ohne Denken. Das wussten schon die alten Griechen!«

Karin sah die großen, aufgerissenen Augen, die trüb zu werden begonnen hatten und sah auch die leicht zittrigen Lippen. Ihr fiel auch das Zittern der Hand auf, als der Professor seiner Frau beruhigend über den Arm strich.

»Ja, das meinten die alten Griechen, nur recht hatten sie damit nicht. Ihnen fehlte das medizinische Wissen!« Karin bemerkte, dass Frau Hammschulte ihren Kopf wiegte.

»Trienchen«, sagte der Professor und legte eine mit Butter bestrichene Brötchenhälfte auf den Teller seiner Frau, »Frau Lohberg ist sicherlich notgedrungen auf dem neueren Wissensstand.« Er klopfte nun ein Ei auf und stellte es auf den Teller seiner Frau. Karin war verunsichert, ob sie weiter bei diesem Thema bleiben und wie sie dann Frau Hammschulte begegnen sollte. So entstand eine Pause, in der sich alle ihrem Frühstück widmeten. Die alte Dame hatte wegen der zittrigen Hand Schwierigkeitenm mit dem Löffel in das Ei zu stechen, und als Karin ihr helfen wollte, sagte sie, dass sie allein kleckern wolle, solange sie das noch könne. Als alle lachten, meinte sie, und sah Karin dabei lächelnd an: »Der Parkinson ist ein heimtückischer Gesell und will anscheinend nicht mehr im Verborgenen sein. Ob Alzheimer besser gewesen wäre? Da kriegt man irgendwann nichts mehr mit.«

Der Professor schimpfte auf die Sturheit seiner Frau, nahm ihr den Eierbecher aus der Hand und schnitt dem Ei die Spitze ab.

»So, jetzt kannst du in aller Ruhe kleckern«, seufzte er. Sie schnaufte tief durch, als er ihr noch die Serviette zurechtrückte.

Frau Hammschulte konzentrierte sich ganz auf das Ei und sagte, dass ihr Mann schon immer seine liebe Last mit ihr gehabt habe. Er schüttelte den Kopf, zog die Augenbrauen zusammen und fragte Karin nach Steffens Beruf, den er wohl vergessen hatte.

»Er war zuletzt frustrierter stellvertretender Seminarleiter fürs Gymnasium und war im Gespräch, ins Schulministerium zu wechseln, ins Referat, für die Lehrerausbildung. Dazu ist es dann nicht mehr gekommen.«

»Ja, die Lehrerausbildung liegt wohl immer noch im Argen. Wie alt war Ihr Mann damals?«

»Fünfundvierzig. Mitten im Leben«, antwortete Karin.

»So jung, wie schrecklich«, sagte Frau Hammschulte.

»Es trifft noch viel jüngere Menschen, sogar Kinder.«

Karin knüllte ihre Serviette zusammen und glättete sie wieder, um sie dann in den Stoffumschlag zu stecken. Ihre vermeintliche innere Ruhe und morgendliche Heiterkeit waren verschwunden. Sie fühlte wieder nervöse Unruhe, die sie sich damit erklärte, dass sie zu viel Tee getrunken hatte. Den Hammschultes war ihre plötzliche Nervosität nicht entgangen, denn beide sahen sie ernst an.

»Ich glaube«, sagte der Professor, »dass wir uns nicht vorstellen können, was das wirklich bedeutet. Habe auch nie darüber nachgedacht, auch als der Vater meiner Frau nach mehreren Schlaganfällen nicht mehr sprechen konnte. Das war nur kurz, er starb zwei Wochen später. Er war ja auch sehr alt.«

Nach einer Weile des Schweigens fragte Frau Hammschulte, ob Karin nicht etwas Licht in das gestaltlose Dunkel, so formulierte sie, bringen könne, damit sie und ihr Mann sich ein genaueres Bild machen könnten über Aphasie.

»Das ist schwer zu schildern. Aber Gespräche, so wie wir jetzt miteinander sprechen, sind zwischen meinem Mann und mir nicht mehr möglich. Das verändert eine Partnerschaft. Aber wozu wollen Sie das wissen?«

»Doch, das würde mich sehr interessieren«, sagte der Professor und schaute Karin an, »das scheint Sie zu irritieren?«

»Ja, es ist ungewöhnlich, dass jemand danach fragt. Ich werde darüber nachdenken, heute auf meiner Fahrradtour.« Karin machte Anstalten aufzustehen, zögerte und sagte, dass sie sich auf das Gespräch freue. Sensationslust ist den beiden nun wirklich nicht zuzutrauen, sagte sie sich.

»Wo wollen sie hin?«, fragte Frau Hammschulte.

»Richtung Vogelschutzgebiet, an den kleinen Seen vorbei. Vielleicht kommen mir ein paar Rotschenkel und Gänse vor die Linse.«

Die Hammschultes verabschiedeten sie herzlich und wünschten ihr viele gute Fotos.

Eine halbe Stunde später saß sie auf dem Fahrrad. Vom Fahrradschuppen aus hatte sie beobachtet, wie Herr Wohleidt auf dem Parkplatz mit den drei Frauen vom Nachbartisch redete, ihnen nachwinkte, als sie mit dem Cabrio davonfuhren, ehe er sich selbst in sein Auto setzte. Sie dachte daran, dass sie mit dem großen Mann vage zum Abendessen verabredet war, aber sie hatten keinen genauen Zeitpunkt ausgemacht.

Sie fuhr fast eine Stunde auf dem Deich gegen den Wind, was sie ins Schwitzen brachte, weil sie ein zügiges Tempo beibehielt. Erst als sie in einen Waldweg einbog, erholten sich die müden Beinmuskeln. Jetzt wehte ihr nur ein sanfter Fahrtwind den Pony aus dem Gesicht. Auf dem teils sandigen Waldweg musste sie die Sonnenbrille absetzen, um Sandstellen und andere Unebenheiten zu sehen. Die Anstrengung der Umklammerung des Lenkrades setzte sich bis in die Schultermuskulatur fort. Sie spürte den schnellen Herzschlag. Ich hab sie nicht mehr alle, dachte sie und drosselte ihr Tempo. Sie fühlte sich plötzlich unsicher. In den vergangenen sechs Tagen hatte es zufriedene Momente gegeben, sie hatte Massage und Sauna genossen und ein paar Stunden Lesefreuden, doch vom Beginn einer sich im Inneren ausbreitenden Ruhe spürte sie nichts. An einer Bank stieg sie vom Rad. Von dort konnte Karin das von offenen Wasserstellen durchsetzte Sumpfgelände überblicken. Der Wind ließ das Laub der Pappeln und Birken leise zittern und projizierte tanzende Lichtspiele auf den von Grasinseln und Kieseln gesprenkelten Sandboden. Sie spürte den Wechsel von Licht und Schatten im Gesicht und schloss die Augen. Nur das Säuseln des Windes war zu hören, kein Vogel unterbrach die Stille. Traurigkeit überkam Karin. Aber sie fühlte sich in ihr geborgen, sie war ihr vertraut. So intensiv hatte sie ihre Einsamkeit seit langem nicht gefühlt. Ein Schwarm Gänse ging auf dem Tümpel nieder. Die Konturen der graubraunen Vögel lösten sich im Glitzern des für kurze Zeit aufgewühlten Wassers auf. Eigentlich hätte sie jetzt nach der Kamera greifen müssen, es waren ideale Lichtverhältnisse, aber sie konnte sich nicht zum Handeln entschließen.

Sie entschloss sich zur Rückfahrt.

Die Unterhaltung mit dem Professor, die Art, wie sie gierig geredet hatte, das brannte wie ein Vergehen, dessen sie sich schämen musste. Sie dachte an die Unbeschwertheit, mit der sie mit dem großen Mann getanzt und Ansätze zum Flirten zugelassen, auch selbst geflirtet hatte. Sie versuchte mit einem Du-bist-nicht-mehr-ganz-bei-Trost diese Gedanken zu verbannen. Sie würde mit dem großen Mann nicht essen gehen.

Sie fuhr zum Strand. Es war inzwischen nahezu windstill, so musste sie sich nicht besonders anstrengen und kam zügig voran. Die Temperatur war für die zweite Septemberhälfte noch sommerlich und sie empfand die Sonnenpausen als wohltuend.

Zum Glück hatte sie Badesachen dabei. Sie verstaute rasch Fototasche und Stativ unter dem Badelaken und kaufte sich am Strandkiosk eine Zeitung. Auf dem Rückweg sah sie die kleine blonde Schmetterlingsfrau mit einem wehenden rosa Chiffonschal vor einem Strandkorb stehen.

Karin öffnete die Kameratasche, setzte das Teleobjektiv ein und schoss ein paar Fotos. Sie wäre gern aufgestanden, um die Perspektive zu ändern, aber erst, als die Frau zum Wasser ging, lief Karin ebenfalls Richtung Wasser. Sie konnte jetzt so tun, als ob sie das allgemeine Strandleben fotografierte. Während sie durch den Sucher schaute, konzentriert ihr Objekt verfolgte, begann die Frau zu laufen. In dem Moment, als Karin die x-beinigen, nach außen schwingenden Unterschenkel sah und die dazu hochgehobenen Arme, traf sie die Erinnerung an Susanne Schmidt wie ein Schlag. Ein Foto gelang nicht mehr.

# 9

So sehr Karin auch versuchte, sich auf die Zeitung zu konzentrieren, es gelang ihr nicht. Die wirbelnden X-Beine waren mit einer unerwarteten Heftigkeit plötzlich wieder gegenwärtig.

Der Tag, an dem Karin Steffens Verhältnis mit Susanne Schmidt zu erahnen begann, war ein schöner, warmer Altweibersommer-Sonntag. Ein Kollege von Steffen feierte seinen vierzigsten Geburtstag. Vor dem Abendessen in einem idyllisch gelegenen Restaurant am Stadtrand hatten die Gäste, die zum Teil auch ihre Kinder mitgebracht hatten, eine kleine Rallye zu absolvieren. Es wurden Gruppen ausgelost und Susanne Schmidt und Karin fanden sich in einer Gruppe. »Oh Gott«, hatte Karin gesagt, als der Gastgeber die Gruppeneinteilung vorlas. Steffen stieß sie mit dem Ellenbogen. Er selbst war in einer anderen Gruppe.

Karin fand die Spielchen albern, Steffen auch, aber er hatte darauf bestanden, daran teilzunehmen und nicht erst zum Abendessen zu erscheinen, wie einige Kollegen. Steffen meinte, er wolle sich in seiner Lage dem kollegialen Geflecht nicht entziehen, es würde sonst wieder so interpretiert, als wolle er sich aufs hohe Ross setzen.

Sie wusste noch, dass sie sich über seine plötzlichen Skrupel wunderte, maß dem aber keine Bedeutung zu. Den Verlauf der Spiele konnte sie nach über zwanzig Jahren nur noch verschwommen erinnern.

Nach Beendigung der Rallye sah Karin zufällig, dass Steffen mit Einsammeln der Bälle beschäftigt war. Ein Ball rollte weg, er wollte nach ihm greifen, aber dabei fielen weitere Bälle aus dem Karton, den er im Arm hielt.

Da rannte Susanne Schmidt, die gerade noch neben Karin gestanden und gemeinsam mit ihr die Springseile geordnet hatte, einem der Bälle nach. Die Unterschenkel wirbelten seitlich weg, die Knie schienen sich zu einem vereinigt zu haben. Der Saum des roten Sommerkleidchens wippte bis zu den Oberschenkeln hoch, die blonden schulterlangen Haare verloren die Haarspange und flogen nun frei im Wind. Mein Gott, wie affektiert, dachte Karin und war gleichzeitig angerührt von der zarten Gebrechlichkeit dieser Frau, die sich jetzt nach einem Ball bückte und ihn aufhob. Wie eine Trophäe hielt sie ihn mit beiden Händen in Brusthöhe und rannte auf Steffen zu. Der eilte der helfenden Fee entgegen. Die Geste, wie Steffen beide Arme ausgestreckt hatte und dabei lächelte, kam Karin erst später ins Bewusstsein.

Die kurze Szene stand ihr in den ersten Jahren nach dem Schlaganfall des Öfteren wie von selbst vor Augen. Im Laufe der Jahre schwand der Schmerz über Steffens Affäre. Das alles war unwichtig geworden, war unnötiger Ballast im Ringen um eine lebbare Gegenwart. Sie rechnete Susanne Schmidts Alter nach und zwang sich, deren vollen Namen zu denken. Jetzt müsste sie Ende vierzig sein, vielleicht auch schon fünfzig, bestimmt sogar. Diese Feststellung beruhigte sie irgendwie.

Drei Monate nach Steffens Schlaganfall war Susanne Schmidt wie vom Erdboden verschwunden, hatte sich auch nicht mehr bei Steffen mit einer Postkarte gemeldet, wie sie es noch während seines Krankenhaus- und Rehaaufenthaltes getan hatte. Niemand aus dem Kollegium stand noch in Kontakt zu ihr. An der Schule hatte sie damals wegen ihrer Fächerkombination nicht bleiben können, vielleicht auch, weil sie nur knapp durch das Zweite Staatsexamen gekommen war.

Steffen hatte nur zweimal nach ihr gefragt. Oder Karin hatte ihn, falls er wirklich ihren Aufenthaltsort wissen wollte, nicht verstanden oder nicht verstehen wollen. Auch das war in dieser bodenlosen Zeit möglich gewesen.

Dann hatte eine ehemalige Kollegin, die Karin in der Stadt traf, von einem Kind berichtet, zwei oder drei Jahre alt, und dass Susanne Schmidt jetzt in Lüdenscheid leben würde. Das war im Jahre drei oder vier nach der Lebenswende, noch zu einer Zeit, als die Erwähnung des Namens weh tat, obwohl Karin offen über diese Beziehung sprach, wenn das Thema zur Sprache kam. Steffen hatte mit Achselzucken auf die Nachricht von dem Kind reagiert. Wie alt mochte es jetzt wohl sein?

An dem Herbsttag, als die wirbelnden X-Beine so einprägsam ins Auge gesprungen waren, hatte Susanne Schmidt eine Bemerkung gemacht, über die Karin trotz des zeitlichen Abstandes immer noch den Kopf schüttelte.

Ihre Gruppe hatte darauf gewartet, dass der Platz für das Ring-Werfen frei wurde. Eine Gruppe mit Erwachsenen und Kindern war lachend damit beschäftigt, Ringe über einen Stab zu werfen. Die Kinder hatten größeren Erfolg als die Erwachsenen.

»Ach, ist das schön!«, seufzte Susanne Schmidt beim Anblick der Kinder.

»Was ist daran so schön?«, fragte einer der Mitspieler, der Vater der Kinder.

»Es gibt doch nichts Schöneres, als Kindern zuzusehen! Das ist so befreiend«, antwortete Susanne Schmidt.

»Von was soll das befreien? Ich sehe das, zumindest im Moment, zwangsläufig anders. Sie haben keine Kinder?«

»Ich wünsche mir nichts sehnlicher, aber meine Situation lässt es nicht zu, leider. Ich muss auf Kinder verzichten.« Wieder seufzte sie tief und alle schauten sie verständnislos an.

»Jede Situation lässt sich ändern«, sagte Karin.

»Meine nicht, Karin.«

Karin hatte kein weiteres Interesse, über die näheren Lebensumstände aufgeklärt zu werden, und wandte sich ab. Aber einer der anderen fragte, ob gesundheitliche Probleme vorliegen würden.

»Nein, nein, das ist es nicht. Nur ...«, ihre Stimme war piepsig leise geworden, »... wenn man einen verheirateten Mann liebt, der seine Frau nicht verlassen will, dann ...«

»Das ist doch heutzutage kein Grund, auf Kinder zu verzichten«, fiel ihr ein Kollege ins Wort.

»Doch, für mich schon. Ein Kind braucht seinen Vater, und allein traue ich mir das nicht zu. Ich ...«, hauchte sie und blickte sehnsüchtig verloren zu den Kindern, »... ich bin zu unsicher, in allem.«

»Kinder sind nicht der einzige Lebenssinn«, mischte sich Karin doch ein, »ich habe auch keine Kinder und vermisse nichts.«

»Ja, aber du hast wenigstens Steffen.« Es klang traurig, resigniert und auch vorwurfsvoll. Karin ging der Gemütszustand der zarten Blonden auf die Nerven, sie wandte sich gereizt ab. Das Wurfspiel war inzwischen frei geworden, sodass Karin die anderen Gruppenmitglieder aufforderte, sich nun doch besser auf das Werfen zu konzentrieren.

Am Abend, als Steffen und sie im Bett lagen, meinte Karin, dass die Schmidt doch eine ziemliche Piepstimme habe, da könne er sagen, was er wolle. Steffen holte tief Luft.

»Die sollte unbedingt zu einer guten Stimmschulung, die Schüler nehmen die doch bestimmt nicht ernst, oder? Sagt ihr das denn nicht den Referendaren?«

»Doch, sagt man.«

»Dann ist es ja gut. Auch gegen die X-Beine könnte sie vielleicht noch was tun, sieht schon ulkig aus, wenn sie rennt.«

»Mein Gott, Karin, es ist gut!«

»Warum regst du dich auf, ich sehe nur, dass die nicht für den Beruf geeignet ist.«

»Ich möchte jetzt schlafen!« Steffen drehte ihr den Rücken zu und löschte das Licht. Nach einer Weile lachte Karin auf.

»Ach, das muss ich dir unbedingt noch erzählen! Sie beklagte sich, dass sie keine Kinder haben könne, weil sie einen verheirateten Mann lieben würde. So was erzählt man doch nicht im Grunde wildfremden Leuten! Ist schon eine merkwürdige Person!«

Mit einem Schwung war Steffen aus dem Bett und ging schnellen Schrittes ins Bad. Als die Badezimmertür zwar nicht knallte, aber doch deutlich mit Schwung geschlossen worden war, setzte sich Karin verdutzt im Bett auf.

»Was ist denn jetzt los?«, rief sie, erhielt aber keine Antwort. Sie lauschte und hörte die Spülung rauschen, dann den Wasserhahn, aber Steffen kam auch nach einer Weile nicht zurück ins Bett. Sie stand auf und öffnete die Badezimmertür. Steffen saß auf dem Wannenrand. Er blickte sie nicht an.

»Habe ich was Falsches gesagt?«

Er schwieg und schüttelte dann den Kopf. Als sie seine Hand nehmen wollte, um ihn wieder ins Schlafzimmer zu holen, sagte er, er wolle unten im Wohnzimmer noch etwas lesen und dort schlafen.

»Was hast du für Probleme?«

»Lass mich einfach, bitte!«

»Okay, okay, wie du willst!« Erbost ging Karin wieder ins Bett, fand aber nicht in den Schlaf, zumal sie aus dem Wohnzimmer leise Musik hörte.

Dann formte sich das Bild. Mit einem Ruck saß Karin im Bett, stand auf, ging ins Bad, ließ das Wasser lange laufen, damit es besonders kalt wurde, und wusch sich das Gesicht. Sie wollte den Gedanken wegwaschen, aber er blieb. Alles reimte sich zusammen, fügte sich logisch ineinander, und es war so ungeheuer einfach, dass es schon lächerlich war.

Sie war nicht ins Wohnzimmer gestürmt, um Steffen zur Rede zu stellen, sondern hatte sich wieder ins Bett gelegt und sich der wüsten Mischung aus Verzweiflung, Schmerz, Wut, Rachegedanken und Selbstmitleid hingegeben.

Sie tobte erst am nächsten Abend, als Steffen ihr ohne Aufforderung mitteilte, dass er mit Susanne Schmidt seit sieben Monaten ein Verhältnis habe. Die Mitteilung, er habe es sich nicht leicht gemacht, diese Beziehung einzugehen, brachte Karin aus der Fassung. Noch nie hatte sie Steffen derart angeschrien und mit Schimpfwörtern bedacht. Ein einigermaßen sachliches Gespräch war erst am nächsten Abend möglich. Steffen bat Karin um Zeit, Zeit, um für sich Klarheit zu bekommen, obwohl er eigentlich wisse, dass er und Karin zusammengehörten, aber vor allem brauche er Zeit, um Susanne Schmidt nicht psychisch in den Abgrund stürzen zu lassen, schließlich habe er durchaus die Verantwortung.

»Mich kannst du ja in den Abgrund stürzen lassen! Für mich fühlst du dich also nicht verantwortlich!«

»Nein, doch natürlich! Aber du kommst da wieder raus, du bist stark, Susi ist das nicht.«

»Susi, wie niedlich! Diese kleine zarte, ach so gebrechliche Suuuusi! Solche Weiber …«, weiter konnte sie vor Wut nicht sprechen und rannte aus dem Wohnzimmer. In der Tür, bevor sie zuknallte, hörte sie Steffen noch rufen: »Es ist schwierig, dich zu beschützen, da gibt es doch nichts. Das war doch immer schon so!«

»Ja, das war schon immer so, zu deinem Glück war es so, mein geliebter Steffen, wer weiß, was aus dir geworden wäre!«, sagte Karin laut und stampfte heftig mit dem Fuß auf. Wieder und wieder spritzte der Sand umher, bis sie sich beruhigt hatte.

# 10

Herr Wohleidt hantierte am Kofferraum seines Wagens, als Karin auf den Fahrradschuppen zufuhr. Sie ließ die Klingel ein paar Mal ertönen und als er sich aufrichtete und zu ihr hinschaute, winkten sie sich zu.

»Wie schön, Sie zu sehen«, rief er, »laufen Sie nicht wieder weg!«

»Nein, tu ich nicht!«

Als sie aus dem Schuppen kam, klappte er gerade den Kofferraum zu. Karin ging ihm ein paar Schritte entgegen.

»Ich grüße Sie! Hatten Sie einen schönen Tag?«, fragte Karin.

»Wie man's nimmt, ich helfe meiner Nichte ein bisschen, die Ferienwohnung meiner Schwester aufzulösen, die vor einem halben Jahr gestorben ist. Das hier sind ein paar Erinnerungsstücke«, er zeigte mit dem Kinn zu dem Karton in seinem Arm, »mal schauen, was ich behalten will.«

»Das ist keine schöne Aufgabe.«

»In der Tat nicht. Aber umso schöner, heute Abend mit Ihnen essen zu gehen. Sie haben's nicht vergessen, oder?«

»Wie könnte ich!«, lachte Karin und dachte daran, dass sie sich zuvor anders entschieden hatte.

Er sagte, dass er sich auf den Abend freue.

»Wir müssen ein Stück mit dem Wagen fahren. Das ist Ihnen hoffentlich recht. Das Lokal wird Ihnen gefallen.«

»Diesbezüglich vertraue ich Ihnen«, sagte Karin immer noch lachend.

»Sie müssen einen schönen Tag gehabt haben, dass Sie so gut gelaunt sind.«

Karin lächelte. Er sah sie fragend an, sagte aber nichts mehr, außer noch einmal, dass er sich freue.

Steffen ging es gut. Er war zufrieden, hatte in seiner Lieblings-Trattoria zu Mittag gegessen, es war lecker, so viel wurde klar. Und jetzt lag er im Liegestuhl auf der Terrasse.

»Die Sonne … scheinen!«, freute er sich.

»Da hast du es besser, hier hat es sich zugezogen.«

»Wieso?«

»Hier ist keine Sonne. Der Himmel ist grau.«

»Ach, blöd!«, bedauerte er sie.

»Ist nicht schlimm, das ändert sich wieder. Mach's gut, mein Tierchen!« Steffen antwortete mit seinem frohen *Jaha*.

Sie versuchte das Was-ziehe-ich-bloß-an-Problem zu lösen, bis der halbe Kleiderschrank auf dem Bett lag. Letztlich entschied sie sich für die einfachste Lösung, weiße Leinenhose, ein olivfarben-weiß gestreiftes T-Shirt mit langem Arm und für einen wollweißen Pullover, den sie zunächst über die Schulter nehmen konnte. Als Schmuck wählte sie den Jade-Anhänger, der mit dem Grünton des T-Shirts und ihrer Augen harmonierte. Die neue Unterwäsche fühlte sich gut an.

Als Herr Wohleidt die Fahrertür schloss und losfuhr, füllte eine gespannte Atmosphäre das Wageninnere aus. Erst auf der Landstraße fragte Karin, ob die Angelegenheit mit dem Unfall inzwischen in Ordnung sei.

»Ich bezweifle stark, dass alles in Ordnung ist. Die Sache ist für mich abgeschlossen. Die Polizei hat meine Zeugenaussage und irgendwann wird das Gericht sich wohl noch an mich wenden. Warum interessiert Sie das?«

»Ich weiß nicht, muss nachdenken.«

»Dauert das lange?«

»Das dauert bei Frauen immer länger, wissen Sie doch! Dafür wird's aber gründlicher.«

»Gut, dann kann ich Sie was anderes fragen. Sie sind also Lehrerin, oder waren es. Hat Ihnen der Beruf Spaß gemacht?«

»Ach du meine Güte, warum wollen Sie das denn wissen? Das ist ein blödes Thema.«

Er antwortete nicht sofort, konzentrierte sich auf das Überholmanöver, beschleunigte und passte genau die Lücke des Gegenverkehrs ab. Das wäre ihr selbst zu riskant gewesen. Steffen hätte es genauso gemacht, aber dann hätte Karin heftig protestiert. Bei Steffens sehr zügigem Fahrstil konnte sie nie ihr unterschwelliges Misstrauen ablegen. Er fuhr sicher, auch nach dem Schlaganfall.

»Müssen wir zu einer bestimmten Uhrzeit ankommen?«, fragte Karin und wollte von der Frage nach ihrem Beruf ablenken.

»Fahre ich zu schnell?«

»Nein, durchaus nicht. Mir darf nur nichts passieren.« Sie ärgerte sich über den letzten Satz.

»Also doch zu schnell«, sagte er und verlangsamte das Tempo.

»Nein wirklich, Sie müssen wegen mir nicht langsamer fahren.«

»Ich würde für Sie im Schneckentempo fahren«, lachte er, »na ja, vielleicht eine Minute lang!«

Er bog von der Landstraße in ein schmales Sträßchen, das für Gegenverkehr fast zu eng war.

Das Fachwerkhaus aus roten Ziegeln, behütet von einer gemütlichen Mütze aus Reet und mit einer anschmiegsamen Kletterrose um Eingangstüre und angrenzende Butzenfenster, entzückte Karin.

»Ach wie schön! Wie bei Rosamunde Pilcher!«

Er freute sich über ihre Begeisterung, stieg aus und öffnete die Beifahrertür. Sie konnte sich nicht erinnern, wann ein Mann ihr zuletzt die Autotür geöffnet hatte. Steffen war es bestimmt nicht, und mit anderen Männern hatte sie äußerst selten allein im Auto gesessen.

»Hätte nicht gedacht, dass Sie sich Rosamunde Pilcher ansehen.«

»Nur wegen der schönen Landschaft und der verträumten Landhäuser!« Sie lachte ihn an und ließ seine Hand los, die er ihr zum Aussteigen gereicht hatte.

Herr Wohleidt hatte den Tisch neben dem Kamin reserviert. Er wollte, wie er sagte, sicher sein, dass sie an diesem Tisch sitzen könnten, weil man hier kaum merkte, dass man in einem Restaurant ist.

»Es ist wirklich wie in einem Wohnzimmer hier«, bestätigte Karin, »ja, sehr schön.«

Viel länger als nötig vertiefte sie sich in die Speisekarte, denn sie hatte schnell gefunden, was sie essen wollte. Rosa gebratenen Rücken vom Deichlamm auf Rosmarin-Kartoffeln und Mangold. Er schlug das Menü vor, doch Karin lehnte ab, vier Gänge waren ihr zu viel, das war sie nicht mehr gewöhnt.

»Die Portionen sind nicht groß, wirklich. Sie dürfen sich die Trüffel-Ravioli und die Hummerschere nicht entgehen lassen.«

Sollte sie sagen, dass sie und Steffen seit etlichen Jahren

meistens schon gegen sechs zu Abend aßen, weil bei älter werdenden Menschen die Verdauung ein spätes Essen nicht mehr bewältigt? Sie und Steffen gingen schließlich inzwischen auf die Siebzig zu – was für den großen Mann eigentlich auch gelten müsste. Oder weil spätes Essen dick macht? Oder eher näher an der Wahrheit, weil sie und Steffen aus Ermangelung an Gesprächen die lauernde Langeweile klein halten wollten und ein frühes Abendessen einen störungsfreien Fernsehabend für ihn und einen Leseabend für sie garantierte? Auf keinen Fall würde sie das erwähnen!

Als die Kellnerin die Bestellung aufnehmen wollte, erbat sie sich noch Zeit, stimmte aber einem Aperitif zu, ganz Spielverderber wollte sie nicht sein. Georg Wohleidt beschäftigte sich inzwischen mit der Weinkarte, war dann begeistert, als Karin sagte, das Menü sei wirklich zu verführerisch. Die Kellnerin kam und nahm die Weinbestellung entgegen, nachdem Herr Wohleidt Karins Zustimmung zu einem offenen Wein, der hier sehr gut sei, eingeholt hatte.

Das Gespräch kam leicht in Gang. Sie unterhielten sich kennerisch über Weine, die Vorspeise, die gebracht worden war, und über Kochen allgemein. Es wurde klar, dass beide Spaß am Kochen hatten. Nur einmal erschrak Karin kurz, weil ihr eine kritische Bemerkung zu ihrem Essen peinlich war.

»Ich bin begeistert!« sagte der große Mann.

»Worüber?«

»Dass Sie mein Hobby teilen. Dann wird uns der Gesprächsstoff nie ausgehen!«

»Langsam, langsam, junger Mann! Das hier ist eine einmalige Angelegenheit ohne Option auf Wiederholung!«

»Ja klar«, lachte er, »keine Aussicht auf Wiederholung!«

»Sie scheinen mich nicht ernst zu nehmen«, tadelte Karin

und merkte, dass die ersten Probierschlucke die Durchblutung von Ohren und Wangen angeregt hatte. Die Neigung zu hektischen Flecken war ihr seit der Pubertät ein Gräuel, wie auch die oft glänzende Nase, an die sie jetzt dachte und daran, dass sie damit an Lächerlichkeit kaum zu überbieten sei. Sie tupfte mit der Serviette die Nase ab, aber es schien alles in Ordnung zu sein. Sie widmeten sich den Hummerscheren, stimmten überein, dass die Kombination mit der Orange gelungen sei. Karin redete wie jemand, bei dem Hummer häufig auf dem Tisch kam. Die zweite Vorspeise bot die Möglichkeit, vom Teller des anderen zu kosten, denn Herr Wohleidt hatte Trüffel-Ravioli und Karin ein Steinpilzrisotto bestellt. Beiden war klar, dass sie sich mit dem Gesprächsthema nur vorsichtig umkreisten. Es konnte sie nicht bis zum Ende des Menüs tragen. Als die Teller abgeräumt wurden, entstand eine Gesprächspause. Herr Wohleidt schaute Karin an.

»Ich nehme Sie übrigens sehr ernst, das müssten Sie eigentlich gemerkt haben.«

Karin schwieg, betrachtete die vor ihr liegenden Brotkrümel und wischte sie vorsichtig mit der Serviette zur Seite.

»Das sollten Sie nicht. Ich bin zu ernst, um von Ihnen ernst genommen zu werden.« Ihre Mundwinkel zuckten. Was für eine blöde Situation, stöhnte sie innerlich.

»Ich mag keine oberflächlichen Frauen, zu ernste allerdings auch nicht. Nur müsste ich mich schwer täuschen, wenn nicht ein lebenslustiger Kern in Ihnen steckt, auch wenn Sie ihn zu verbergen versuchen.«

Während Karin sich weiterhin mit ihrer Serviette beschäftigte und nach Worten für die Fortführung eines lockeren, unverbindlichen Gespräches suchte, winkte er nach der Kellnerin und bestellte noch eine Flasche Wasser.

»Dann kann ich ja nur in meinem Interesse hoffen, dass Sie Ihre Menschenkenntnis nicht im Stich gelassen hat«, sagte sie, mehr intuitiv als überlegt.

»Vertrauen Sie mir ... auch hier!«

Karin lachte. Er lehnte sich entspannt gegen die Stuhllehne und betrachtete sein Gegenüber. Für Sekunden verfingen sich ihre Augen und trennten sich erst, als die Kellnerin mit den Wasser und dem Rotwein kam.

Beim Hauptgang erzählte Karin von Steffens Schlaganfall und dem Sprachverlust. Zwischendurch gaben sie Beurteilungen über den Lammrücken ab, dessen Inneres sich wunderbar rosa präsentierte. Sie beantwortete seine Fragen nach Alter und Beruf und er war erstaunt, dass Karin schon so lange pensioniert war.

»Ich war irgendwann dann nicht mehr dienstfähig, nach sechs Jahren. Der Job als Abteilungsleiterin ist schon im Normalfall nervenaufreibend, aber zusätzlich mit der Aphasie meines Mannes und allem, was da noch dranhing, bin ich nicht fertig geworden. Körperlich und psychisch nicht.« Sie musste sich nicht sehr bemühen, ihrer Schilderung Distanz und Leichtigkeit zu verleihen.

Eine Weile konzentrierten sie sich beide auf das Essen.

»Ich habe genug von mir erzählt. Jetzt sind Sie dran. Was haben Sie beruflich gemacht?«

»Ich habe bis vor fünf Jahren bei Henkel gearbeitet.«

»In Düsseldorf?«

Sie konnten sich gar nicht beruhigen über die zufällige räumliche Nähe und auch darüber nicht, dass er in den Siebzigerjahren mit seiner ersten Frau in Düsseldorf gewohnt hatte. Sie hätten sich, rein theoretisch, begegnen können, stellten sie fest. Sollte Karin nach der ersten Frau fragen? Sie entschied, es nicht zu tun, und fragte stattdessen, ob er Kinder habe. Er erzählte, dass er zwei Söhne aus erster Ehe habe und auch schon Opa sei, der Älteste habe drei Kinder, würde aber in Norwegen leben und leider sei auch der Kontakt nicht sonderlich gut, sodass er sein jüngstes Enkelkind, ein inzwischen dreijähriges Mädchen, noch nie gesehen habe. Karin merkte seine unterschwellige Enttäuschung und erkundigte sich, was der andere Sohn mache.

»Ja, wenn ich das wüsste, wäre mir wohler. Er studiert vor sich hin. Wenn ich ihm glauben kann, hat er sich jetzt für Psychologie entschieden. Ist vielleicht das richtige Fach, kriegt sich eventuell so in den Griff.« Er zuckte resigniert mit den Schultern und runzelte die Stirn. »Erzählen Sie mir von Ihren Kindern, ich nehme an, Sie haben welche.«

»Nein, haben wir nicht. Da ist mir zwar Vieles entgangen, aber auch Vieles erspart geblieben.«

»Das ist wahr. Haben Sie keine haben wollen?« Er hielt inne und ergänzte: »Entschuldigung, das war indiskret, ich möchte keine Narben öffnen.«

»Ich habe damit kein Problem. Es hat einfach nicht geklappt und so habe ich mich meinem Beruf voll widmen können. Für uns beide war das gut so.«

»Wäre es nicht gut für Sie gewesen, wenn Sie Kinder gehabt hätten? So allein mit Ihrem behinderten Mann muss es doch schwer sein.«

»Nein. Ganz im Gegenteil. Wir waren ja erst fünfundvierzig, als es passierte. Unsere fiktiven Kinder wären zu dem Zeitpunkt vermutlich in der Pubertät gewesen oder kurz davor. Nein, die Probleme, die diese Katastrophe für die Kinder gebracht hätte, wage ich nicht auszudenken. Aber da kommt der Nachtisch, mal sehen, ob es was zu meckern gibt.«

Es war schon fast elf Uhr, als Herr Wohleidt zahlte, während Karin die Toilettenräume aufsuchte. Sie erschrak, als sie ihren geröteten Hals sah und auch die glänzende Nase. Mit der Frisur war sie zufrieden, sie hatte die Haare locker am Hinterkopf hochgesteckt und ein paar Strähnen herausgezupft. Das konnte so bleiben. Das Abpudern von Hals und Nase dauerte eine Weile. Noch einen Tropfen Eau de Toilette, dann ging sie zurück an den Tisch. Herr Wohleidt sah ihr lächelnd entgegen.

»Gut schau'n Sie aus, ich bin hingerissen«, sagte er und fügte an, als Karin die Augen verdrehte, »für Ihr Alter meine ich.«

»Dieses Kompliment gebe ich freudig an den Großvater zurück.«

Sie verließen das Restaurant.

»Dann geleiten Sie den alten Opa mal zum Wagen«, sagte er, als sie draußen waren, und stützte sich mit gebeugtem Rücken und humpelnden Schritten bei ihr ab.

»Seien Sie froh, dass Sie noch so gut erhalten sind!«

»Das bin ich, oh ja, das bin ich!« Er nahm ihre Hand und schwenkte sie übermütig vor und zurück. Bevor er Karin die Beifahrertür aufschloss, nahm er sie plötzlich in die Arme und küsste sie. Ihre erste Abwehrreaktion verebbte schnell.

»Sie sind doch wohl völlig verrückt! Das sollten Sie nicht tun!«

»Das wollte ich die ganze Zeit schon tun, hätte ich auch, wenn du nicht so abweisend gewesen wärest.« Er nahm sie noch fester in die Arme und flüsterte nahe an ihrem Ohr: »Das ist der Alterswahnsinn! Da kann man nichts gegen machen!«

Gefühle brachen über sie herein, ein Schwall von gleichzeitig heißem und kaltem Wasser. Genieß es, wenn du einen Mann zum Verlieben triffst, du hast es endlich mal verdient, hatte Jutta ihr vor Jahren gesagt. Das ist das Allerletzte, was ich gebrauchen kann, hatte Karin empört geantwortet. Jetzt atmete sie diesen Mann ein und fühlte ihn durch ihren Körper rieseln. Ihr Kopf schmiegte sich einen Augenblick in seine Schulterbeuge und mit der Stirn berührte sie seinen Dreitagebart. Wie weich und doch fest sein Körper war. Sie erhöhte abrupt ihren Körperwiderstand und er löste die Umarmung. Dabei merkte sie, dass er erregt war. Du lieber Himmel, nein, nur das nicht! »Ja, wir sollten fahren, es ist zu kühl.« Seine Stimme war sanft und zärtlich.

»Ich will nicht angesteckt werden.«

Er schaute sie irritiert an. »Wovon, womit?«

»Na, vom Alterswahnsinn! Erinnert mich zu sehr an Rinderwahn.« Sie lachten beide und er nahm sie wieder in die Arme und küsste ihre Nasenspitze.

»Hab keine Angst, wir mobilisieren ganz viele Selbstheilungskräfte!«

»Na dann«, sagte sie und stieg in den Wagen, dessen Tür er mit einer übertriebenen Verbeugung aufhielt.

Wie auf der Hinfahrt schwiegen sie. Als sie auf dem geraden Teil der Landstraße waren, legte er seine Hand auf ihre.

»Wie heißt du eigentlich mit Vornamen? Ich habe noch nie eine Frau geküsst, deren Vornamen ich nicht weiß.«

»Ich denke, du weißt längst, wie ich heiße, oder?« Das Du war ihr nicht leicht über die Lippen gegangen.

»Nein, Karin, weiß ich nicht«, lachte er, »sag Georg zu mir!«

»Georg«, sagte sie gedehnt und lachte ebenfalls, »ich hatte einen Onkel Georg, den haben wir Schorsch genannt.

Schorschi war ein bisschen meschugge, der arme Kerl wurde in ein Irrenhaus gesteckt.«

»Das scheint dich mächtig zu amüsieren! Gut, wenn du meinen Namen mit Verrücktheit assoziierst, nehme ich sofort Narrenfreiheit in Anspruch!« Er legte seine Hand auf ihr Knie und wollte langsam über den Oberschenkel streichen, brach aber ab, noch bevor Karin seine Hand wegschlagen konnte.

»Herr Dr. Wohleidt, so verrückt werden Sie doch wohl nicht sein!«

»Nein, natürlich nicht, wäre aber doch schön?«

»Anderes Thema bitte, erzählen Sie mir lieber, was Sie bei Henkel gemacht haben.«

Er hatte jetzt beide Hände wieder am Lenkrad und Karin lehnte sich demonstrativ nach rechts.

»Jetzt hab ich's vermasselt.«

»Schon möglich, ich bin zu weit weg von solchen Spielchen. Ich sagte schon, ich bin zu ernst.«

»Du erlaubst, dass ich das ein wenig bezweifle, aber das sagte ich schon. Und … ich spiele nicht, ich will nicht verlieren.« Der zärtliche Nachhall in seiner Stimme war verschwunden, die Stimmung gekippt.

»Jetzt hab ich's vermutlich vermasselt«, sagte Karin.

Sie schwiegen bis zur Ortseinfahrt.

»Ich war Produktmanager.«

Auf Karins Nachfrage sagte er: »Er sorgt dafür, dass ein Produkt verbrauchergerecht auf den Markt kommt.«

»Oh, das lässt Schlimmes vermuten! Verbrauchergerecht!«

Sie bogen jetzt in die Zufahrt zum Hotel ein, er fuhr extrem langsam, damit das Kopfsteinpflaster kaum zu spüren war, über das sich Karin bei der Hinfahrt beschwert hatte.

»Insbesondere Lehrer, die linke Sorte vor allem, vermuten immer alle Schlechtigkeit der Welt hinter Produkt-Marketing. Haben aber keine Ahnung. Aber das diskutieren wir bitte jetzt nicht aus.«

Weil Karin nicht antwortete, sie war verunsichert über seine Feststellung und über den bestimmenden Ton, schwiegen sie, bis er den Wagen zum Stehen gebracht hatte.

»Trinken wir noch einen Absacker?«, fragte er und hielt Karins Arm fest, weil sie aussteigen wollte. Sie zögerte.

»Du machst es unnötig kompliziert«, meinte er.

»Was mache ich kompliziert? Ich habe nur was gegen Vorurteile und falsche Erwartungen!«

»Vorurteile, okay, die haben wir beide, du gegen Produktmanager und ich gegen Lehrer. Aber falsche Erwartungen, mein Mädchen, die haben wir beide … nicht.« Mit dem letzten Satz verfiel er ins Flüstern und beugte sich weit zu ihr. Sie wich nicht aus, sondern sah ihn an. Die Erwartung eines Kusses wurde nicht erfüllt. Als ihr das klar war, stieg sie aus. Auf dem Weg zum Hotel legte er den Arm um sie, damit sie nicht friere, wie er meinte.

»Es ist schon spät, ich möchte nichts mehr trinken, außerdem hat die Bar mit Sicherheit zu.«

»Dem wäre zwar abzuhelfen, aber du hast recht. Wollen wir morgen zusammen eine Radtour machen?«

»Das wird nicht möglich sein, ich bin mit einer Bekannten verabredet, die kommt gegen elf, ich weiß nicht, wie lange sie bleibt.«

Er fand das bedauerlich und machte Vorschläge für eine gemeinsame Abendgestaltung. In der Hotelhalle nahmen sie jeweils ihren Zimmerschlüssel vom Haken. Karin stellte verwundert fest, dass sein Schlüssel nur vier Haken entfernt hing.

»Ich war von Anfang an in deiner Nähe«, sagte er.

Lachend schüttelte sie den Kopf und meinte, dass es schon merkwürdige Zufälle gäbe. Sie hatten also den gleichen Weg, sein Zimmer lag am Ende eines Ganges, den sie nie beachtet hatte.

»Ich wusste gar nicht, dass es da noch Zimmer gibt«, sagte sie erstaunt.

»Mal sehen?«, fragte er.

»Nein, natürlich nicht!«

»Natürlich.«

Vor ihrer Zimmertür, sie flüsterten jetzt, wünschten sie sich eine gute Nacht. Er sagte, dass es ein schöner und interessanter Abend gewesen sei.

»Ja, sehr interessant«, bestätigte Karin.

»Was war so interessant?«

»Zum Beispiel die Sache mit den Vorurteilen und den falschen Erwartungen, die wir angeblich nicht haben.« Sie schloss vor Entsetzen über den Satz, der ihr herausgerutscht war, die Augen und spürte, wie seine weichen Lippen ihren Mund öffneten. Ihre Arme schmiegten sich um seinen Hals.

»Sage ich doch, keine falschen Erwartungen«, flüsterte er, »du schmeckst noch nach dem Schokoladen-Mousse. Schmeckt sehr nach mehr.«

Sie hatte sich gegen die Wand gelehnt, sah ihn an und tastete sein Gesicht nach der Antwort ab, die sie nicht geben wollte.

»Schau nicht so verzweifelt«, sagte er und ließ sie seufzend los, »sehen wir uns wenigstens morgen beim Frühstück?«

Ihr Ja klang erleichtert. Sie hauchte ihm ein Bis-morgen-früh nach, als er sich seufzend umdrehte und ging.

Im Zimmer warf sie sich auf das Bett, blieb eine Weile liegen, bis ihr einfiel nachzusehen, ob sie vielleicht einen Anruf von Steffen überhört hatte. Er hatte nicht angerufen, was sie mit einem erleichterten Seufzer registrierte. Aber es waren zwei Kurzmitteilungen eingegangen, beide vom Meike Pöhling. Sie teilte mit, dass sie morgen nicht kommen könne, weil die Tochter Windpocken bekommen habe. In der zweiten Nachricht teilte sie mit, dass sie nervlich ziemlich am Ende sei, sie werde sich telefonisch melden.

Mechanisch machte Karin sich für die Nacht fertig. Das gelöste Haar steckte sie wieder mit einer Spange fest, zog den Pyjama an und den Morgenmantel darüber und griff zum Telefon auf dem Nachttisch. Er hob schon nach dem zweiten Klingeln ab.

»Du hast hoffentlich noch nicht geschlafen.«

»Sollte ich?« Er lachte leise.

»Ich wollte dir nur sagen, dass meine Verabredung morgen geplatzt ist. Wir können also die Radtour machen. Wohin wolltest du?«

»Das ist schwer am Telefon zu erklären, ich müsste es dir auf der Karte zeigen.«

»Ja gut.«

»Jetzt gleich?«

»Tu das!«, antwortete Karin.

In den Minuten, die sie auf sein Klopfen wartete, räumte sie Bett und Sessel von herumliegenden Kleidungsstücken frei.

Georg verließ gegen vier ihr Zimmer.

# 11

Am Morgen hatte Karin einen faden Geschmack im Mund, einen Atem, den man niemandem, auch nicht sich selbst gern zumutet und der nur deshalb keiner besonderen Beachtung bedarf, weil er automatisch beim Zähneputzen eliminiert wird.

Sie fuhr mit der Zunge über die Vorderfront der Zähne und berührte dabei die Innenseiten der Lippen. Sie waren empfindlich, sogar eine wunde Stelle war vorhanden, wie Karin beim Betrachten der umgestülpten Lippen dann im Spiegel sah. Sie schaute sich in die Augen. Beim Duschen zeigten sich zwei rötliche Flecken an Oberschenkel und Bauch. Die Erinnerung an deren Entstehung ließ sie nach dem sicheren Halt der Fliesenwand suchen. Sie rutsche an den Fliesen hinab, in die Duschtasse, berieselt vom warmen Wasser. Ein plötzliches Weinen, ein Schluchzer schüttelte ihren Oberkörper.

Sie fuhr zusammen, als das Handy klingelte, und hoffte, dass es nicht Steffen war. Es war Meike Pöhling, die fragte, ob Karin Zeit für ein Gespräch habe.

»Natürlich«, sagte Karin, »ich rufe dich sofort zurück, ich bin gerade aus der Dusche gestiegen.«

Im Bademantel, mit geputzten Zähnen, rief Karin zunächst Steffen an, der noch im Bett lag. Er gähnte ausgiebig ins Telefon, zählte dann von sechs bis zehn, zehn Uhr, also um zehn Uhr war er bereit zum Telefonieren. Wie gut, dachte sie und wählte Meike Pöhlings Nummer. Den Hörer nahm Meikes Mann Markus ab, sagte *hallo, hallo,* antwortete auf Karins Namen und die Frage, wie es ihm gehe, wieder mit *hallo,* hängte *wof irde da* an und legte schließlich auf. Nach kurzer Überlegung überprüfte Karin die Nummer des eingegangenen Anrufs von Meike und sah, dass es ihre Handynummer war.

»Meike, ich mache mir Sorgen, wie geht es dir denn? Ich hatte gerade Markus am Telefon, bist du nicht zu Hause?«

»Nein, ich habe die Kinder heute Morgen zu meiner Mutter gebracht, Clarissa mit Fieber und Windpocken und Hannes fürchterlich quengelnd. Markus ist völlig durch den Wind, mal fühlt er sich durch die kranken Kinder gestört und dann steht er wieder an Clarissas Bett, die sich zur Wand dreht, wenn er ins Zimmer kommt. Das regt ihn schrecklich auf.«

»Ach du liebe Zeit, das ist ja furchtbar.«

»Ja, ich schlafe auch nicht mehr, Markus macht Theater, wenn ich mal eine Nacht im Wohnzimmer schlafen will. Ich drehe allmählich durch.«

»Ist er eigentlich noch in logopädischer Therapie?«

»Ja schon, müssen wir aber privat zahlen, seine Mutter übernimmt die Hälfte. Sonst ginge es nicht. Wieso fragst du?«

»Rede doch mal mit der Logopädin, vielleicht kann sie Markus irgendwie klar machen, mit Bildern oder so, dass du deinen Schlaf brauchst und er sich keine Sorgen machen muss. Er versteht vermutlich dein Auf-der-Couch-schlafen falsch. Du hast mal erwähnt, dass er furchtbar eifersüchtig ist.«

»Auf die Idee bin ich noch gar nicht gekommen. Ja, ich ruf Ludger, das ist der Logopäde, nachher gleich an. Das macht der bestimmt, der ist sehr nett.«

Meike erzählte auf Karins Nachfrage, dass Clarissa demnächst bei einer Kinderpsychologin einen Termin habe. Die Klassenlehrerin hatte dringend dazu geraten, weil das Mädchen sich nicht mehr am Unterricht beteilige. Karin ging die Frage durch den Kopf, warum das nicht schon längst geschehen sei, der Schlaganfall lag schließlich schon über drei Jahre zurück. Auch Meike hatte sich darüber den Kopf zerbrochen und machte sich jetzt große Vorwürfe.

»Es war zunächst ja überhaupt nichts zu merken bei Clarissa, sie ging mit ihrem Papa ganz liebevoll um und betüttelte ihn. Dann, ganz plötzlich geht sie ihm seit einem Vierteljahr aus dem Weg«, sagte Meike und hatte Schwierigkeiten weiterzusprechen, weil sie mit den Tränen kämpfte, »ich bin völlig verzweifelt, was soll ich denn bloß machen?«

»Was hältst du davon, wenn ich mich in den nächsten Zug setzte und du holst mich in Husum vom Bahnhof ab?«

»Das ist lieb von dir, aber das geht nicht, ich muss mit Markus nachher zum Zahnarzt und heute Nachmittag habe ich einen Gesprächstermin in meiner alten Firma. Vielleicht kann ich wieder arbeiten, halbtags wenigstens. Wir brauchen das Geld.«

Es war ein ehrlich gemeintes Angebot, aber Karin war dennoch froh, dass Meike es nicht annahm. Sie verabredeten, dass Meike, wie geplant, zu Karin ins Hotel kommen würde, schon um mal etwas anderes zu sehen. In ein paar Tagen würde es den Kindern besser gehen, dann käme sie. Meike fragte noch nach Karins Befinden und ob sie die ersehnte Ruhe endlich gefunden habe. Um eine Antwort kam Karin herum, weil Meikes Sohn im Hintergrund schrie und auch Karins Telefon am Bett klingelte. Sie verabschiedeten sich rasch.

Sieben Klingeltöne schrillten, bis Karin bereit war den Hörer abzunehmen. Zu wenig Zeit, um mit einer neutralen Stimme Hallo und guten Morgen zu sagen. Das Herz klopfte viel zu stark. Ein plötzlicher Kloß im Hals ließ nur ein gequetschtes Hallo zu.

»Guten Morgen, Karin, ich wollte mich nur überzeugen, dass es dich tatsächlich gibt, oder ob ich nur einen schönen Traum hatte«, hörte sie Georg sagen und sich antworten, dass sie sich das auch schon gefragt habe. Sie plänkelten ein paar verspielte Sätze hin und her und verabredeten, dass er sie um halb elf Uhr abholen werde. Er habe schon gefrühstückt und müsse nur schnell etwas im Ort für seine Nichte besorgen. Gut, dachte Karin und hoffte, dass sie in der Zwischenzeit darüber entscheiden könnte, wie sie die vergangene Nacht zu bewerten habe. Sie hatte Angst.

Bevor sie zum Frühstücken das Zimmer verließ, setzte sie sich auf die Bettkante und wählte Juttas Nummer, legte aber nach dem ersten Klingeln wieder auf. Was sollte sie ihr erzählen? Dass sie eine wunderbare Nacht mit einem umwerfend gut aussehenden Mann hatte, ja genau, mit eben jenem Alterspotenzler? Jutta würde darüber schallend lachen, noch mehr über Karins Sorge, dass sie sich vermutlich verliebt habe und nun exakt in den Schlamassel hineinrutschen würde, den sie nie hatte haben wollen. Nein, mit Jutta konnte sie nicht darüber sprechen. Und auch mit sonst niemandem, und schließlich war es, wie jedes ihrer Probleme, ihre ureigenste Angelegenheit. Andererseits war sie voller verwirrender Gefühle, schöner Gefühle, für diesen Mann. Es drängte sie, ihr Verliebtsein in die Welt hinauszuschreien.

Voller Elan stieg sie die Treppe zum Frühstückszimmer hinab, steuerte beschwingt ihren Tisch an, grüßte die

Hammschultes, die gerade aufstehen wollten, und tauschte mit ihnen die jeweilige Tagesplanung aus. Als sie die Radtour mit Georg erwähnte, lächelte der Professor und wünschte viel Spaß und dass der Himmel Erbarmen mit ihnen haben möge und es nicht regnen lasse. Die Hammschultes hatten beide zwei Anwendungen im Kurhaus, was wegen der Fahrerei umständlich sei.

Am Nachbartisch waren die drei Frauen in ein lebhaftes Gespräch vertieft und erwiderten Karins Gruß ziemlich nebenbei. Eine von ihnen sah nach einer Weile zu ihr hinüber, als Matties den Tee brachte und sagte, dass sie heute Morgen besonders frisch aussähe, und wissen wollte, ob sie heute noch was Schönes vorhabe.

»Wenn das Wetter so bleibt, mache ich eine Radtour zum Leuchtturm«, antwortete Karin. Matties nannte das eine gute Idee und fragte, ob sie wieder allein fahre, was er schon einmal bemängelt und auf die Gruppentouren hingewiesen hatte.

»Nein, heute begleitet mich Dr. Wohleidt.« Warum hatte sie den Namen so deutlich ausgesprochen?

»Na, wenn das keine gute Nachricht ist!«, sagte Matties und fragte, ob sie sonst noch Wünsche habe.

»Nein, sonst habe ich keine Wünsche, Matties«, lachte Karin. Sie merkte Blicke vom Nachbartisch, sah kurz zu den drei Frauen hinüber, die sich aber sofort wieder ihrem Gespräch widmeten. Es ging, so viel bekam Karin mit, um den gestrigen Tanzabend im Kursaal, über die wenigen verfügbaren Männer und über die starke Frauen-Konkurrenz. Deren Probleme möchte ich haben, dachte Karin, aber dann mochte sie solchen Problemen doch lieber nicht ausgesetzt sein. Sie aß zügig, denn vor zehn wollte sie im Zimmer sein, um Steffen anzurufen und sich für die Radtour fertig zu machen, das kühle Wetter erforderte eine wärmere Bekleidung. So stand sie bald vom Tisch auf, wünschte ihren Nachbarinnen einen schönen Tag, und die wünschten ihr eine regenfreie Radtour mit Dr. Wohleidt.

Steffen war guter Dinge und hatte vor, in die Stadt zu gehen. Was er da machen wolle, fragte Karin, nur um etwas zu fragen, sie wusste, dass er es kaum sagen konnte.

»Ja hier«, sagte er, »und so … ja hier«, und dann weiter, »immer wieder, immer wieder!«

Er schien auf irgendetwas zu klopfen, zu zeigen, *ja hier*, aber sie konnte es nicht sehen. Rätselraten, Aufstöhnen, Verärgerung reihten sich aneinander, die Erlösung kam, als Steffen endlich die Idee hatte, den gesuchten Gegenstand aus dem Schrank zu nehmen. Die Teedose war leer, er wollte neuen Tee kaufen in einem speziellen Geschäft in der Innenstadt. Das kleine Wörtchen Tee, das zum Verstehen ausgereicht hätte, auf diese drei Buchstaben hatte er keinen automatischen Zugriff, obwohl der Begriff in seinem Kopf war, ja der gesamte Handlungsablauf des Tee-Kaufens war vorhanden, aber er konnte nur Bruchstücke davon zutage fördern.

»Du musst nicht in die Stadt. Es ist doch noch genug Tee im Vorratsschrank, ein ganzes Kilo.«

»Doch! Nein!« Obwohl es ein sehr wütendes Nein war, reagierte Karin bewusst sanft, er solle noch mal richtig nachsehen, er habe wie immer Tomaten auf den Augen. Sein weiteres *Nein* unterschied sich nicht vom vorherigen, sodass Karin den Vorschlag machte, in zehn Minuten noch einmal zu telefonieren. In zehn Minuten würde es halb elf sein, dachte sie, so ein Mist!

Beim Umziehen mahnte sie sich zur Ruhe, was sollte die Hetzerei, Georg würde warten können, doch dass sie noch mit Steffen telefonieren musste, behagte ihr nicht, denn das wollte sie nicht in Georgs Anwesenheit tun. Die Kluft zwischen ihrer Welt zu Hause und dem hier war beängstigend groß. Zum Glück rief Steffen nach ein paar Minuten an.

»Dar… jeeling, Plantage…«, las er von der Packung ab, den Namen der indischen Plantage sprach er unverständlich aus.

»Na siehste, sag ich doch, wie immer Tomaten auf den Augen. Musst also nicht in die Stadt.« Den letzten Satz sagte sie langsam und wiederholte *nicht-in-die-Stadt.*

»Weiß nicht«, meinte Steffen lachend, »mal gucken.«

»Gut, dann mach was Nettes in der Stadt! Ich rufe dich um achtzehn Uhr wieder an. Tschüss, mein Tierchen.« Das Telefon klingelte, als Karin gerade die Uhrzeit nannte.

»Wieso?«, fragte Steffen. Er hatte das Klingeln des Telefons gehört.

»Ich habe einen Termin für die Massage. Das wird die Masseurin sein, dass ich jetzt runterkommen kann. Also bis heute Abend!« Wie leicht Lügen sind und wie schnell verfügbar, dachte sie. Sie nahm den Telefonhörer ab. Georg sagte, dass er sich zehn Minuten verspäten werde, er müsse noch mit seiner Nichte telefonieren, es gäbe Probleme mit den Handwerkern.

»Hetz dich nicht, ist mir ganz lieb, wenn du später kommst.«

»Das hört sich aber nicht vielversprechend an«, tadelte er und legte lachend auf.

Jetzt war noch Zeit, das ungemachte Bett etwas zurechtzuziehen, das Zimmermädchen kam meistens erst gegen elf, und auch für Gesichts- und Garderobenkontrolle reichte es noch.

Sein Klopfen löste eine Rieselwelle aus. Noch vor ihrem *Komm-rein* hatte er bereits die Tür geöffnet. Und wie er dastand, innehaltend in der Bewegung, die Türklinke in der Hand, und sie ansah, wusste sie, dass sie sich nicht gegen ihn wehren konnte. Es war wie ein Foto, ein Schnappschuss, nicht zeigbar, aber im Gedächtnis-Album ab sofort eingeklebt. Sie bewegte sich nicht, hätte es nicht gekonnt, wie hypnotisiert sah sie ihn auf sich zukommen. Er nahm sie in die Arme und sie standen eine Weile in einer wiegenden Bewegung, bis er sie auf die Stirn küsste und fragte, ob sie tatsächlich diese blöde Radtour machen wolle.

»Das habe ich mich auch schon gefragt. Das Wetter ist ja nicht vielversprechend«, sagte sie und machte sich aus seinen Armen los, um Abstand zu gewinnen, »hast du einen Vorschlag?«

»Na«, meinte er und zeigte lachend auf das ungemachte Bett, »aber da würde unser altes Zimmermädchen in Ohnmacht fallen, überlassen wir ihr die verlotterte Lagerstatt.«

»Ist auch besser so, denk an dein Alter!«, neckte Karin und duckte spielerisch den Kopf weg.

»Kesse Lippe, die Kleine«, sagte er zärtlich, »bin jederzeit bereit, den Gegenbeweis anzutreten.« Er zog sie an sich, aber sie stemmte sich lachend mit ausgestreckten Armen gegen ihn.

»Lass uns doch am Strand laufen, ich glaube, es ist noch Niedrigwasser, Jacke an, Mütze auf und los! Ein klarer Kopf kann nicht schaden.«

Er hatte sie losgelassen, überlegte mit gespitztem Mund und stimmte zu.

Der Wind blies ihnen ins Gesicht, als sie auf den Strand zugingen. Er hatte den Arm um sie gelegt, doch das Gehen im lockeren Sand war dadurch schwierig, und so liefen sie nebeneinander, machten sich auf die teils kurios gestalteten Lenkdrachen aufmerksam, die im Wind tanzten. Erst auf dem festen, feuchten Sand blieben sie stehen, begeisterten sich für den unendlichen Horizont, für die vielen Variationen vom Grau des freiliegenden Meeresbodens und dem der Wolken am Himmel und für das Kreischen der Möwen.

»Ist das nicht herrlich«, jubelte Karin und drehte sich mit ausgestreckten Armen um die eigene Achse, »ich liebe das Meer, es ist so unglaublich vielfältig! So stimulierend und beruhigend zugleich.«

Er beobachtete sie amüsiert lächelnd und wartete, bis sie den Freudenausbruch beendete, wieder an seiner Seite war und sich bei ihm einhakte. Sie liefen schweigend nebeneinander her. Dann blieb Karin stehen und zeigte auf etwas, was Georg aber nicht sah.

»Schau genau in die Richtung meines Fingers, ungefähr zwanzig Meter, da bei dem Priel, das sind bestimmt Knutts. Eine große Bande.«

»Seh' nichts, alles nur Watt!«

»Nein, da, es hebt sich doch deutlich vom Watt ab! Bräunlich, ein bisschen Beige, da, sie bewegen sich doch!«

Weil er immer noch nichts sah, auch den Priel nicht erkannte, obwohl der deutliche Uferlinien hatte, zog sie ihn in die Richtung der Vögel, die flogen jedoch auf, eine große Schar, zu Hunderten *nutt-nutt* rufend, beruhigten sich und landeten wieder unweit der alten Stelle.

»Genau, es sind Knutts. Schade, dass ich das Fernglas nicht mitgenommen habe.«

Er amüsierte sich über den Namen Knutt und wollte wissen, warum die Vögel einen so komischen Namen hätten.

»Konntest du doch hören: nutt-nutt.« Karin machte den etwas nasalen Vogelruf nach. Er lachte laut auf und fragte, ob die Vögel denn kein K sprechen könnten. Sie trieben die Scherze weiter, blieben stehen, gaben sich kleine Küsse und liefen Hand in Hand. Sandsegler sausten über den Strand und Kite-Surfer zogen im auflaufenden Wasser ihre schnellen Bahnen. Sie schauten bewundernd zu und waren sich einig, dass sie, wären sie viel jünger, das auch lernen würden.

»Ja, ja, für uns Alte ist das nichts mehr«, seufzte Georg mit zittriger Stimme und Karin stimmte ein ebenso zittriges »Jaja« hinzu. Bei einem der Strandrestaurants wollten sie eine Kleinigkeit zu Mittag essen. Es saßen wenige Leute im Lokal, denn wetterbedingt waren die Strandkörbe zum größten Teil nicht besetzt und die wenigen hungrigen Spaziergänger füllten es bei Weitem nicht. Georg und Karin nahmen an einem Tisch mit Meerblick Platz und bestellten Fischsuppe. Der alberne Teil war abgeschlossen, sie wurden ernster, nannten sich abwechselnd die Eckdaten ihres Lebenslaufes.

Georg war Jahrgang siebenunddreißig, lebte ab achtundvierzig mit seiner Familie in Kassel, hatte eine jüngere und eine ältere Schwester. Seine Familie hatte, weil der Vater Nazi war, nach dessen Heimkehr aus der Gefangenschaft aus Leipzig fortziehen müssen. Die Repressalien waren zu groß, und es wurde ihm zugetragen, dass die Russen ihn verhaften wollten. Die Familie konnte in einer Nacht- und Nebelaktion in den Westen fliehen. Allerdings wurde der Vater auch hier inhaftiert, aber nicht verurteilt. Woher sein Vater einen sogenannten Persilschein bekommen hatte, wusste Georg nicht. Dieses Thema hätte er nie mit dem Vater diskutieren können und das habe, wie er sagte, die Vater-Sohn-Beziehung schwierig bis unmöglich gemacht.

Nach dem Abitur gehörte Georg zum ersten Jahrgang der neu gegründeten Bundeswehr und machte widerwillig seinen Wehrdienst. Danach kam das Studium, drei Semester Jura, was er aber letztendlich nicht studieren wollte, weil sein Vater auch Jurist war. Deshalb wechselte er zur Betriebswirtschaft, ging nach Münster, das war weit genug von Kassel entfernt. Erst mit der Promotion in der Tasche und gemeinsam mit seiner ersten Frau, Monika, hatte er den Vater wiedergesehen, kurz vor dessen Tod. Er hatte Lungenkrebs im Endstadium.

»Und deine Mutter und die Schwestern, hast du sie auch die ganze Zeit nicht gesehen?«

»Doch, meine Mutter besuchte mich öfter in Münster und meine jüngere Schwester studierte dann auch in Münster an der PH. Ich bin natürlich hin und wieder in Kassel gewesen, habe aber nicht zu Hause gewohnt, sondern im Hotel oder bei Freunden.«

»Und deine ältere Schwester? Ist sie gestorben?«

»Nein, Heidrun, die Jüngere, ist gestorben, Herzinfarkt, zu spät erkannt von diesem Quacksalber von Arzt, zu dem sie immer ging.« Er umklammerte das Bierglas. Karin legte ihre Hand auf seinen Arm.

»Gudrun«, fuhr er fort, »das ist die Ältere, machte eine Lehre bei einem Augenarzt mit Privatklinik, ließ sich von ihm schwängern, der heiratete sie schließlich und so setzten sie noch fünf weitere Kinder in die Welt.«

»Sechs Kinder, ist doch toll, vor allem, wenn genug Geld da ist.«

»Im Grunde schon, nur wenn die Kinder das Bindemittel für die Ehe sein sollen, ist das nicht so gut.«

»Verstehe. Wie viele Jahre hattest du deinen Vater nicht gesehen, als du ihm das erste Mal wieder begegnet bist?«

»Neun Jahre, Siebzig war das, und in dem Jahr ist er auch gestorben, mit neunundsechzig, drei Wochen vor seinem siebzigsten Geburtstag. Kalt und unversöhnlich bis zum Schluss. Meine Mutter hat am meisten darunter gelitten.«

Es entstand eine Pause und sie löffelten die leidlich erträgliche Fischsuppe. Keiner machte eine Bemerkung darüber.

»Ich habe«, führte Karin das Gespräch fort, »ähnliche Erfahrungen mit meinem Vater gemacht. Er war auch einer der Unverbesserlichen, die keinerlei Kritik vertragen konnten, von Andersdenkenden schon mal gar nicht. Eine Generation, die letztlich unfähig war, überhaupt zu lieben, weil sie sich vermutlich selbst nicht lieben konnte, nach allem, was sie zugelassen hatte. Gefühle zeigt man nicht, Lob verweichlicht, ein Kind muss niedergemacht werde, damit es lernt aufzustehen. Mein Bruder und ich haben meinem Vater nie etwas recht machen können, ich schon mal überhaupt nicht. Im Grunde arme Menschen, vor allem war es auch meine arme Mutter, die darunter gelitten hat, aber nie darüber sprach. Sie konnte sich nicht von ihm lösen«, sagte Karin, schwieg ein paar Atemzüge und fuhr fort: »Ich wollte nach dem Abitur auch nicht zu Hause bleiben, bin mit Steffen, wir waren in einer Klasse, nach Freiburg, habe dort gearbeitet und Steffen hat mit dem Studium angefangen. War eine schöne Zeit, frei und endlich ungebunden, die Zukunft lag vor uns.«

An die damalige Aufbruchstimmung erinnerten sie sich beide wehmutsvoll. Georg schaute auf die Uhr und nahm das Wort zum Anlass, zum Gehen zu mahnen, denn der Himmel sah nach Regen aus, schließlich mussten sie noch gut eine Stunde laufen, um zum Wagen zu kommen.

Auf dem Rückweg blies der Wind schräg von hinten, er

löste einige Strähnen aus den festgesteckten Haaren, sodass Karin immer wieder vergeblich das Gesicht frei strich oder sich kurz gegen den Wind drehte.

»Das ist doch vergebliche Liebesmüh, was du da machst. Ich gebe dir meine Mütze.« Er war stehen geblieben, strich ihr Haar aus dem Gesicht und setzte ihr seine Rollmütze auf. Dabei hielt er ihr Gesicht mit beiden Händen umfangen. Erst wollte sie zurückweichen, aber dann war das Gefühl, so behütet zu werden, so ungewohnt und überwältigend, dass sie es auskosten musste. Sie schloss die Augen und legte ihre Hände auf seine.

»Ich passe auf dich auf, sorg dich jetzt nicht«, sagte er leise, löste seine Hände von ihrem Gesicht und nahm sie in die Arme.

»Ich war heute Morgen ziemlich unsicher, wie du mich empfangen würdest, hatte gefürchtet, dass du mich vielleicht vor Schreck nicht sehen wolltest«, sagte er und setzte sich wieder in Bewegung.

»Vor Schreck ist gut. Ja, ich war, bin schon ziemlich erschrocken über mich. Für dich ...«

»Du musst nicht denken, dass ich über die Heftigkeit dessen, was da zwischen uns abläuft, nicht auch erschrocken bin«, unterbrach er sie.

»Aber«, fuhr sie fort, »für dich ist eine solche Situation vermutlich nicht so ganz ungewohnt. Ich lebe ziemlich isoliert, bin kontaktunfähig geworden, habe mich in unsere Welt zurückgezogen und wollte dort auch bleiben.«

»Ich möchte dich nicht in Schwierigkeiten bringen.«

»Das hast du doch schon. Jetzt muss ich zusehen.«

»Kannst du nicht einfach das genießen, was uns verbindet?«

»Was verbindet uns? Sag es mir!«

»Lass es uns herausbekommen, irgendetwas muss es ja sein. Es ist nicht das Sexuelle, falls du das meinst, das ist eine wunderbare Dreingabe. Ich bin kein Frauenaufreißer, falls du das annimmst. Ich habe eigentlich mit der Spezies Weib abgeschlossen. Du hast mich im wahrsten Sinne des Wortes umgerannt.«

»In der Tat, ich habe dich anfangs so gesehen, oder besser, sehen wollen. Du hast mich nervös gemacht.«

»Na, siehst du«, sagte er und blieb stehen, drehte sie mit einem Arm vor sich, sodass sie in seinem Windschatten war, »der Zufall oder die Vorsehung hat uns hier zusammengeführt, jetzt lass uns was draus machen. So einfach ist das, Kleines.«

»Ja, es sieht so einfach aus.«

»Es ist so einfach, wie wir es uns machen.«

Er hat recht, dachte Karin, ich bin zu kompliziert, zu problembeladen. Jetzt bin ich hier, sagte sie sich, jetzt ist es schön, jetzt denke ich nicht weiter. Sie blickte zu ihm hoch, sah den Wind mit seinen verwegenen grauen Locken spielen und legte ihm die Arme um den Hals. Sie küssten sich lange.

Die Flut lief auf, der harte Sandstreifen wurde schmaler und ließ sie an einigen Stellen vor den anrollenden kleinen Wellen wegspringen.

»Guck mal, dort sind bestimmt Knutts«, sagte er lachend und zeigte auf ein paar Möwen.

»Quatsch, das sind nur Möwen, Jungtiere vermutlich.«

»Woran siehst du das denn?«

»Am beige-weißen Federkleid.«

»Aha, Frau Lehrerin! Mach doch noch einmal die Knutts!«, bat er lachend.

»Du bist blöd!«

Die letzten dreihundert Meter über den Holzsteg zum Parkplatz rannten sie, konnten dem Regen aber nicht entkommen. Im Wagen beschlugen die Scheiben im Nu. Den Sichtschutz nutzten sie für eine Küsserei, die ins Fummeln überging, was sie aber dann doch zu pubertär fanden.

Als sie im Hotel waren, meinte er, ob es nicht das Beste wäre, am selben Tisch zu essen. Darüber hatte sie noch gar nicht nachgedacht, aber natürlich, ja doch, oder lieber doch nicht?

»Soll ich zu dir oder du zu mir? Was zögerst du?«, fragte er.

»Frühstücken wir denn zur gleichen Zeit? Ich habe dich selten beim Frühstück gesehen.«

»Ja, du hast recht, ich muss vermutlich noch einige Male früh weg und dann sitzt du allein am Tisch für zwei, ist keine gute Idee. Lassen wir die getrennten Tische. Aber abends essen wir zusammen, ich sage Matties gleich Bescheid.«

»Gut. Regelst du den Verkauf der Wohnung?«

»Ja, das habe ich meiner Nichte versprochen, deshalb bin ich hier, und nur deshalb«, sagte er und sah Karin lachend an, »ihr Schwiegervater, der Dicke, du hast ihn vermutlich gesehen, der ist zu umständlich für so was. Jetzt sind erstmal ein paar Handwerker dabei, die Wohnung verkaufsfähig zu machen.«

»Wie lange wird das dauern?«

»Ich schätze, bis Ende der Woche.«

»Und dann fährst du heim?«

»Das hängt ganz von uns beiden ab. Wie lange bist du noch hier?«

»Noch die ganze nächste Woche.«

»Da liegt doch wunderbar viel Zeit vor uns! Packen wir's

an!« Er stippte mit dem Finger auf ihre Nase und nahm sowohl ihren als auch seinen Zimmerschlüssel vom Schlüsselbrett. Die junge Frau, mit der Karin am Ankunftstag aneinandergeraten war, stand in der Rezeption, Karin und Georg neugierig und wünschte ihnen einen schönen Abend. Erstaunt sah Karin auf die Uhr, es war schon halb sechs. Sie wollte sich hinlegen, auch Georg stand der Sinn nach Ausruhen.

»Denk nicht zu viel nach«, mahnte er, als sie sich im Gang voneinander verabschiedeten. »Holst du mich um sieben ab?«

»Ich mache, was du willst, denke nicht nach und hole dich ab.«

In ihrem Zimmer ließ sie sich auf das Bett fallen und sah erst, als sie sich wieder aufrichtete, den Blumenstrauß auf dem kleinen Tisch. Bunte Astern, tiefrote Dahlien, weiße Zwerggladiolen, rosa Löwenmäulchen und Hagebutten zusammengebunden mit Gräsern und Septemberkraut in einem irdenen Krug. »Du bist wunderbar!« stand auf der Karte, sonst nichts.

»Du bist verrückt, Georg, ich glaube am Ende noch, was du auf die Karte geschrieben hast«, sagte sie vorwurfsvoll, als er sofort am Hörer war. Sie hörte ihn leise glucksend lachen.

»Lass dich doch ein bisschen verwöhnen. Macht mir Spaß. Ich wollte erst rote Rosen nehmen, aber dann fiel mir deine Begeisterung für den Bauerngarten ein. Passt auch besser zu dir.«

»Rosen hätte ich auch langweilig gefunden. Dieser Strauß ist wunderbar. Danke! Ich bin ganz hingerissen.«

Nachdem sie den Hörer aufgelegt hatte, berührte sie zärtlich mit beiden Händen die Blumen.

Ihr kam es wie Inselhüpfen vor, als sie auf dem Handy die Nummer von Steffens Handy aufrief und in die Verbindungsgeräusche hineinhörte. Zwei weit auseinanderliegende Inseln mit völlig unterschiedlicher Flora und Fauna. Die eine Insel war flach und nur mit wenig Vegetation bedeckt, die andere grün und hügelig, mit blühenden Wiesen und plätschernden Bächen und flatternden Schmetterlingen. Sie verwarf ihre Assoziationen und wollte gerade auflegen, als Steffen sich außer Atem meldete.

»Rad«, sagte er, »ich … Wald … äh … straube … nein … äh … ein Stund.« Er hatte aufgelegt. Sie vermutete, dass er gerade mit dem Rad unterwegs war und nach Hause in die Waldensteiner Straße fuhr, später sollten sie telefonieren, wenn er zu Hause sei. Nun gut, sie begab sich ins Bad und legte neues Make up auf, zog sich an, wieder etwas von der neuen Unterwäsche, und frisierte sich sorgfältig, gedanklich dabei völlig in ihre Erlebnisse versunken.

Auf dem Flur, kurz vor Georgs Zimmer, fiel Karin ein, dass sie noch mit Steffen telefonieren musste. Unwillig ging sie zurück in ihr Zimmer, sagte telefonisch Georg Bescheid, dass sie sich etwas verspäten würde, nannte aber keinen Grund und er fragte auch nicht. Steffen nahm das Netztelefon nicht ab, auch als sie zweimal ihr verabredetes Zeichen hatte klingeln lassen. Sein Handy schaltete die Mailbox ein. Nach fünf Minuten versuchte sie es noch einmal, dasselbe. Nervös trommelten ihre Finger auf der Türklinke und sie versuchte es noch einmal. Er nahm ab.

»Ja sag mal, wo steckst du denn?«, fragte sie.

»Kaputt … ich … Keller aber auch … äh … Rad … Scheiße.« Er lachte schnaufend.

»Bist du jetzt zu Hause? In der Waldensteiner Straße?«

Steffen bejahte es, *Minianute*, sagte er und meinte vermutlich, dass er gerade vor einer Minute in die Wohnung gekommen sei. Es dauerte über zehn Minuten, bis Karin verstanden hatte, dass er eine Fahrradpanne hatte, mit dem Flickzeug natürlich nicht umgehen konnte und ihm ein Mann schließlich mit einem Spray, ein *Tschüü,* wie Steffen sagte, half, den Reifen soweit wieder hinzukriegen, dass er einigermaßen nach Hause fahren konnte. Toll fand er das und war begeistert, dass es so etwas gab.

»Ich auch«, sagte er, »ich auch ... karlfen.«

»Habe ich nicht verstanden, noch mal bitte, Tierchen.« Sie überlegte, was *karlfen* bedeuten konnte. Kaufen konnte gemeint sein, wahrscheinlich sogar. Vermutlich hatte er das unsinnig erscheinende Wort aus mehreren zusammengefügt. Oft hatte Karin sich früher Wortungetüme aufgeschrieben in der Hoffnung, ein System darin zu finden, quasi eine neue Sprache, aber ein in sich stimmiges System gab es nicht. *Karlfen* war vermutlich aus *kar* von Karin, *l* von soll und *fen* von kaufen zusammengesetzt: *Karin soll kaufen,* interpretierte sie richtig.

»Ja, ich habe kürzlich mal einen Fernsehbericht über diese Not-Flick-Sprays gesehen. Ich besorge dir einen, wenn ich wieder zu Hause bin.«

»Genau, Kar... in... chen!«, sagte er erfreut. Im anderen Leben hatte er, weil Karin ein so unmöglich harter Name war, einfach das harte R gegen ein N getauscht, Kaninchen. Das gelang ihm nicht mehr.

Steffen versuchte noch zu erzählen, wie nett der Mann gewesen sei und dass er sich mit ihm lange unterhalten habe, was immer das sein mochte. Aber Karin hatte keine Geduld mehr, sie wollte sich sein Stammeln jetzt nicht weiter anhören, es nervte sie, die Bruchstücke der Sprachreste zusammenzufügen. Sie versprach, später noch einmal anzurufen, er solle sich erst einmal von dem Schreck erholen und etwas essen, sie würde jetzt auch essen gehen. Anscheinend hatte er ihre Ungeduld nicht bemerkt, er schnaufte nur.

Sie bleib noch ein paar Minuten im Sessel sitzen und horchte in sich hinein. Es war alles so lähmend lästig. Die vielen Belanglosigkeiten, die der einzige Sinn und Zweck ihrer Kommunikation zu sein schienen, kamen ihr armselig vor. Sie schloss die Augen und schüttelte sich. Das war's dann wohl, aus der Traum, zwecklos, alles zwecklos. Im Bad ließ sie kaltes Wasser über die Unterarme laufen und fühlte sich leer und hilflos.

»Du lässt einen alten Mann lange warten«, begrüßte Georg sie lächelnd.

»Entschuldige, ich hatte noch ein etwas kompliziertes Gespräch mit meinem Mann, er hatte eine Fahrradpanne.«

»Du musst dich nicht entschuldigen, hattest ja deine Verspätung angekündigt. Wir haben beide noch ein anderes Leben, das müssen wir uns nicht gegenseitig entschuldigen. Du verstehst, was ich meine?«

Sie sah ihn nachdenklich an. »Ich glaube ja, denke aber noch darüber nach.«

»Du denkst entschieden zu viel, lass deine Intuitionen leben.« Er stand vor ihr, fasste sie an den Schultern und schaute ihr in die Augen. »Du wirst schon wieder ernst.«

»Ich denke, ich habe meinen Intuitionen seit gestern ein ziemlich freies Leben gegönnt, vielleicht ...«

»Vielleicht zu frei? Wolltest du das sagen? Das würde mich betrüben.«

Sie schüttelte seine Hände ab und schaute aus dem Fenster. »Warum lässt du mich nicht ausreden? Vielleicht, wollte ich sagen, vielleicht hätte ich das schon viel häufiger tun sollen.« Sie log plötzlich unverfroren. Er hatte mit seiner Annahme völlig in Schwarze getroffen, doch hätte sie das zugegeben, wäre er verletzt gewesen. Das wollte sie jetzt doch nicht riskieren. »Wahrscheinlich hat dich das Warten ziemlich genervt«, versuchte sie einzulenken und wandte sich ihm wieder zu.

»Ich habe Hunger, da bin ich gereizt«, knurrte er, »wie ein Tiger.« Er zog sie wieder in seine Arme, drückte sie an sich und schmiegte sein Gesicht in ihre Halsbeuge, seine Lippen berührten die Haut, »du riechst gut, was ist das?«

»Du kitzelst«, sagte sie und machte sich los, weil seine Berührung sie erregte. »Lass uns essen gehen.«

# 12

Zwei Gedecke waren auf Georgs Tisch aufgelegt und Matties kam sofort, nachdem sie sich gesetzt hatten. Sie hatten sich beide schon beim Frühstück für das Abendmenü eingetragen und unabhängig voneinander für den Fisch als Hauptspeise entschieden. Georg bestellte einen Riesling und ein Glas Champagner als Aperitif.

»Der Tag danach ist ein besonderer Tag, für mich jedenfalls. Lass uns auf eine schöne Zeit miteinander trinken.«

Sie ließen die Gläser klingen. Eine schöne Zeit miteinander, das klang wie schönes Wochenende oder schöne Ferien. Fast wie guten Morgen. Natürlich, dachte Karin, was soll es denn auch anderes sein? Eine schöne Zeit zu haben ist doch in Ordnung. Sie und Steffen hatten auch eine schöne Zeit, früher, eine Zeit, die sich aus schöneren und schlechteren zusammensetzte, was aus dem Abstand eben eine schöne Zeit ergab. So hatte sie sich lange getröstet, als das andere Leben seinen Anfang nahm.

»Auf eine schöne Zeit!«, sagte sie mit Blick in seine funkelnden Augen und merkte, dass auch ihre Augen glänzend wurden. Sie sprach noch einmal seine schöne Idee mit den Blumen an. Das freute ihn sichtlich, anscheinend, dachte sie, brauchte er Lob.

Sie plauderten über das Essen hier im Hotel, was nicht schlecht sei, aber für den Preis besser sein könnte, über den Service, der nach Georgs Meinung zu wünschen übrig ließe, Matties ausgenommen, der sehr bemüht sei, vor allem aber um das Wohl alleinstehender Frauen. Georg lachte.

»Wieso? Versteh' ich nicht.«

»Kindchen, er hat doch bestimmt auch bei dir für Bequemlichkeit sorgen wollen, oder täusche ich mich da? Das ist bei den drei Frauen ein geflügeltes Wort.«

»Das glaube ich nicht«, lachte Karin.

»Wie alt schätzt du ihn? Er ist wesentlich jünger als ich.«

»Ich habe ihn für Ende sechzig gehalten. Und für fürsorglich und gütig. Ich fasse es nicht!«

»Er ist erst Ende fünfzig und besorgt um alleinstehende Damen. Er sagte mir mal vor einigen Jahren, nachdem ich ihn nachts auf meinem Flur getroffen hatte, eine Bestätigung und Wiederbelebung der Weiblichkeit würde bei manchen allein reisenden Frauen wahre Wunder an Erholung bewirken. Er helfe eben gern. Das hättest du von diesem Zausel nicht gedacht, oder?«

In der Tat, das wäre Karin nie in den Sinn gekommen. Doch das, was Georg als Zitat von Matties kundtat, irritierte sie sehr, sie bezog es auf sich und verlor damit ihr Lachen. Georg entging ihr Mienenspiel nicht.

»Jesses, das musst du doch nicht auf dich beziehen, ich bin doch nicht Matties!« Seine Hand legte sich auf ihre, die sie aber zurückzog. »Hör auf mit den Kiefern zu mahlen, sonst erzähle ich dir nicht die Pointe!«

Sie lächelte gequält. »Heb sie auf für das Dessert! Bin jetzt nicht zum Scherzen aufgelegt.«

Sie schwiegen, Karin blickte vor sich auf den abgegessenen Teller, legte die Serviette zur Seite und stand auf, sie müsse mal kurz raus. Georg war ebenfalls aufgestanden und schaute ihr irritiert nach.

Sie wäre gern nach draußen geeilt, frische Luft schnappen, aber sie merkte, dass die Augen voll wurden und so sorgte sie sich um ihr Make-up und ging auf die Toilette. Sie setzte sich in eine der Kabinen und legte ihr Gesicht in die Hände. Sie saß eine Weile mit vorgebeugtem Oberkörper und versuchte zu ergründen, warum diese Bemerkung sie so aus der Fassung gebracht hatte.

Wieder am Tisch, Georg erhob sich, als sie kam und setzte sich gleichzeitig mit ihr, sagte sie verkrampft lächelnd zu ihm: »Es ist zweifellos immer ernüchternd, simplen Wahrheiten ins Auge zu sehen, aber damit kann ich umgehen. Was mich fast erbost, ist der Chauvinismus, der aus Matties' Bemerkung spricht. Und das enttäuscht mich. Ich glaube zwar, dass du dir seinen Spruch nicht zu eigen machst, doch ein wenig mehr Einfühlungsvermögen hätte ich dir schon zugetraut.« Er blickte verstört vom Tisch auf sie, wieder auf den Tisch und antwortete zunächst nicht, aber sie sah es in ihm arbeiten.

»Entschuldige, ich wollte dich mit Sicherheit nicht verletzen. Aber ein wenig ist deine Reaktion schon überzogen, finde ich.«

»Ja, finde ich auch«, sagte Karin nach einer langen schweigsamen Weile, »Frauen sind halt eine merkwürdige Spezies, wie du schon feststelltest, und ab einem bestimmten Alter völlig neben der Spur.«

»Wo du recht hast, hast du recht«, meinte er kopfschüttelnd, »du bist schon sehr kompliziert.«

»Nein, eigentlich nicht, empfindsam, aber nur manchmal, wenn jemand was Blödes sagt, der mir am Herzen liegt.«

»Na dann, empfindsames Wesen, lass uns zum Dessert übergehen!« Sein verschmitztes Lächeln war wieder in seinem Gesicht, er nahm ihre Hand und zog sie seufzend an seine Lippen.

»Ihr Mann hat es verdammt schwer mit den Frauen.«

»Da sagst du was, und mit den intellektuellen scheinbar besonders.«

Die Stimmung war wieder entspannt und so standen sie am Dessert-Büfett und konnten sich nicht entschließen, was sie nehmen sollten. Er berührte sanft ihren Rücken mit der Hand und machte sie auf zwei Schalen aufmerksam, die vielversprechend aussahen. Er nahm sich von der einen und sie von der anderen, so konnten sie beide probieren, indem sie sich gegenseitig mit dem Löffelchen fütterten.

Mit der angebrochen Weinflasche gingen sie in die Bar, ließen sich neue Gläser geben und setzten sich in die Sessel, in der der große Mann und die Rothaarige gesessen hatte. Karin sagte ihm, dass sie ihn als den großen Mann bezeichnet hatte, als sie seinen Namen noch nicht wusste.

»Hast also oft an mich gedacht?«, grinste er.

»Oh nein, hätte ich doch nichts gesagt, du wirst übermütig!«

»Du bist mir nicht aus dem Kopf gegangen, als ich dich zum ersten Mal sah, schimpfend, dass du nicht das Einzelzimmer bekommen hast, das du wolltest. Beeindruckend! Ich dachte sofort, vor der musst du dich in Acht nehmen!«

»Du hast das mitbekommen? Wie schrecklich! Ich hab dich nicht gesehen.«

»Ich saß in einem der Sessel und wartete auf meine Nichte. Es war wie im Theater.«

»Siehst du, so habe ich das schöne Zimmer bekommen.«

»Mit dem breiten Bett, nicht schlecht, und so weit voraussehend.«

Das Geplänkel ging noch so lange, bis die Flasche geleert war und Georg eine neue bestellen wollte, was sie aber ablehnte. Er begnügte sich brummend mit dem Wasser, das sie beim Barmann bestellte.

»Warum wolltest du eigentlich gestern wissen, ob mit dem Unfall alles in Ordnung sei?«, fragte Georg.

»Es ist bestimmt für die rothaarige Frau, so komisch sie sein mag, schlimm, die eigene Tochter in ein Auto fahren zu sehen. Sie tut mir leid.«

»Ja, sicher, das ist zweifellos schrecklich für sie. Übrigens, sie war mal Grundschullehrerin, sagte sie jedenfalls.« Und grinsend fuhr er fort: »Ich kann mir die nicht als Lehrerin vorstellen, aber in dem Beruf tummeln sich so manch bunte Paradiesvögel«, stichelte er.

»Ich widerspreche dir absolut nicht, in keinster Weise. Pech gehabt!«, gab sie lachend zurück. »Idioten gibt es überall, bestimmt ist so mancher Produktmanager, was immer der auch zu tun hat, ein Vollidiot. Oder?«

»Ich kann dich nicht ärgern? Nicht ein bisschen?«

»Nein, dass Lehrer blöd sind, weiß jedes Kind und von nichts trennt der Mensch sich schlechter als von seinen Vorurteilen. Also?«

»Okay, war ein Versuch.«

»Warum wolltest du gestern wissen«, setzte Karin das Gespräch fort, »ob mir mein Beruf Spaß gemacht habe?«

Er holte tief Luft, kaute auf seiner Unterlippe.

»Ich bin, nein ich war bis vor kurzem mit einer Lehrerin befreundet, verbandelt ist besser. Sie ist noch im Schuldienst und furchtbar frustriert. Ich habe mir ihre Probleme nicht mehr anhören können, sie klagte furchtbar über die Kinder, die Kollegen, die Disziplinlosigkeit an ihrer Schule und und und. Deshalb fragte ich, aber du bist ja nicht mehr im Dienst. Warum bist du ausgestiegen? Erzähl's noch mal!«

»Ach, müssen wir das erörtern? Liegt das nicht auf der Hand?«

»Ich möchte mehr von dir wissen, das ist alles.«

»Wieso? Ich habe dich oben in deinem Zimmer so verstanden, dass unser anderes Leben hier keine Rolle spielt. Hier ist hier und dort ist dort.«

Er blies seine Wangen auf und ließ die Luft langsam ausströmen und bestellte sich doch noch ein Glas Wein beim Barmann. Sie schwieg und beobachtete ihn, konnte seine Reaktion aber nicht einschätzen.

»Ich sehe ein, dass es nicht geht, wie ich es mir gedacht habe, unser jeweiliges anderes Leben ist nicht auszublenden. Du hast völlig recht.«

»Okay, ich versuche mich knapp zu fassen. Ja, Schule hat mir Spaß gemacht, ich habe den Beruf geliebt, vor allem das, was mit Organisation zu tun hatte. Ich war durchschnittlich gegen halb fünf zu Hause, hatte dann Hefte und Klassenarbeiten zu korrigieren und irgendwelche Vor- und Nachbereitungen von Unterricht und Konferenzen zu machen. Nach dem Schlaganfall meines Mannes war das nicht mehr möglich, mein Mann wollte beschäftigt werden und wir konnten uns nicht verständigen. Da ich allem gerecht werden wollte, bin ich letztlich keinem gerecht geworden. Ich war total erschöpft und wurde schwer depressiv. Ich hatte drei Möglichkeiten: Trennung von meinem Mann, Schluss mit Schule oder Sprung von der Brücke. Das war's. Du siehst, wofür ich mich entschieden habe.«

Georg fuhr mit der Hand immer wieder über seine Bartstoppeln und wiegte den Kopf.

»Jetzt bekomme ich eine leise Ahnung, was hinter dir liegt. Du bist schon eine tolle Frau«, sagte er und es klang aufrichtig.

»Nein, nein, das bin ich nicht, ich versuche nur, mein Leben mit der bescheuerten Behinderung meines Mannes lebbar zu machen. Das ist alles. Aber bitte, ein anderes Thema jetzt. Du bist dran!«

»Ein Produktmanager«, begann er händereibend, »ein Produktmanager sieht zu, dass ein Produkt so auf den Markt kommt, dass es auch von dir gekauft wird. Das ist nichts Verwerfliches. Ich sage das, weil ich deine runzelige Stirn sehe«, er zog ebenfalls seine Stirn kraus. »Ohne Marketing wird nichts verkauft, ohne dass etwas verkauft wird, wird nichts produziert. Also keine Arbeitsplätze. Ich habe mich, um ein Beispiel zu nennen, mal um die Marktfähigkeit von Klebestiften gekümmert. Gibt es dafür Bedarf, wie könnte Bedarf danach geweckt und auch verstärkt werden, wie sollte die Verpackung aussehen, wie der Preis gestaltet werden und so weiter. Statistiken vergleichen, Konkurrenz ausschnüffeln, Testgruppen die Klebestifte ausprobieren lassen, mit Produkt-Designern sprechen, Ergebnisse überarbeiten, im Haus mit dem Produkterfinder und der Finanzplanung streiten und was es sonst noch so gibt, bis ein Produkt tatsächlich auf den Markt kommt, oder auch nicht. Auch kein Honigschlecken, weiß Gott nicht.«

»Das mit dem Wecken von Bedürfnissen scheinst du dir zu eigen gemacht zu haben«, lächelte Karin. Seine Augen wurden Schlitze.

»Diese Fähigkeit werde ich gleich nutzen. Du bist schon eine kleine Hexe.«

Er hatte sein Glas ausgetrunken, bat den Kellner, die Getränke auf seine Rechnung zu schreiben, und nahm Karins Hand, damit sie aufstand. Der Kellner wünschte ihnen einen gemütlichen Abend zusammen.

»Unverschämt blöde, oder?«, meinte Karin, als sie auf der Treppe waren, und Georg sagte lachend, der sei nicht unbedingt blöde, aber unverschämt schon.

Oben im Flur sagte sie: «Lass mir eine Viertelstunde, um mich zu richten.«

Er verdrehte die Augen und ging in sein Zimmer.

Karin rief sofort Steffen an, der auch gleich den Hörer abnahm und *Video* sagte.

»Aha, du guckst dir einen Film an. Was?«

»Arte«, sagte er und es klang wie belästigt sein.

»Gut, dann bis später.« Er drückte schneller auf die Unterbrechertaste als sie.

Das Wort *Blödmann* entschlüpfte ihrem Mund.

Sie war noch im Bad, als Georg klopfte und wie am Morgen auch gleich die Tür öffnete. »Lass dir Zeit«, sagte er. Sie hörte, wie er pfeifend das Bett aufschlug, sich auszog und die Bettdecke über sich deckte. Sie entledigte sich ebenfalls ihrer Kleider, benutzte das Bidet und betrat, nur mit einem Tropfen Parfüm bekleidet, das Zimmer. Albern, dachte sie und wollte lachend zu ihm unter die Decke schlüpfen.

»Bleib stehen, lass dich anschauen«, bat er.

»Nein, lasse ich nicht.«

Er holte sein Sehvergnügen nach, indem er ihr dann die Bettdecke wegzog.

»Zufrieden?«, fragte sie.

»Ja, sehr!«

Sie liebten sich, trieben Scherze miteinander und schliefen Löffelchen liegend ein.

Das Klingeln des Handys weckte sie.

»Ach Steffen, jetzt hast du mich geweckt, habe schon geschlafen. Wie spät ist es denn?

Er lachte und las ihr die Filmtitel der zwei Filme vor, die er sich angeschaut hatte. Jetzt sei er wach und könne nicht schlafen. Er machte das klar, indem er *tatitata* und *trallalla* sang.

»Schlaf jetzt, wir telefonieren morgen, ja? Ich bin müde.«

»Wieso?«

»Ach Tierchen, bitte. Es ist nach zwölf!«

»Ach so!«, lachte er und stieß bei dem S mit der Zunge zwischen die Zähne, das machte er, wenn er besonders lustig war.

»Komm, sei nicht albern. Schlaf jetzt.«

»Jaha«, sagte er und legte auf.

Karin hatte sich auf den Bauch gedreht, die Hand mit dem Handy hing aus dem Bett und berührte den Boden. Sie bewegte sich nicht. Wollte sich auch nie mehr bewegen.

»Steffen ist dein Mann?«

»Ja.«

»Schöner Name.«

»Ja.«

»Soll ich jetzt gehen?«

»Ja.«

Als Georg die Türe öffnete, drehte sie sich um und bat ihn, sie morgen früh zu wecken.

»Sei mir nicht böse«, sagte sie noch.

»Dazu gibt es keinen Grund. Versuch zu schlafen!«

# 13

Steffen weckte Karin noch vor acht Uhr mit der Frage *Wieso?* Ihre Rückfrage *Wie, wieso?* löste bei ihm ein ärgerliches *Hach-Mann* aus. Sie richtete sich im Bett auf, etwas verwirrt musste sie überlegen, was am Abend vorher war.

»Es ist noch nicht mal acht, wieso bist du schon wach?«

»Ka… Ka… rin, Teltel… feon.«

Karin bat um Bedenkzeit, damit sie seine Gedankengänge nachvollziehen konnte, und wurde von ihm durch *Mein-Gott* immer wieder angestachelt, schneller zu denken. Verärgerung stieg in ihr auf. Ob er seinen Anruf um Mitternacht meinen würde, fragte Karin, was er aber nicht verstand; auch als sie *Mitternacht* langsam mehrmals wiederholte, konnte er ihr nicht folgen, bis ihr einfiel, dass für ihn *um zwölf Uhr* einfacher zu decodieren war.

»Zwölf Uhr«, wiederholte er, »nein, nicht.« Sein akzentuiertes *Nicht* schickte ihr einen Adrenalinstoß durch den Körper.

»Mensch, Steffen, sei nicht so ungeduldig!« Mit dem Wort *ungeduldig* fiel ihr ein, was er vermutlich meinte.

»Als wir gestern Morgen so gegen halb elf telefoniert haben, da hat das Telefon in meinem Zimmer geklingelt. Meinst du das?« Er wollte, dass sie das Gesagte noch einmal wiederholte, was sie mit besonderer Betonung der Uhrzeit tat.

»Ja, genau. Wieso?«

»Ach, Schätzchen«, sagte Karin – die mitschwingende abfällige Empörung entging Steffen hoffentlich –, »ich habe dich von meinem Handy aus angerufen. Und da in jedem Hotelzimmer immer auch ein normales Telefon steht, über das man auch innerhalb des Hauses telefonieren kann, hat mich die Masseurin angerufen.« Das war ein viel zu langer Satz. Und eine Lüge.

»Zwei Telefone, ein Handy, ich, und ein zweites Telefon, Hotelzimmer, wie zu Hause in der Waldensteiner Straße.« Es dauerte, aber dann hatte er es verstanden.

»Blöd, mein Gott! Blöd, ich!«

»Hast du gedacht, ich bin irgendwo anders? Pass auf, ich gebe dir die Telefonnummer vom Hotel und von meinem Zimmer, dann kannst du das gleich ausprobieren.«

Sie nannte ihm die Nummer, jede einzelne Zahl langsam und deutlich sprechend, er wiederholte die Zahlen, es war ein Fehler darin und sie wiederholte die Zahlenfolge. Er probierte die Nummer sofort aus. Als das Haustelefon klingelte, hoffte Karin, dass es nicht Georg sei, der sie anrief, um sie zu wecken. Steffen war erleichtert, dass sie sofort abnahm.

Was hatte er sich wohl für Gedanken gemacht? Er hätte doch das Hotel anrufen können, wenn er bezweifelte, dass sie im Hotel war. Die Nummer hatte sie ihm im Prospekt umrahmt und auch einen Zettel hinzugelegt, mit dem Text: Ich möchte Frau Lohberg sprechen. Oder als andere Möglichkeit: Verbinden Sie mich bitte mit Frau Lohberg! Es war alles so umständlich, so klein-klein, so erdrückend. Karin stand auf, öffnete die Balkontür und sah die windzerfetzten Wolken über den Himmel hetzen.

Es klopfte leise und sie erschrak, weil die Zähne noch nicht geputzt waren. Georg balancierte ein kleines Tablett mit Tee in der einen Hand und mit der anderen schloss er die Tür. Die Tageszeitung hatte er unter den Arm geklemmt.

»Der Zimmerservice, gnädige Frau! Wünsche wohl geruht zu haben!« Er stellte das Tablett ab und gab ihr einen Kuss auf die Nase, weil sie hermetisch den Mund verschloss.

»Hab noch nicht die Zähne geputzt«, presste sie durch die Lippen.

»Dann mach voran!« Er gab ihr einen Klaps auf den Po, als sie ins Bad eilte. Wenig später legte sie ihm die Arme um den Hals und bot ihm ihren Mund zum Kuss.

»Du schmeckst erfrischend gut, in der Tat!«, lachte er, »ich muss leider schnell weg, wollte dich nur wie versprochen wecken. Hast du gut geschlafen?«

Als sie Hände und Kopf hin und her wiegte, war er schon wieder an der Tür und versprach, spätestens um zwölf zurück zu sein. Sie solle ihm nicht weglaufen.

Am Vormittag hatte Karin zwei Anwendungen, zuerst bearbeitete die robuste Masseurin ihren Rücken und insbesondere die verspannten Schultern, und die Pediküre widmete sich danach ihren Füßen. Beides zusammen brachte Karin wieder ins Lot. Georgs Fürsorglichkeit mit dem Tee hatte sie gerührt. Nein, auf den wollte sie nicht verzichten. Sie begehrte ihn mit Haut und Haaren, zu dem Ergebnis kam sie während der Massage.

Es blieb keine Zeit mehr für das Schwimmbad, worüber sie nicht böse war, denn beim Vorbeigehen warf sie einen Blick in die Halle und sah die drei Frauen vom Nachbartisch im Wasser. Das rosafarbene Band, das sich die Schmetterlingsfrau ums Haar gewickelt hatte, stach Karin sofort ins

Auge. Es war mit den Schmetterlingsspangen festgesteckt. Es sah lustig aus, fand sie und musste lächeln.

Nachdem die Haare geföntwaren, widmete sie sich der Tageszeitung, die Georg ihr gebracht hatte. Es hatte zu regnen begonnen, ein heftiger Schauer aus einem wirren bunten Himmel. Obwohl die Balkontür auf Kipp stand, war fast nichts vom Regen zu hören. Er hätte prasseln müssen, aber das Reet sog fast alle Geräusche in sich auf. Nur die dicken Tropfen, die sich am Ende des Strohs sammelten und den Halt verloren, machten mit einem sanften Platschen auf die Balkonfliesen auf sich aufmerksam. Karin hatte die Zeitung sinken lassen und verfolgte gespannt den Moment, an dem die Tropfen so groß wurden, dass sie der Schwerkraft nicht mehr widerstehen konnten. Sie holte die Kamera, setzte das Teleobjektiv auf und prüfte Bildausschnitt und Belichtung. Sie hatte drei Tropfen bildfüllend im Sucher und das leichte Gegenlicht unterstrich die Konturen. Wenn jetzt noch Sonnenlicht die Tropfen aufblitzen lassen würde, wäre das toll. Es wurde eine ganze Fotoserie von sich loslösenden Tropfen und die Sonne schenkte tatsächlich für ein paar Sekunden ein kleines Leuchtfeuer. Karin musste schnell reagieren, um den Auslöser im richtigen Moment zu drücken und zwischendurch die Belichtungszeiten zu korrigieren. Sie hatte Georgs Klopfen nicht gehört und auch nicht, dass er die Tür hinter sich bereits geschlossen hatte und sie beobachtete. Sie hörte schließlich sein Räuspern und erschrak.

Er fragte sie, ob sie oft fotografieren würde und ob sie hier schon viel geknipst habe.

»Hier noch nicht so viel, wie ich es eigentlich wollte. Ich knipse übrigens nicht!«

Sich überschwänglich entschuldigend kam er auf sie zu

und nahm sie in seine ausgebreiteten Arme. Sie meinte, das wäre auch das Mindeste an Wiedergutmachung. Sie landeten übermütig lachend auf dem Bett. Das Abfedern beim Fall missglückte. Auch das gab zunächst Anlass für Gelächter, doch Georgs Lendenwirbel schmerzten bei jeder Veränderung seiner Körperhaltung. Er stöhnte auf und fluchte.

»Nicht schon wieder«, sagte er mit schmerzverzerrtem Gesicht, »die blöde Bandscheibe, lass mich einfach so liegen, das gibt sich wieder.« Er drehte sich vorsichtig auf den Rücken und zog die Beine an. Karin nahm alle Kissen, die sie im Zimmer hatte, und faltete eine Decke zusammen, sodass er die Beine ein wenig in Stufenlage auflegen konnte.

»Das kenn ich«, versuchte sie zu trösten, »vielleicht hilft Wärme? Soll ich dir eine Wärmflasche machen lassen?«

»Damit Matties erfährt, dass ich bei dir zusammengebrochen bin?«, versuchte er zu scherzen. »Niemals!«

Sie schaute ihn verdutzt an.

Unter Lachen erzählte er, dass er vor ein paar Tagen Matties aus eben diesem Zimmer hier habe kommen sehen, abends wohlgemerkt, sagte er mit schimpfendem Zeigefinger. Und da habe er Matties gefragt, ob er auch bei dieser spröden Dame für seine sprichwörtliche Bequemlichkeit gesorgt habe. Der sei verdattert stehen geblieben, habe aber keine Miene verzogen und gesagt, dass das schließlich seine berufliche Pflicht sei.

»Und weil ich ihn wohl ziemlich fragend angesehen habe, meinte er, dass diese Dame so spröde nicht sei und dass ich allerdings mich an ihr verheben würde.«

Georg machte eine Handbewegung an seinem lädierten Körper entlang. »Welch voraussehender Mann, unser Matties!«

»Und das ist wirklich alles? Da fehlt doch noch was, oder?«

»Naja, da habe ich chauvinistisches Schwein – ich nehme nur deine Beschimpfung voraus –, da hab ich gesagt: wetten, dass nicht…« Er hielt schützend die Arme vor sein Gesicht und lachte, als Karin mit der Hand drohte. »Und Matties hielt dagegen: wetten, dass doch…«

»Das darf wirklich nicht wahr sein, wie stehe ich denn jetzt da! Wenn's jetzt noch einen Wetteinsatz gab, dann, dann kannst du dich hier in Schmerzen winden, bis du schwarz wirst!«

Er zog sie zu sich herunter und küsste nun zart ihren Mund. Sie richtete sich auf und sah ihn an.

»Was soll ich bloß mit dir machen?«

»Mich in mein Zimmer schleppen, dann nehme ich eine Tablette und ruhe ein bisschen.«

Er rollte sich auf die Seite, stützte sich seitlich ab und versuchte mit ihrer Hilfe aufzustehen. Ganz aufrichten konnte er sich nicht. Er fluchte, als sie an der Tür waren.

»Leg dich doch wieder hier hin, sag mir, wo die Tabletten sind, ich hole sie dir.«

Er wollte aber unbedingt in sein Zimmer und so musste er den Weg stöhnend bewältigen. Nachdem sie ihm ein Glas Wasser hingestellt hatte und weitere Kissen und Decken aus ihrem Zimmer geholt hatte, schickte er sie weg. Er wollte allein sein und versprach, in einer Stunde wieder wie neu zu sein.

»Ruf mich an, wenn du mich brauchst.«

Nach einer Stunde, sie hatte Hunger und wäre gern etwas essen gegangen, schaute sie in sein Zimmer.

»Ich habe bei dem Orthopäden angerufen, der mir schon mal eine Spritze geben musste. Er kommt gegen zwei, hat er jedenfalls versprochen.« Und als Karin nichts sagte und nur den Kopf schüttelte, meinte er, dass er es mit seinem männlichen Stolz nicht ertragen könne, wenn sie ihn so hilflos sehen würde.

»Das tut deinem männlichen Eindruck auf mich keinen Abbruch, dummer Kerl! Außerdem bist du wegen mir in diese schiefe Lage gekommen.« Das bestätigte er mit heftigem Nicken. Dann fragte sie, ob er etwas zu essen haben wolle, aber er lehnte ab. Sie solle jedoch essen gehen, was Karin schließlich zögernd tat.

Im Restaurant bestellte sie beim jungen Kellner nur die Tagessuppe und stellte sich einen Salat am Büfett zusammen. Die Suppe brachte Matties.

»Das ist wirklich kein schönes Wetter, Matties. Wie sieht denn der Wetterbericht aus?«

»Es wird besser, vielleicht schon am Nachmittag, gnädige Frau. Wieder Radtour mit Dr. Wohleidt geplant?« Er hielt den rechten Arm hinten auf dem Rücken angewinkelt und über dem linken hing die weiße Kellnerserviette. Der Oberkörper war leicht vorgebeugt.

»Nein, Matties, keine Radtour mit Dr. Wohleidt.«

Matties verbeugte sich und wünschte guten Appetit. Weil sie guter Laune war, nahm sie noch eine Schokoladen-Mousse mit Waldbeeren und widerstand dem Wunsch, Georg einen Teller ans Bett zu bringen. In der Lounge brachte der kleine Kellner ihr einen Cappuccino und sie blätterte Zeitschriften durch. Sie sah hoch, als ein Mann mit einem Köfferchen ins Hotel kam, das musste der Arzt sein.

Georg rief an, nachdem der Arzt gegangen war, und sagte, dass er schlafen wolle. Karin nutzte die Zeit zum Lesen, jedoch glitten ihre Gedanken immer wieder ab, sodass sie sich schließlich den Grübeleien überließ.

# 14

Karin grübelte über die zurückliegenden zwei Jahrzehnte, doch die ruhelose Suche nach einer ins Auge springenden befreienden Erkenntnis blieb wie immer aus. Natürlich, sie hatte gelernt, ihre Lebenssituation so zu akzeptieren wie sie nun einmal war, mit all den Einschränkungen und deren Konsequenzen. Vor allem in der ersten Hälfte dieser Jahre hatte sie sich sehr oft während der vielen belastenden emotionalen Konflikte in einen inneren Schlagabtausch mit Steffen begeben. Eine andere Möglichkeit der Auseinandersetzung gab es nicht. Der Zorn, der in ihr dann wütete, explodierte in den inneren Zwiegesprächen, und Steffens Argumente hatten dann keinerlei Chancen, Eingang in den stummen, wilden Schlagabtausch zu finden. Diese einsamen Kopfdispute, wie sie sie nannte, waren lange Jahre ihre einzige Fluchtmöglichkeit, aber auch die einzige Chance gewesen, mit den Aggressionen und widersprüchlichen Gefühlen fertig zu werden. Wie jetzt auch.

Sie hatte sich zwar oft bemüht, fair zu sein und Steffens Aussagen und Argumentationen herbeizudenken, doch gelang das selten und ob es tatsächlich seine Erklärungen gewesen wären, bezweifelte sie anschließend manchmal.

Wenn er sie zum Beispiel mit seiner Forderungshaltung von Dingen und Tätigkeiten, mit denen sie beschäftigt war, wegholte oder wenn er auf etwas insistierte und augenblicklich geregelt haben wollte, konnte ihre Weigerung einen heftigen Konflikt auslösen, der aber verbal nicht ausgetragen werden konnte. Sie war allein in ihrem Zorn und er ebenfalls. Als Aphasiker instrumentalisierte Steffen sie, forderte ihre Kommunikationsfähigkeit ein. Seine ihm eigene Ungeduld und manchmal auch egoistische Kompromisslosigkeit standen ihnen beiden häufig im Weg.

Vor dem Schlaganfall konnte ihre Beziehungskrise nicht ausdiskutiert werden und spielte anfangs eine Rolle bei ihren Kopfdisputen. Damals hätte eine Chance für einen Neubeginn bestanden. Das von Steffen bemängelte Defizit, bei ihr gäbe es nichts zu beschützen, stand seinem Defizit gleichwertig gegenüber: Er hatte keine Sensoren für ihre Schwächen und Hilfsbedürftigkeiten. Und weil er sie nicht hatte, versuchte sie eben keine Schwächen zu zeigen, ein Teufelskreis, den sie für einen Neuanfang hätten durchbrechen können. Doch dann kam der Schlaganfall und ihre vermeintliche Stärke war hoch gefragt.

Der Schlaganfall vernichtete die Chancen, die für die Neugestaltung der Ehe zwischen Karin und Steffen möglich gewesen wären. Der Schlaganfall hatte Susanne Schmidt sinnlos gemacht. Eine Erkenntnis, die ihr jetzt nicht half.

Georg hatte ihren Status quo ausgehebelt, die Käseglocke hochgehoben, sie hatte hervorgelugt und die Luft des anderen Lebens gerochen, in sich eingesogen. Wie sollte sie jetzt wieder zurückfinden? Und wollte sie wieder in dieser abgeschirmten, mühsam aufrechterhaltenen Zufriedenheit leben, jetzt, da sie erlebt hatte, dass ihre alten Wünsche und Bedürfnisse alle noch vorhanden waren, trotz Alter und Vergangenheit? Nahm sie Steffen etwas weg? Sie würde Steffen nie allein lassen, das wusste sie. Doch damit war die Frage nicht beantwortet, auch das wusste sie. Sie verschob die Antwort auf später. Irgendwie hatte sie immer eine Lösung gefunden, sie wollte alles auf sich zukommen lassen. Jetzt war sie hier und Steffen dort.

Das Haustelefon klingelte. Georg bat sie, zu ihm zu kommen. Er lag noch so auf dem Bett, wie sie ihn verlassen hatte.

»Ach du Armer, noch nicht besser?«, fragte sie mitleidig und setzte sich auf die Bettkante.

»Was würdest du denn tun, wenn es mir besser ginge?«

»Ich würde dich aus dem Bett schmeißen!«

»Nein, bitte nicht, mir geht es furchtbar schlecht.«

»Ja, wenn das so ist, du kranker großer Kerl, dann schlaf weiter!«

Er fuhr mit der Hand unter ihrem Pullover den Arm hoch und zog sie zu sich. »Was hältst du von einem gesunden großen Kerl?«

»Nichts, überhaupt nichts, wenn er da so dumm rumliegt.«

»Tut er nicht!«, flüsterte er und hielt sie fest. Sie stemmte sich gegen ihn.

»Georg, lass das, du bist nicht ganz bei Trost!«, sagte sie und sah ihn missbilligend an.

»Okay, du bist die Klügere, na ja, vielleicht aber auch nicht. Nein, du hast recht, ich benehme mich wie ein Primaner. Entschuldige!« Er lachte und schwang seine Beine aus dem Bett. Sie stöhnte, als sie seinen gespielten Elan sah, und verdrehte die Augen. Ob er wirklich keine Schmerzen mehr habe, fragte sie und er gab zu, dass die Schmerzen noch nicht ganz verschwunden seien und von der Spritze sei er etwas benebelt.

»Dann bleib doch liegen, lies, guck in den Kasten oder nutz die Zeit und geh in dich!«

»Nee, alles drei will ich nicht, das Letzte schon mal gar nicht! Was hältst du von einem kleinen Spaziergang rund ums Hotel und einem Tee?«

Karin sah ihn aufmerksam an. »Du musst wegen mir keinen Aktivismus an den Tag legen. Aber ein kleiner Spaziergang wäre vielleicht tatsächlich für deinen Rücken nicht schlecht. Ich hole mir nur eben meine Jacke.«

Als sie in ihrem Zimmer war und die Jacke überzog, hatte sie für einen kurzen Moment ein Gefühl von Belästigtsein. Ein Wunsch nach Alleinsein.

Georg kam ihr schon entgegen und tat so, als ob sein Rücken wieder in Ordnung wäre.

Um das Hotel waren Wege angelegt, die sich durch Sand, Heide und Krüppelkiefern schlängelten, an Weidewiesen mit Kühen vorbeiführten und bei den Salzwiesen endeten. In einiger Entfernung weideten Schafe.

Georg wollte wissen, was Karin am Nachmittag gemacht habe, und als sie sagte, sie habe zu lesen versucht, fragte er nach, warum es nur ein Versuch geblieben sei.

Der Augenblick ihres Schweigens dauerte zu lange, als dass er ihre Lüge, sie sei eingeschlafen, geglaubt hätte.

»Du lügst ziemlich ungeschickt«, sagte er.

»Na ja, ich habe meine Gedanken nicht abschalten können. Ich stehe schon etwas verwirrt neben mir.«

»Versteh ich, für dich ist es schon komplizierter als für mich.« Sie gingen nebeneinander, ohne sich zu berühren. »Ich habe überlegt, wie ich dir helfen kann, aber da ist mir nichts eingefallen. Lass uns herausbekommen, was uns verbindet!«

»Wir könnten hier abbrechen, wir grüßen uns ab sofort freundlich und dann …«

»Gute Idee! Und wirklich praktikabel!«

Er war stehen geblieben und sie wandten sich einander zu. Er sah, wie ihre Augen vollliefen. »Na siehste, ist doch ein unsinniger Vorschlag. Das geht nicht mehr!«

Sie erwartete, dass er sie an sich zog. Sie brauchte seine Berührung und lehnte ihren Kopf an seine Brust. Er legte seine Arme um sie.

»Wir treffen jetzt ein Abkommen«, sagte er, »bis zum Wochenende reden wir nicht mehr hierüber, einverstanden?«

»Ja«, sagte sie, »ich verspreche es.«

Es dauerte, bis sie wieder in ihren Plauderton hineinfinden konnten. Dann entschieden sie, da es schon kurz nach sechs war, essen zu gehen.

Es waren keine zwei Gedecke an Georgs Tisch aufgelegt, sodass der junge Kellner erst eines holen musste. Die Getränke brachte Matties, der sich nach Georgs Befinden erkundigte.

»Danke, Matties, wieder besser, dank der Fürsorge von Frau Lohberg.«

Er grinste Matties an und zeigte keine Reaktion, als Karin gegen sein Schienbein trat.

»Das freut mich, Dr. Wohleidt, wirklich, das freut mich für Sie!«

»Das will ich auch hoffen«, lachte Georg.

Matties machte seine kleine Verbeugung und ging zum nächsten Tisch.

Sie kamen auf Filme zu sprechen, auf Theater und Konzerte. Georg offenbarte sich als Opern-Fan, was Karin überraschte und sie gestand, dass sie mit Opern nicht viel anfangen könne, Theater sei ihr lieber, doch die Qualität des Theaters überzeuge sie nicht mehr. Ob sie oft ins Theater gehe, wollte Georg wissen.

»Früher, im anderen Leben, waren wir eifrige Theaterbesucher. Jetzt gehe ich hin und wieder allein, Steffen will nicht mehr, er versteht kaum etwas.«

Georg nickte und fragte, ob Steffen denn in Konzerte mitgehe. Karin bejahte und fügte an, dass diese Besuche auch inzwischen eher selten geworden seien. Er dachte eine Weile nach, fragte aber nicht weiter. Professor Hammschulte betrat mit seiner Frau den Esssaal, nickte einen Gruß zu ihnen herüber, trat dann aber mit seiner Frau zu ihnen, um sie förmlich zu begrüßen. Frau Hammschulte war guter Dinge und meinte, dass sie sich vielleicht nach dem Essen noch für ein Gläschen Wein zusammensetzen könnten. Das wurde gern angenommen. Nachdem die beiden an ihren Tisch gegangen waren, erzählte Karin, dass sie mit ihnen angekommen sei und Frau Hammschulte einen etwas tüdeligen Eindruck auf sie gemacht habe, was vermutlich von Tagesform zu Tagesform wechsele.

»Wir sind an der Unfallstelle vorbeigefahren«, sagte Karin. »Da bist du mir übrigens sofort ins Auge gesprungen, wie du dastandest und fassungslos die Rothaarige angesehen hast! War irgendwie beeindruckend, der große Mann mit der Rollmütze und den hervorlugenden grauen Locken guckt wie ein Auto.« Georg betrachtete sie über den Brillenrand. »Auch die Bermudas von der Roten, zu der Haarfarbe gehört schon Mut, und die Bermudas waren so irrsinnig unvorteilhaft für die kurzen Beine und teilten die hintere Hälfte in zwei Portionen, dass ich die Assoziation von zwei Schweineschinken hatte.«

Georg brach in schallendes Gelächter aus, sodass die benachbarten Gäste zu ihnen herübersahen.

»Das ist wirklich verrückt, mir kam ein ähnlicher Gedanke, nur bei mir war das Ringelschwänzchen noch dran.« Sie lachten, sich gegenseitig immer wieder ansteckend, bis Karin um ihr Augen-Make-up fürchtete.

Georg stand schließlich auf, um sich einen Nachtisch zu holen, Karin beobachtete ihn am Büfett und ließ die Blicke über die anderen Gäste schweifen. Sie blieb bei den drei Frauen hängen. Die Korpulente deutete mit dem Kinn auf Georg und tuschelte irgendetwas und alle drei blickten zu Karin. Zum Wegschauen war es zu spät. Karin lächelte ihnen einen Gruß zu, bekam aber nur von der Schmetterlingsfrau ein grüßendes Handzeichen. Sie erzählte Georg von den strafenden Blicken und erfuhr von ihm, dass die Dickere und die Brünette ihn angesprochen hätten, mit auf irgendeine Tanzerei zu gehen. Die kleine Blonde habe sich abseits gehalten. Er habe höflich, aber entschieden abgelehnt, weil er sich aus Tanzen nichts mache. Sie könnten verstimmt sein, weil sie ihn am Samstag mit Karin hatten tanzen sehen. Das hätten sie ihm vorwurfsvoll auf Butterbrot geschmiert.

Er löffelte eine bayrische Creme und ließ sie probieren. Sie war gut, wie alle Desserts hier. Georg bat Matties, den Espresso in die Kaminecke zu bringen und gab den Hammschultes ein Zeichen, dass sie in der Lounge warten würden.

Als die Hammschultes sich zu ihnen gesellten, sprach Georg gerade über die Veränderungen im Hotel und meinte, dass es seit der Vergrößerung mitsamt der sogenannten Wellnessoase nicht mehr so familiär wie früher sei. Die fortschreitende Wellnesserei, wie der Professor es bezeichnete, sei ein Trend, der leider nicht aufzuhalten sei. Er vermutete, dass die Weiduns sich mit der Investition finanziell überhoben hätten. Der Schlaganfall von Herrn Weidun hinge sicherlich auch damit zusammen. Es sei ein Jammer, dass es diesen Mann so getroffen habe.

»Das ist immer ein Jammer«, meinte Karin, »und es trifft immer die Falschen. Das Glück, gesundheitlich unbeschadet durch's Leben zu kommen, ist wie ein Lottogewinn und den gewinnen auch immer die Falschen.«

»Der bedeutet aber auch nicht immer Glück«, sagte Frau Hammschulte. »Viele können mit Glück nicht umgehen.«

»Das mag stimmen, nur bleibt das Glück meist nicht so lange, als das man einüben könnte, wie es zu halten ist«, warf der Professor ein. »Wie hat Heine so treffend gedichtet? Das Glück ist eine leichte Dirne / Und weilt nicht gern am selben Ort …«

Weil er nicht weiterwusste, fuhr Karin fort: »Sie streicht das Haar dir aus der Stirne / Und küsst dich rasch und flattert fort. Und dann kommt noch eine zweite Strophe, mal gucken, ob ich sie zusammenbekomme.«

Karin überlegte, doch Frau Hammschulte war schneller: »Frau Unglück hat im Gegenteile / Dich liebevoll ans Herz gedrückt / Sie sagt, sie habe keine Eile / Setzt sich zu dir ans Bett und strickt.«

Die letzten beiden Zeilen hatten außer Georg alle gemeinsam gesprochen und lachten jetzt in kindlicher Freude. Die vereinzelten Gäste in der Hotelhalle lachten auch über den Chor und wollten eine Zugabe. Georg betrachtete spöttisch die Gedichtssprecher und nannte sie wirklich sehr gebildete Leute, er sei tief beeindruckt. Sie redeten über das Glück an sich und über die Individualität dessen, was jeder als Glück empfinde. Aus Unglück herauszukommen, könne Glück bedeuten, sagte der Professor.

»Da stimme ich Ihnen zu«, sagte Karin, »doch wenn man weiß, dass das Unglück wirklich unentwegt strickend am Bett sitzt, muss man sich ein Glück basteln und auch den gestrickten Schal von Frau Unglück annehmen und vielleicht sogar das eine oder andere Strickmuster hübsch finden … wollen … können.«

Damit hatte Karin die Leichtigkeit aus dem Gespräch genommen und alle drei schauten sie an, ahnend, dass sie auf sich anspielte.

»Schauen sie mich nicht so an, es ist doch so. Vor dreißig Jahren habe ich gelesen, dass man sich Sisyphos als einen glücklichen Menschen vorstellen soll. Glück in Verachtung des Schicksals klingt krank und absurd, dachte ich damals, weil ich glücklich war. Später, als ich in der Misere saß, fiel mir das wieder ein und ich denke, Camus lag nicht falsch.«

»Deshalb«, sagte Frau Hammschulte und richtete sich an Karin, »würden wir uns gern mit Ihnen einmal über den Verlust der Sprache unterhalten.«

»Natürlich nicht jetzt, in den nächsten Tagen«, sagte der Professor.

»Das beruhigt mich, dann kann ich ja noch ein bisschen bleiben. Wie wird das Wetter morgen?«, warf Georg ein.

Man lachte über seine Themenänderung und plänkelte noch eine Weile über belanglose aktuelle Tagesereignisse. Georg stand als Erster auf, weil er nicht mehr sitzen konnte, und verabschiedete sich. Karin blieb noch und erfuhr, dass Herr Weidun immer noch im Krankenhaus läge. Im Bedauern über Herrn Weiduns Schicksal verabschiedeten sie sich.

Sollte sie noch bei Georg klopfen oder ihn nur anrufen? An der Ganggabelung blieb sie unschlüssig stehen und horchte in sich hinein. Sie ging in ihr Zimmer und wählte seine Nummer. Er hatte sich schon hingelegt und eine Schmerztablette genommen, die der Arzt ihm dagelassen hatte.

»Morgen bin ich wieder senkrecht«, meinte er, »der Arzt will mich noch mal am Vormittag sehen, dann schaue ich noch in der Wohnung vorbei. Wir könnten uns anschließend ins Auto setzen und irgendwo hinfahren und zusammen zu Mittag essen, was hältst du davon?«

Gegen diesen Vorschlag hatte Karin nichts einzuwenden und so wünschten sie sich schöne Träume und schickten sich Gutenachtküsse durchs Telefon. Jetzt war Steffen dran. Sie freute sich, dass er fröhlich seine Handymelodie trällerte.

»Dir geht's ja gut, wie schön! Was machst du?«, fragte Karin.

»Video, Schluss … nein … nicht … Stopp … äh …« Der Film war durch Werbung gerade unterbrochen. Daher hatte Steffen ihren Anruf erfreut entgegengenommen, denn er konnte gereizt reagieren, wenn er bei der Konzentration auf einen Film gestört wurde.

»Dann habe ich ja zum richtigen Zeitpunkt angerufen.«

Als er *Leute … und* sagte, wusste sie, dass er wissen wollte, was es mit dem alten Ehepaar auf sich habe. Sie nannte Namen und Alter des Paares und erzählte, dass der alte Herr früher Professor für Soziologie gewesen sei und dass seine Frau Parkinson habe. Steffen verstand nicht alles, sie musste wiederholen, aber er war schließlich zufrieden. Die Werbepause war zu Ende, er wollte den Film weiter ansehen und Karin schimpfte scheinheilig, dass er den Film ihr vorzog. Er lachte und legte auf.

»Geht doch, das Inselhüpfen«, sagte Karin laut zu sich und begann, sich für das Bett fertig zu machen.

# 15

Der Weg zum Leuchtturm führte gut zur Hälfte am Fuß des Deiches entlang. Aber weil der Wind es zuließ, konnten sie dann auf dem Deich fahren und hatten eine ungehinderte Sicht über Dünen, Strand und Meer. An einer Fischbude, die besonders gute Fischbrötchen machte, deckten sie sich mit Proviant ein. Georg hatte vorsorglich eine gut gekühlte Flasche Prosecco und Gläser mitgenommen. Auch an eine Decke hatte er gedacht.

Um zu ihrem Rastplatz zu kommen, mussten sie die Deichkrone verlassen und die Räder die Treppe zu einem Fahrradständer hinunter tragen. Georg wollte auch Karins Fahrrad tragen, doch sie lehnte dies mit Hinweis auf seine Bandscheibe kategorisch ab. Warum eigentlich?, dachte sie, als sie ihr Rad in den Ständer stellte.

Ein Holzsteg leitete sie durch Dünen und dann lag der riesige Strand vor ihnen. Sie suchten sich eine Mulde in dem Dünenteil, der betreten werden durfte. Die Sonne wechselte sich mit den Wolken in einem angenehmen Rhythmus ab und hüllte das Paar in wohlwollende Wärme, sodass die beiden nach dem Imbiss zufrieden dösend im Sand lagen. Austernfischer ließen ihr schrilles Kibick-kibick hören, Kinderlachen wehte zuweilen vom Strand herüber, der Strandhafer raschelte direkt neben dem Kopf und schließlich machten Möwen mit ihrem herrlich unmelodischen Schrei die Geräuschkulisse perfekt. Karin schloss die Augen und fühlte sich eins mit allem um sie herum.

»Gehört der Wegfall von Theater und Kino zum Strickmuster der Strick-Liesel?«

»Du holst mich aus himmlischer Ruhe ins irdische Jammertal!«, stöhnte Karin, zweifelnd, ob sie antworten sollte, »Ja, das war eines der vielen Strickmuster. Warum?«

»Ich versuche, mir irgendwie deinen Alltag vorzustellen.«

»Ich kenne deinen auch nicht, erzähl mal.«

»Du weichst aus. Meiner ist einfacher als deiner. Was kann an diesem Strickmuster, um im Bild zu bleiben, schön sein?« Er hatte sich auf die Seite gedreht und stütze seinen Oberkörper mit dem Arm ab und schaute sie an. Ihre Sonnenbrille schützte davor, dass er die Abwehr in ihren Augen sehen konnte. Ganz langsam nahm er den Augenschutz weg.

»Daran ist natürlich nichts schön. Auch betrübt es mich hin und wieder, Steffen natürlich auch, wenn andere von Theateraufführungen sprechen, von denen ich gar nicht weiß, dass es sie gegeben hat. Ich habe das sogenannte Kulturprogramm ziemlich gut ausgeblendet, ausblenden müssen.« Und da er schwieg, fuhr sie fort: »Ich musste lernen oder besser mit der Lupe suchen, was noch für mich und ihn von Wert sein könnte. Und dem alten Leben nicht mehr nachtrauern …«

»Und das geht? Aber du musst dich doch mit etwas beschäftigen, ich kann mir bei dir nicht vorstellen, dass du den lieben langen Tag Hausfrau bist.«

»Ich bin fast immer mit irgendetwas beschäftigt, ich muss ja alles machen, was anfällt, das heißt einschließlich dem, was Steffen nicht mehr kann, und das ist viel. Ich bin für alles zuständig, muss seine Gedanken denken, damit ich verstehe, was er will. Das frisst viel Zeit.«

»Ich kann mir nicht vorstellen, dass dich das ausfüllt. Du musst doch intellektuellen Hunger haben.«

»Ausfüllen, nein, ausfüllen in dem Sinn, wie du das meinst, das tut es nicht. Es füllt mich in einem ganz anderen Sinn aus, es hat mich besetzt, ja, so lässt sich das vielleicht am besten beschreiben. Aphasie ist eben auch die Behinderung der Angehörigen.«

Karin hatte sich inzwischen aufgerichtet und umfasste mit beiden Armen ihre hochgezogenen Beine. Ihr Kopf lag auf den Knien.

»Darf ich noch eine Frage stellen, weil das alles mein Vorstellungsvermögen übersteigt. Wenn dein Mann der Sprache nicht mehr mächtig ist, und, wie du mal gesagt hast, dass er nicht alles versteht, dann kannst du dich mit ihm ja nicht unterhalten. Aber du telefonierst doch mit ihm?«

Karin schaute nach, ob noch etwas in der Flasche war, und verteilte es auf die Gläser. Georg stellte sein Glas auf seinem Bauch ab und hielt es fest. Karin trank ihr Glas in einem Zug aus.

»Es ist ja nicht alles kaputt, Reste sind in allen Sprachfunktionen noch vorhanden, allerdings nicht immer sofort abrufbar und koordiniert einzusetzen. Er muss suchen. Mit dem, was er noch zutage fördern kann, bestreiten wir unsere Kommunikation«, sagte Karin nachdenklich, »Bestreiten, ja, das passt gut«, sie schaute zu ihm herunter, »ich schätze, er verfügt über fünfzig Wörter, meist Substantive. Ich reime mir dann zusammen, was er meinen könnte, und er reimt sich die Dinge aus dem zusammen, was er wirklich verstanden hat und was er aus der jeweiligen Situation schließen kann. Er ist ein hervorragender und intuitiver Mimikleser.«

Georg schwieg. Er streckte nach einiger Zeit seinen rechten Arm zur Seite. Karin verstand seine Aufforderung und kuschelte sich ein. Sie wurde ganz allmählich schläfrig. Die Geräusche des Meeres stellten sich wieder ein.

Auf dem Rückweg, auf der mit Gras bewachsen Deichkrone, fuhr es sich nicht besonders gut. Sie entschlossen sich, beim nächsten Treppenabgang den unteren asphaltierten Radweg zu nehmen. Sie hatten noch gut zehn Kilometer vor sich und jeder trat, in seine Gedanken versunken, die Pedale. Georg hatte ihr schon gesagt, dass sie mit dem Rad nicht direkt bis zum Leuchtturm fahren, sondern ihn nur durch einen halbstündigen Fußmarsch erreichen könnten. Das kam ihr jetzt doch viel vor. Der Sattel war nicht optimal, und der Prosecco bremste ihren Elan. Doch sie radelte ohne zu klagen. Erst, als sie endlich an der Stelle angekommen waren, wo sie die Räder abstellen mussten, flehte sie: »Müssen wir zum Turm laufen?«, und dehnte *laufen* in die Länge, und als er nickte: »Dann musst du mich tragen.«

»Du bist doch nicht tragbar!«, lachte er. »Wir trinken dort an der Bude einen Kaffee, dann bist du wieder fit.«

Der Kaffee tat seine Wirkung, auch wenn er fürchterlich geschmeckt hatte. Georg nahm ihr die Kameratasche ab, hängte sie sich über die Schulter und so liefen sie los.

»Ach wie blöd, jetzt habe ich mein Fernglas wieder vergessen!« Sie stampfte mit dem Fuß auf und nannte sich eine vergessliche alte Kuh.

»Ich wage nicht, dir zu widersprechen!« Er war stehen geblieben und zog ganz langsam einen Feldstecher aus der Innentasche seiner Jacke und hielt ihn triumphierend in die Höhe. Das Spiel war eröffnet und sie spielten es mit Begeisterung. Auch die Belohnung für seine weise Voraussicht wurde ausgehandelt. Da sie nicht die einzigen Wanderer waren, mahnten sie sich zum gesitteten Gehen, betrachteten ein paar Austernfischer und Graugänse durch das Fernglas, sprachen mit den grasenden Schafen, die auf den Polderwiesen zwischen den Entwässerungsgräben weideten und ihnen manchmal verständnislos nachsahen. Hin und wieder entdeckten sie in Schafgesichtern auffallende Ähnlichkeiten mit Politikern oder anderen bekannten Leuten.

Der Leuchtturm selbst war zurzeit nicht zu besteigen, da irgendetwas an der Plattform auszubessern war. »Diesen Hinweis«, schimpfte Karin, »hätten sie an der Bude aushängen können.« Sie machte ein paar Fotos, nichts Aufregendes, wie sie enttäuscht sagte, betrachtete Georgs Kopf – er hatte wegen des Windes wieder die Rollmütze aufgesetzt –, ging um ihn herum, um die beste Beleuchtung und Perspektive für seinen markanten Kopf zu finden.

»Lass es«, wehrte er ab, »das ist keine gute Idee.« Karin gab ihr Vorhaben auf. Sie schlenderten zum auflaufenden Wasser, das den Saum des vorangegangenen Hochwassers fast erreicht hatte, und machten sich dann wieder auf den Rückweg.

»Schauen hin und wieder Freunde nach deinem Mann?«, fragte er unvermittelt.

»Nein, es schauen keine sogenannten Freunde nach ihm. Erstens kommt er ganz gut die drei Wochen allein zurecht, zweitens gibt es solche Freunde nicht. Zum Teil kann ich das verstehen, ich weiß nicht, wie ich mich verhalten würde.«

Nach einer Weile fuhr sie fort: »Seit ein paar Jahren habe ich mich selbst aktiv zurückgezogen, das vermeidet Enttäuschungen und gaukelt vor, dass ich selbst bestimmen kann.«

»Aber was? Du bist sehr frustriert?«

»Ja, ich war sehr frustriert, aber das ist längst vorüber. Ich … wir gehen im Prinzip Zusammenkünften vor allem mit mehreren Leuten aus dem Weg.«

»Aber ist das nicht genau das Falsche?«, meinte Georg fast empört. »Das isoliert euch doch, vor allem deinen Mann.«

»Nein, es ist genau das Richtige, für mich und für ihn. Glaube mir, es war ein langer Weg bis zu dieser Erkenntnis.«

Sie waren fast wieder bei den Rädern angekommen und Georg machte einen nachdenklichen Eindruck. Dann kam er auf den kommenden Tag zu sprechen.

»Mit ziemlicher Sicherheit kommt morgen übrigens meine Nichte, weil es sein kann, dass die Maklerin einen ernsthaften Interessenten für die Wohnung hat. Vielleicht habe ich den ganzen Tag keine Zeit für dich und falls meine Nichte über Nacht bleibt, werde ich abends mit ihr essen. Du verstehst?«

Natürlich verstand Karin, fragte sich aber, warum er das nicht schon längst erwähnt hatte.

»Bist du dann anschließend nicht mehr mit der Wohnung beschäftigt? Du sagtest, dass die Handwerker heute fertig werden.«

Er bejahte es, ging aber nicht auf die unausgesprochene Frage ein, ob er anschließend abreisen würde. Gestern, als sie durch die Gegend gefahren waren, hatte er erzählt, dass er längere Zeit nicht mehr Golf gespielt habe und Freunde übers Wochenende nach Sylt zum Golfen fahren würden.

Während der Rückfahrt frischte der Wind auf. Sie radelten die meiste Zeit hintereinander und sprachen wenig. Einige Situationen mit Steffen und den Freunden kamen ihr in den Sinn, auch die letzte Einladung bei Jutta, aber wenn sie davon erzählen würde, müsste sie zu weit ausholen. Im

Nachhinein konnte sie ihre ehemalige, langjährige Freundin Annemarie ansatzweise verstehen, die Steffens Anblick nicht ertragen konnte, obwohl er keine Körperbehinderung hatte. Sie hatte jeglichen Kontakt zu Steffen und ihr abgebrochen. Annemarie war die Einzige, die offen den Grund des Abbruchs aussprach. Auch vom Tennis könnte sie erzählen. Die ehemaligen Tennispartner hatten zwar mit Steffen noch gespielt, wenn Karin sie darum gebeten hatte, von selbst verabredete sich jedoch keiner mehr mit Steffen. Dabei war er so froh, nach vier Jahren Pause wieder spielen zu können und lediglich beim Aufschlag kleine Schwierigkeiten zu haben. Als er merkte, dass keiner freiwillig mit ihm spielte, waren sie schließlich beide aus dem Klub ausgetreten. Karin hatte selbst auch keine Freude mehr am Tennis, Schulter und Knie machten Probleme.

Dann fiel ihr noch ein Abendessen ein. Sie waren zu acht, eine nette, lebhafte Runde, Jutta und Klaus-Dieter waren auch dabei. Das Essen war gut, es gab viel Lob und es gab vor allem viel und lautes Gerede und Gelächter. Steffen saß Karin gegenüber und wurde, wie sie sich später erinnerte, immer kleiner. Seine Tischnachbarn rechts und links beugten sich vor und sprachen an ihm vorbei. Plötzlich schlug Steffen mit der Hand auf den Tisch und schrie mehrmals *Ich!* Es war mucksmäuschenstill geworden, aber nur für Sekunden. Dann folgte ein Schwall mitleidiger Äußerungen, Entschuldigungen und Selbstbezichtigungen. Karin forderte die Anwesenden auf, rücksichtsvoller zu sein und Steffen in die Gespräche einzubeziehen und ihn vor allem auch anzusehen. Das klappte einige Minuten in gekünstelter Langsamkeit.

Später trug Karin das Geschirr des Hauptgangs ab und Steffen half ihr. In der Küche nahm sie ihn in den Arm, aber er machte sich steif und sah sie verächtlich an. Zum Dessert wollte Steffen eine Auslese reichen, die er noch aus der gesunden Zeit liegen hatte und auf die er stolz war. Steffen hielt die Weinflasche in der Hand und begann auf das Etikett zu zeigen. Karin bat um Ruhe, Steffen würde einen besonderen Wein einschenken. Er nahm seine Brille ab und versuchte das Etikett vorzulesen. Er begann mit dem Jahrgang, sagte ein unsinnig weit zurückliegendes Jahr. Jemand machte die Bemerkung, dass den Wein vielleicht schon Goethe getrunken habe. Steffen setzte noch einmal an, sagte die Zahl jetzt richtig, aber was folgte, war abgehackt, falsch und kaum verständlich. Die Anwesenden waren peinlich berührt und setzten in einer Sprechpause ihr Geplauder fort. Steffen versuchte noch, wie Karin sich erinnerte, den Namen des Winzers besonders deutlich zu nennen, aber keiner hörte mehr zu. Karin auch nicht, sie war mit der Verteilung des Nachtisches beschäftigt und erpicht auf das Lob der Esser. Steffen stellte die Flasche auf den Tisch und ging. Erst als alle gegessen hatten, fiel auf, dass Steffen nicht da war und niemand die Auslese probiert hatte.

Karin war lange fassungslos über sich gewesen, sie schämte sich Steffen gegenüber. Die anderen verstanden das Problem nicht. Einer meinte, Steffen solle das doch mit Humor nehmen, er wisse ja, wie die Truppe sei.

An der Abbiegung, die zum Ort oder zum Hotel führte, entschlossen Karin und Georg sich, in den Ort zu fahren und an der Promenade noch ein Eis zu essen. Sie betrachteten dort die vorbeigehenden Leute, machten sich auch mal über die eine oder andere Gestalt lustig und kamen überein, den Abend ruhig zu verbringen, lesend und vielleicht mit einem Fernsehfilm. Karin hatte Lust, in die Sauna zu gehen. Georg wusste noch nicht, ob er mitkommen wollte. Ihr Handy klingelte, es war die Mailbox, ein Anruf von Meike, aber sie hatte keine Nachricht hinterlassen. Karin schickte ihr eine SMS, dass sie sie am Abend anrufen würde. Meike simste die Uhrzeit zurück, zu der sie ungestört reden konnten. Georg beobachtete Karin bei ihrem Tun, sagte aber nichts.

»Ich vermute, du hast auch ein Handy, oder?« meinte Karin, weil sie sich von ihm beobachtet fühlte.

»Ja, sicher, ich schalte es aber nur vormittags ein. Wer mich unbedingt erreichen will, spricht auf die Mailbox. Ich mag die Dinger nicht. Bei dir ist das was anderes, du musst erreichbar sein. Verschickst du häufig diese Kurznachrichten? Ich weiß gar nicht, wie das geht.«

Karin lachte ihn aus, dann bot sie an, ihm Nachhilfe zu geben. Nein, das wollte er nicht.

»Bist schon ein komischer Kauz!«, fand Karin, »passt eigentlich gar nicht zu dir.«

Er zuckte mit den Schultern und sagte, er sei Single-Mann ohne besondere Verpflichtungen.

Als sie wieder auf die Räder stiegen, verkündete Karin, dass sie mit Sicherheit in die Sauna gehen werde, der Sattel habe sie zu sehr malträtiert und sie wolle auch keinen Muskelkater bekommen. Im Hotel wollte Georg schnell in sein Zimmer und versprach, sich sofort zu melden, wenn er seine Nichte erreicht habe.

Karin hatte die Sauna beim ersten Gang für sich allein und konnte sich auf die Bank legen. Die Ruhe drang in den Kopf. Heute war der fünfte Tag mit Georg. So viel wie in den letzten sechs Tagen hatte sie ewig nicht geredet. Sie war beruhigt und gleichzeitig angespannt. Sie dachte an die erste Nacht mit Georg.

Nach einer ausgiebigen Abkühlung im Tauchbecken legte sie sich in den Ruheraum. Ein Dämmerschlaf überfiel sie. Steffen weckte sie mit dem Problem, dass sein Fahrrad, das er zur Werkstatt gebracht hatte, noch irgendeinen anderen Schaden habe. Er hatte aber nicht verstanden, wo das Problem lag. Wie immer dauerte das Erklären und Verstehen eine Weile. Karin wollte die Telefonnummer der Werkstatt wissen, um dort anzurufen. Das wollte Steffen nicht, denn er hatte das Fahrrad, ohne dass es repariert worden war, wieder mitgenommen. Jedenfalls verstand sie ihn so. Er schimpfte auf die Werkstatt, *Mann … blöd … Scheiße,* sodass Karin vermutete, dass es irgendein Missverständnis gegeben hatte. Der Vorschlag, ihr Fahrrad zu benutzen, bis sie in eineinhalb Wochen zurück sei, beruhigte ihn. Sie versprach, ihn nachher noch einmal anzurufen.

Für den zweiten Saunagang wählte sie die Dampfgrotte, die sie nicht so anstrengte. Zudem schützte der Dampf vor neugierigen Blicken. Zunächst dachte Karin, dass sie auch hier allein wäre, aber auf der gegenüberliegenden Steinbank lag eine Frau, die sie erst wahrnahm, als sie nach dem Wasserschlauch suchte, um ihre Steinbank abzuspritzen. Es war die x-beinige Schmetterlingsfrau. »Huch, ich habe Sie gar nicht gesehen«, erschrak Karin. »Heute ohne ihre Freundinnen?«

»Das sind nicht meine Freundinnen, ich bin nur für jemanden eingesprungen, die krank geworden ist.«

»Ach so, ich dachte, Sie Drei sind ein eingefahrenes Gespann.«

»Die zwei schon, ich bin Anhängsel.« Sie hatte sich aufgesetzt und baumelte mit den Beinen. »Lästiges, würde ich sagen.«

»Das tut mir leid, das ist sicher nicht schön für Sie.« Karin legte sich auf die Bank, um anzuzeigen, dass sie eigentlich nicht reden wollte. Doch die Schmetterlingsfrau erzählte, dass die beiden anderen jeden Abend irgendetwas unternehmen wollten, das sei ihr zu viel.

»Ich kann nur nicht allein sein, da bekomme ich Beklemmungen. So wie Sie könnte ich nicht reisen. Ich beneide Sie!«

»Tun Sie das lieber nicht, meine Fähigkeit, allein sein zu können, ist hart erarbeitet.«

Karin hatte sich wieder aufgesetzt und die Füße auf die Bank gestellt. Durch den Dunst sah die Frau unwirklich aus, eine kleine Fee aus der Märchenwelt. Sie wollte wissen, ob Karin auch allein leben müsse. Karin sagte, dass sie einen behinderten Mann habe. Die Frau dachte nach und meinte, dass sei zwar nicht schön, aber dann sei sie doch wenigstens nicht allein. Mit großem Bedauern darüber, dass sie sich nicht schon eher unterhalten hätten, verabschiedete sich die kleine Frau und wünschte Karin noch einen schönen Aufenthalt. Karin fragte höflich nach, ob das bedeuten würde, dass der Urlaub beendet sei. Ja, das sei er am Samstag.

Wieder allein im Dunst, war die Einsamkeit der kleinen Frau noch spürbar. Karin wünschte sich, als sie im Schwimmbecken das kühle Wasser um sich fühlte, endlich einmal für einen wirklich längeren Zeitraum leichte Gedanken und volle Entspannung zu haben. Sie legte sich mit ausgebreiteten Armen mit der Tote-Mann-Stellung auf das Wasser und verharrte in diesem Schwebezustand und öffnete auch nicht die Augen, als jemand ins Becken kam. An der Bewegung des Wassers spürte sie das Näherkommen der anderen Person und hoffte, dass es Georg sei. Als sie die Berührung am Rücken fühlte, klopfte ihr Herz. Georg ließ sie auf seinen Armen durch das Wasser schweben, drehte sich mit ihr im Kreis, schließlich so schnell, dass das Wasser ihr über das Gesicht schwappte. Erst jetzt öffnete sie die Augen und legte die Arme um ihn und stellte sich senkrecht. Seine behaarte Brust war ihr im trockenen Zustand nicht so groß vorgekommen.

»Schön, dass du doch noch gekommen bist.«

»Meine Nichte kommt morgen gegen Mittag, wir können, wenn du nichts anders vorhast, am Vormittag gemeinsam etwas unternehmen. Schön ruhig im Liegestuhl dösen zum Beispiel, das Wetter soll so bleiben.«

Dagegen hatte Karin nichts einzuwenden und fragte nach seinen Plänen für den heutigen Abend und erwähnte auch, dass sie sich einen Vorspeisenteller ins Zimmer bestellt habe. Weil er sich gern daran beteiligen würde, die Portion aber nur für eine Person war, hatte Karin Bedenken, die Portion einfach auf zwei auszuweiten.

»Was sollen die denn von mir denken?«, fragte sie halb ernsthaft, halb spaßig. Er lachte über ihre Sorge und bespritzte sie mit Wasser, was sie nicht unerwidert ließ.

»Du bist ein naives kleines Häschen!«

Sie stiegen aus dem Becken und vereinbarten, dass Karin die Bestellung um eine Portion und eine Flasche Rotwein ergänzen solle.

Es wurde ein entspannter Fernsehabend. Eine politische Sendung veranlasste sie, sich über Klimawandel und Irakkrieg zu unterhalten, und sie waren zufrieden, im Prinzip gleiche Ansichten zu haben. Sie schliefen gemeinsam ein, erwachten aber getrennt. Karin merkte nicht, dass Georg gegen ein Uhr ihr Zimmer verließ.

# 16

Als sie im Garten nebeneinander auf der Liege lagen, meinte die Septembersonne es so gut, dass Georg einen Sonnenschirm heranrollte. Sie lasen Zeitung, machten sich auf das eine oder andere aufmerksam und er nahm von Zeit zu Zeit ihre Hand, streichelte sie oder zog sie zu einem Kuss an seine Lippen, was sie mit einem Lächeln dankte. Es ist wirklich einfach, dachte sie.

»Ich habe mir übrigens vorhin deinen Sattel mal angesehen, der ist tatsächlich zu hart. Ich nehme ihn nachher mit und tausche ihn gegen einen Gel-Sattel aus. Du hast dein Fahrrad doch auch in dem Laden an der Kreuzung gemietet, wenn ich mich nicht irre.«

»Ja, richtig. Das willst du wirklich für mich tun? Ich bin überwältigt!« Sie sah ihn an und in ihren funkelnden Augen mischten sich Begeisterung und ein bisschen Spott. »Du bist ein Prachtexemplar von Mann, danke!« Ihre Hand streichelte über seinen Arm, er schaute sie belustigt an.

»Du hast wirklich Hexenaugen, ich sollte auf der Hut sein!«, sagte er mit leichtem Kopfschütteln. »Wir essen nachher zusammen auf der Terrasse, ich weiß nicht genau, wann meine Nichte kommt. Sie kann sich dann ja zu uns gesellen.«

»Das finde ich nicht gut, das würde deine Nichte mit Sicherheit komisch finden. Nein, ich lasse mir hier einen Salat oder so bringen, bei dem Wetter wird auch am Pool serviert. Widme dich deiner Nichte, du bist der gute Onkel, was soll die denn von dir denken! In deinem Alter!«

»Vielleicht hast du recht«, antwortete er, »ich werde aber bestimmt dauernd sehnsüchtig an dich denken.« Sie erwiderte lachend, dass er es schon überleben werde.

»Im Ernst, ich befürchte, ich kriege dich nicht aus meinen Gedanken.«

»Fürchte dich nicht… da sind wir schon zu zweit mit demselben Problem!«, sagte Karin leise und wagte nicht, ihn anzusehen. Sie hörte sein brummendes Lachen. Er war aufgestanden, als sein Handy klingelte.

»Meine Nichte wird in einer halben Stunde hier sein. Pass auf, ich gebe dir meine Handynummer, ruf mich an, wenn du mich brauchst.« Er notierte die Nummer auf einen Zettel und verließ sie, nachdem er ihr beide Hände gedrückt hatte. Er ging, kam aber noch einmal zurück und bat Karin um ihre Handynummer, er würde sie anrufen.

Der Nachmittag und der Abend lagen vor ihr, ohne Georg. Sie fand das gut und es gefiel ihr doch nicht.

Nach ein paar Runden im Pool und einem Sandwich versuchte Karin zu dösen. Sie spürte tanzende Lichter über ihr Gesicht hüpfen, die die Sonne zusammen mit der Birke zauberte, und fand, dass die Schattenspiele im Einklang mit ihren Gedanken standen. Sie entschloss sich, Steffen ein Päckchen mit dem Pullover zu schicken.

Karin holte Schreibpapier aus dem Zimmer und entwarf einen Brief. Sie musste ihren Text mehrere Male überarbeiten, damit nicht zu viele Funktionswörter darin vorkamen und die Sätze von einfacher Struktur waren.

*Hallo Tierchen,*

*die Sonne scheint. Ich liege im Liegestuhl. Ich war auch schon im Pool*

Sie strich Pool durch, das würde er nicht verstehen.

*Ich bin heute schon im Wasser gewesen. Gerade habe ich ein Sandwich gegessen.*

Nein, sie konnte den Brief so nicht formulieren, das war unmöglich, Steffen würde sich veräppelt vorkommen. Sie schrieb Steffen in normaler, flüssiger Sprache. Karin bemühte sich um eine gut leserliche Schrift, das war das Einzige, was sie bewusst berücksichtigte. Und über den Pullover schrieb sie, er sei schon mal die Vorhut von seiner liebenden Frau. Sie schrieb nicht, was sie dachte: Du musst dich nämlich warm anziehen, wenn ich nach Hause komme. »Ich bin das Allerletzte«, sagte sie zu sich.

Sie radelte in den Ort und verschickte das Päckchen. Vielleicht war die Post so schnell, dass Steffen es schon morgen auspacken konnte.

# 17

Beim Abendessen luden die Hammschultes Karin an ihren Tisch, damit sie nicht so allein wäre.

»Mit dem Alleinsein habe ich zwar keine Probleme, aber mit Ihnen unterhalte ich mich natürlich viel lieber als mit mir selbst. Das ist wirklich sehr nett von Ihnen«, sagte Karin und freute sich aufrichtig.

Das Gesicht des alten Herrn war verschmitzt, ihm saß der Schalk im Nacken, und er musste einmal der Schwarm seiner Studentinnen gewesen sein. Er trug wie immer sein meliertes Sakko und Karin neckte ihn damit, worauf seine Frau resigniert meinte, dass er zwei von derselben Sorte habe, sodass sie froh wäre, eines auch mal in die Reinigung geben zu können. Früher habe er nur Jeans, T-Shirt und Pullover getragen, vielleicht mal ein Jackett bei besonderen Anlässen, aber ansonsten sei er von den Studenten nicht zu unterscheiden gewesen. Der Professor verdrehte die Augen und lachte, als Karin von einem umschwärmten Professor aus ihrer Studienzeit erzählte.

Als sie beim Dessert angelangt waren und Frau Hammschulte Karins Blick auf die zittrige Hand sah, berichtete sie von geänderten Medikamenten, die tatsächlich das Zittern ein wenig eingedämmt hatten. Sie hoffe, dass sie diesen Zustand noch lange erhalten könne. Während sie das sagte, strich der Professor ihr über die Hand. Er war sichtlich erleichtert, denn die Stimmung seiner Frau war deutlich verbessert und ihre kleinen runden Augen leuchteten.

Während des Essens überlegte Karin, ob sie von sich aus das Gespräch auf das bringen sollte, was die beiden von ihr wissen wollten. Sie hoffte, das Thema schnell hinter sich zu bringen, denn ihr schwebte eine von diesen Dingen unbelastete letzte Woche vor. Frau Hammschulte kam ihr zuvor.

»Wenn Sie nach dem Essen nichts vorhaben, würde ich mich freuen, wenn Sie uns vielleicht etwas mehr über die Aphasie sagen würden. Was meinst du, Wölfchen?«

»Ja, schon, aber du überfällst Frau Lohberg, vielleicht hat sie heute noch bessere Pläne«, meinte der Professor.

»Nein, ich habe keine anderen Pläne.«

Der Professor bat, erst seinen Zigarillo rauchen zu dürfen, und Frau Hammschulte schlug vor, sich in einer halben Stunde in ihrem Zimmer zu treffen, da sei es ruhiger.

Karin hatte vor dem Abendessen mit Steffen gesprochen und ihm das Päckchen angekündigt. Danach zeigte das Handy Georgs Nummer an, der während ihres Gesprächs versucht hatte, sie zu erreichen. Sie rief sofort zurück. Er freute sich, dass sie guter Dinge war, und versprach sich zu melden, wenn seine Nichte abgefahren sei, sie würde nicht hier übernachten. Allerdings hatte er keine Lust, bei den Hammschultes aufzutauchen. Karin solle sich dann melden. Er werde geduldig, aber sehnsüchtig warten.

Die Hammschultes bewohnten in einem der neu angebauten Häuser ein großes Zimmer mit einer Verbindungstür zu einem kleinen Einzelzimmer.

»So gehen wir uns nicht auf die Nerven«, sagte der Professor und bat Karin Platz zu nehmen.

»Sie sagten, dass Gespräche mit ihrem Mann nicht mehr möglich seien. Das kann ich mir vage vorstellen, weil zu unserem Literaturkreis eine Frau gehört, die nach einem

Schlaganfall nur noch zuhört, sie scheint aber alles zu verstehen, jedenfalls nickt sie immer. Nur wenn sie redet, versteht sie keiner, das klingt merkwürdig komisch und sehr schnell«, begann Frau Hammschulte, »eigentlich wissen wir alle nicht, warum sie noch kommt.«

»Vermutlich, weil der Literaturkreis zu ihrem früheren Leben gehörte, es gibt ihr ein Zugehörigkeitsgefühl und das Gefühl der Normalität, dass nichts anders geworden ist«, meinte Karin.

»Ja, genau das meinte ich, als ich bezweifelte, dass Aphasiker durch den Verlust der Sprache denken können. Unsere Frau Heidkamp, so heißt sie, muss doch merken, dass sie im Grunde nicht mehr an der Diskussion teilhaben kann.« Frau Hammschulte freute sich über ihr Argument.

»Ich denke, Sie sehen das falsch. Ich selbst musste mühsam lernen, was diese unsägliche Sprachbehinderung mit meinem Mann gemacht hat und mit mir. Mein Mann hat, noch im Krankenhaus, die Zeitungen, die ich ihm voller Hoffnung mitgebracht hatte, begierig genommen und völlig normal gehandhabt. Seine Augen flogen wie immer über die Artikel, er war ein Schnellleser, er blätterte durch, breitete alles auf dem Bett aus, so, wie er es sonntags immer getan hatte. Es sah aus, als ob er liest, aber er konnte es nicht mehr. Nur wie sollte ich das wissen? Was ihm vertraut vorkam, waren die Buchstaben und die Wortbilder, nicht deren Inhalt. Die Buchstaben waren da, er konnte sie sehen und wähnte sich gesund, weil er sie sehen konnte. Dass er keinen Zugang zu den Bedeutungen mehr hatte, ging ihm erst nach Wochen richtig auf. Das war furchtbar.«

Karin musste eine Pause machen, die Lippen zusammenpressen, um durch die Erinnerung nicht in Tränen auszubrechen.

»Wir wollen Sie auf keinen Fall an Dinge erinnern, die Sie so aufwühlen«, sagte der Professor, »das war keine gute Idee von uns.«

»Lassen sie nur. Ich habe irgendwann damit angefangen, über diese spezielle Sprachbehinderung zu lesen, das, was für Laien verständlich ist. Wenn ich mir vorstelle, was mein Mann gefühlt haben muss, bekomme ich immer noch Panik. Aber er hatte schließlich alles akzeptiert, das ist unglaublich, und manchmal kann ich es immer noch nicht fassen, dass das überhaupt möglich ist. Ich bewundere ihn.«

»Ich glaube, man kann sich das nicht vorstellen. Redet Ihr Mann auch solch ein Kauderwelsch wie unsere Frau Heidkamp?«, wollte Frau Hammschulte wissen.

»Nein, diese Form der Aphasie hat er nicht, aber es gibt Situationen, in denen ich ihn nicht verstehe, weil er nur Bruchstücke herausbingt.« Sie erklärte im Groben die verschiedenen Formen von Aphasie und fuhr fort: »Mein Mann kann zwar Baum denken, kann aber das Wort nicht aus dem Register, wo es gespeichert ist, holen und hat vielleicht, wenn er Glück hat, ein ähnliches Wort aus dem weitesten Zusammenhang auf den Lippen, zum Beispiel Waldweg. An einem Waldweg stehen Bäume. Also ein logischer Zusammenhang. Manchmal ist das schon zum Lachen. Neulich beim Italiener bestellte er *Fresskerls* und war sicher, das richtige Wort gesagt zu haben. Er meinte Flusskrebse. Ich habe mich halb totgelacht! Und fragen Sie nicht, wie perplex der Kellner war!« Karin war froh, dass ihr diese Beispiele eingefallen waren.

»Gut, dass Sie Ihren Humor nicht verloren haben«, meinte der Professor.

»Wiedergefunden, er war über viele Jahre untergetaucht und versteckt sich auch immer noch hin und wieder mal.

Aber ohne Humor würde ich unser Leben kaum aushalten können. Vermutlich auch nicht, wenn mein Mann nicht seine Frohnatur behalten hätte. Das ist etwas, was an den früheren Steffen erinnert. Aber es ist so viel an ihm anders geworden, dass ich mich kaum mehr im Detail erinnern kann.«

»Oh wie schrecklich, oder vielleicht doch gut? Die ständige Vergleichsmöglichkeit war sicher das Schwierigste, mit der veränderten Situation klarzukommen«, vermutete der Professor. Karin nickte.

»Vielleicht vergaß ja auch Sisyphos, dass er in seiner Vergangenheit einmal nicht den Stein zu rollen hatte, und fand durch das Vergessen sein Schicksal irgendwann normal. Es ist schließlich seins, und nur seins. Sein Eigentum. Das kann er, eingedenk seiner inneren Freiheit gut finden, sehr zum Ärger der Götter.«

Sie schwiegen eine Weile, tranken den Apfelsaft, den Frau Hammschulte in die Gläser gefüllt hatte, und nahmen von den Erdnüssen und Salzmandeln.

»Zum Glück ist Aphasie ja doch sehr selten, man hört kaum etwas darüber«, meinte der Professor.

»Ja klar, dass Sie über Aphasie nichts hören liegt doch zum Teil daran, dass die Betroffenen sich ja nicht entsprechend äußern können und wohl auch keine Lobby haben. Hirnerkrankungen sind generell tabuisiert, darüber wird nicht gesprochen. Über Herzinfarkt kann jeder mitreden und der eine oder andere macht sich damit sogar wichtig. Ich habe zwar die genauen Zahlen nicht im Kopf, aber wenn ich mich recht erinnere, gibt es über eine Million Menschen mit bleibenden Behinderungen nach einem Schlaganfall, und ungefähr dreihunderttausend davon sind aphasiebehindert. Und jährlich kommen Tausende Aphasiker hinzu.

Die Zahl der Schlaganfälle steigt und damit auch die Zahl der Aphasiebehinderten.«

»Wir einigermaßen Gesunden machen uns erst Gedanken, wenn es uns selbst betrifft«, meinte der Professor und alle nickten

»Ich bin recht zuversichtlich, dass ich noch einige gute Jahre vor mir habe, aber schließlich werde ich im nächsten Jahr achtzig. Ich will nicht undankbar sein.« Frau Hammschulte lächelte ihren Mann an.

»Ich denke, wir sollten hier Schluss machen, wir haben lange genug Ihre Zeit in Anspruch genommen«, sagte der Professor und strich seiner Frau über den Arm, »für meine Frau ist es auch genug.«

»Ja, ich bin müde, das ist wahr, aber es war ein sehr anregendes Gespräch, sollten wir fortsetzen. Wie lange sind Sie noch hier?«

»Noch die ganze nächste Woche, ich würde mich freuen, mich mit Ihnen weiter unterhalten zu dürfen.« Karin war aufgestanden und gab beiden die Hand. An der Tür sagte der Professor, sie solle die Tage hier noch genießen, und strich sich über seinen Schnurrbart. Karin sah seine kleinen Augen leuchten und drohte ihm, als sie schon fast aus der Tür war, mit dem Zeigefinger. Sie verabschiedeten sich lachend.

Jetzt sofort zu Georg zu gehen widerstrebte Karin. Der Inhalt des Gespräches war zu weit weg von dem, was sie mit Georg verband, sodass sie erst einmal in ihr Zimmer ging. Während sie sich im Spiegel betrachtete, das Haar ordnete und über die kleinen silbrigen Fäden an den Seiten strich, wusste sie, dass das Verhältnis zu Georg kippen könnte, wenn er Erwartungen an sie stellen würde. Sie ließ sich Zeit, puderte die Nase ab, tupfte etwas Parfüm an den Hals und setzte sich in den Sessel. Nach zehn Minuten ging sie zu Georg. Sie hatte kein Herzklopfen, als er *na-endlich* rief.

Er stand am Fenster und schaute ihr entgegen, suchte in ihrem Gesicht Wiedersehensfreude und wurde schnell fündig. Da stellte sich doch Herzklopfen ein. In seinen Armen fühlte sie sich klein.

»Wollen wir unten noch ein Glas trinken?«, fragte Georg.

»Oh ja, das ist eine gute Idee, ich war den ganzen Tag abstinent. Erzähl mal, hat es mit dem Verkauf geklappt?«

Er erzählte auf dem Weg nach unten von dem zögerlichen Interessenten und dessen Versuch, den Preis fast unanständig zu drücken. Jetzt würde sich die Maklerin um alles kümmern und Georg hoffte, dass seine Nichte bald an das Geld kommen würde.

In der Bar saß nur noch ein Paar, das aber schon im Begriff war zu zahlen. Georg wollte an der Bar bleiben. So setzten sie sich übereck an den Tresen und berichteten, was sie den Nachmittag und Abend über gemacht hatten.

»Es war ein sehr anregendes Gespräch mit den Hammschultes, obwohl ich die meiste Zeit gesprochen habe, wenn ich's überlege. Vielleicht deshalb«, lachte sie und sagte ihm kurz die Thematik. Ein nachdenklicher Zug huschte über sein Gesicht, doch er sagte nichts darauf. Karin sah ihn an und forschte in seinem Gesicht nach seinen Gedanken.

»Was machen wir morgen? Ach ja, da fällt mir ein, dass morgen am späten Vormittag meine Bekannte aus Husum kommt.«

»Das ist aber schade, ich wollte mit dir eine Schiffstour machen, nach Pellworm zum Beispiel.« Er war sichtlich enttäuscht.

»Ja, das ist blöd, aber ich kann nicht absagen, das geht nicht. Können wir nicht am Sonntag fahren oder an einem anderen Tag?« Sie wollte endlich wissen, ob er die nächste Woche noch da wäre.

»Das muss ich mir noch reiflich überlegen, ob ich noch so lange hierbleibe.« Er machte eine Pause und schien es zu genießen, dass Karin ihn erwartungsvoll, aber auch etwas ängstlich ansah. »Ich habe, dein Einverständnis voraussetzend, mein Zimmer um eine Woche verlängert.« Jetzt blicke er erwartungsvoll auf Karins Reaktion. In ihrem Gesicht arbeitete es. Sie biss sich auf die Lippen und fuhr dann mit der Zunge darüber. Sie wusste nicht, was sie sagen sollte.

»Okay«, sagte Georg, »ich habe, wenn mich mein Gefühl nicht täuscht, anscheinend richtig gehandelt.« Sein Blick war weich und fordernd.

»Das hast du.«

»Gut, also dann, was machen wir morgen? Pool, Strand, Rad oder Auto?«

»Müssen wir das heute Abend entscheiden? Lass uns morgen beim Frühstück planen, ja?«

»Auch gut. Und jetzt trinken wir noch ein Glas auf die Woche, die vor uns liegt.« Er gab dem Barmann ein Zeichen, die Gläser nachzufüllen. Sie waren sich einig, es würde eine unbeschwerte Woche werden.

»Sag mal«, ergriff Georg schließlich das Wort, »wärst du mir sehr böse, wenn ich gleich in mein Zimmer gehe, ohne dich? Ich bin ziemlich müde.«

»Nein, natürlich nicht. Du sprichst mir fast aus der Seele, bin auch müde. Dann sind wir beide morgen taufrisch und voller Tatendrang.«

# 18

Das sonnige Wetter hatte die meisten Gäste zum Frühstück auf die Terrasse gelockt.

Karin und Georg saßen an einem der Tische, die einem Strandkorb zugeordnet waren. Bevor Karin nach unten gekommen war, hatte Georg die Zeit genutzt, den Sattel an ihrem Fahrrad auszutauschen, und Matties gebeten, den Tisch, an dem sie jetzt saßen, zu reservieren. Karin blinzelte in die Sonne und weil sie so völlig geschützt vor dem kühlen morgendlichen Hauch in der Korbhöhle saß, konnte sie den Pullover ablegen. Das T-Shirt ließ ihr nicht mehr ganz makelloses Dekolletee frei, aber da es gebräunt war, waren die kleinen Alterserscheinungen gemildert. Das Shirt ließ die Oberarme unbedeckt. Einen kurzen Moment hatte Karin gezögert und überlegt, ob sie den Pullover nicht besser über die Schulter nehmen sollte. Dass sie es nicht tat, hatte weniger mit ihrer Eitelkeit zu tun, sondern es war das Freiheitsgefühl, das sie überkam, als die sonnige Morgenluft ihre nackten Arme berührte. Sie fühlte sich unbelastet, so wohl wie seit Jahren nicht. So wohl wie noch nie in meinem Leben, übertrieb sie. Georgs abtastender Blick war ihr nicht entgangen und sie hatte auch seine Bewunderung registriert.

»Schade, dass du gleich die Verabredung hast«, sagte Georg, »bei dem Wetter wäre Pellworm genau das Richtige.«

»Wir können doch morgen fahren, vielleicht sogar die große Hallig-Tour machen? Außerdem ist heute Samstag, da sind ziemlich viele Touristen unterwegs, vor allem bei dem Wetter.«

»Morgen machen zusätzlich noch die Sonntagsausflügler die Halligen unsicher. Das Wetter wird morgen bestimmt nicht mehr so schön sein.« Er maulte und zog eine Schnute wie ein kleines Kind. Karin lachte ihn aus.

»Ein bunter Himmel ist doch viel schöner, außerdem trocknet zu viel Sonne den Männern das restliche Hirn aus.« Karin ging vorsichtshalber in Deckung, denn Georg drohte mit der Hälfte der Tomate, die er gerade aufgeschnitten hatte. Ihre Albernheiten hielten das ganze Frühstück über an. Sie einigten sich darauf, am frühen Nachmittag mit den Rädern zu den kleinen Seen zu fahren, wo Karin schon einmal hatte hinfahren wollen.

»Und abends stürzen wir uns ins Nachtleben«, schlug Georg vor, »erst schön essen und dann entführe ich dich in die neu eröffnete Kasinobar, sehr sophisticated.«

»Das hört sich gut an, aber für so etwas habe ich nichts anzuziehen dabei. Ich bin bestimmt dreißig Jahre nicht in einer solchen Bar gewesen.«

Georg betrachtete sie und meinte, dass die ewig weibliche Ausrede nicht auszurotten sei. Schließlich aber sah er ein, dass Karin für das Alleinsein nur Hosen, Pullover und T-Shirt benötigte und solche Aktivitäten nicht im Sinn hatte, als sie die Koffer für die Nordsee gepackt hatte.

»Gut, dann keine Bar, obwohl du mit dem Outfit vom letzten Mal nicht auffallen würdest.«

»Genau das ist der Punkt! Eine graue Maus fällt nicht auf«, lachte Karin, stützte ihr Kinn in die Hand und sah Georg herausfordernd an, »ich will aber gesehen werden!«

»Du fällst doch auch so auf«, meinte er mit ernster Miene.

»Ach, Georg, nimm mich doch bitte nicht ernst. Dazu ist der Morgen viel zu schön!«

»Du siehst aber wirklich gut aus, mit den Sommersprossen auf der Nase, deinen grünlichen Katzenaugen und dem vollen dunkelblonden Haar, kaum ein graues drin. Höchstens Ende fünfzig hatte ich dich geschätzt, obwohl du so muffelig durch die Gegend gelaufen bist. Jetzt würde ich sogar noch weiter runtergehen.«

»Du übertreibst, George-Boy, aber so gefällst du mir durchaus gut!«

Sie war verlegen geworden und versuchte es zu überspielen, indem sie auf einen Gast älteren Datums deutete, der in einem weiß-gelb gestreiften Hemd und weißen Shorts neben einer gertenschlanken dunkelhäutigen Schönheit die Terrasse betrat. Die Frau führte zwei Windspiele an kurzer Leine neben sich, zwei spitzmäulige graue Gerippe, die nervös herumtänzelten.

»Das ist mal ein richtiger Hingucker, schon jeder für sich, aber zusammen sind sie wahrhaft augenfüllend«, stellte Karin fest. Die Erscheinung gab ihnen genug Stoff, über exaltierte Aufmachungen zu lästern. Darüber wurde es halb elf, Zeit, sich für die nächsten zwei bis drei Stunden zu trennen. Georg wollte sich an den Pool legen.

»Denk aber daran, was ich von der Sonne und dem Männerhirn gesagt habe«, rief Karin ihm nach, als er mit der Zeitung Richtung Pool aufbrach. Er drehte sich mit drohend erhobenem Zeigefinger um. Matties, der das sah, konnte sein undurchdringliches Gesicht nicht beibehalten. Er grinste Karin an und meinte, dass sie wunderbar erholt aussehe.

»Matties, Matties, ich wusste gar nicht, dass Sie so hintergründig lächeln können«, sagte Karin und dachte, dass anzüglich das geeignete Wort gewesen wäre, »bitte reservieren Sie mir den Tisch von eben, ich erwarte Besuch.« Seine kleine Verbeugung machte er schon wieder mit seinem Pokerface.

»Sehr gern, Frau Lohberg, selbstverständlich.«

Oben im Zimmer erinnerte sie sich an den noch nicht getätigten Anruf nach Hause. Sie hatte heute Morgen nicht daran gedacht. Und da auch Steffen noch nicht angerufen hatte, schob sie ihr schlechtes Gewissen zur Seite. Sie hoffte, Axel, ein ehemaliger Kollege, hätte sich wie versprochen bei Steffen gemeldet, um sich mit ihm zu treffen. Außer Axel hatte keiner der Kollegen Kontakt zu Steffen gehalten. Er war zehn Jahre jünger und ein eingefleischter Junggeselle. Was Karin so sehr schätzte, war seine Zuverlässigkeit, ja fast Anhänglichkeit. Und er hatte kein Problem, jedenfalls zeigte er keines, mit Steffen natürlich umzugehen.

Steffen gähnte ins Telefon, als sie ihn anrief, aber da sie den Fernseher hörte, wusste sie, dass er nicht mehr geschlafen hatte und ihr etwas vorspielte. Das machte ihm Spaß und sie ging darauf ein, fragte nach seinen süßen Träumen und was er abends so lange getrieben habe, dass er um diese Uhrzeit noch im Bett liegen würde. Seine Antworten schlossen sich nicht Karins scherzhaften Fragen an und ließen ihr Geplänkel ins Leere laufen. Er erzählte, dass er bis ein Uhr alte Videofilme angeschaut hatte. Unter anderem »Blow up«, über den er schwärmerisch versuchte zu erzählen, dass er ihn vor langer Zeit im Kino gesehen habe. Karins Einwand, dass sie damals dabei gewesen sei, stoppte seinen holprigen Redefluss und ließ ihn lachen. Dann erwähnte er fröhlich die Verabredung mit Axel zum Abendessen am Sonntag.

»Also morgen triffst du dich mit Axel?«

»Nein, nicht, gestern.«

»Das kann nicht sein, Sonntag ist morgen. Gestern war Freitag, morgen ist Sonntag. Und heute haben wir Samstag. Gestern, heute, morgen.«

»Hach Mann«, sagte Steffen, »egal … aber immer!«

Seine Laune war verdorben, Karins Zurechtweisungen machten ihn oft wütend. Das wusste Karin natürlich, auch, dass sie wieder einmal ihrem Drang nicht widerstehen konnte, sich für die einseitige und unvollkommene Kommunikation zu rächen. Sie musste unbedingt darauf hinweisen, dass er die sprachlichen Regeln nicht einhielt und sie diejenige war, die das aushalten musste, nur sie, nicht er. Klar, er erwartete von ihr, dass sie ihn nicht merken ließ, dass er nicht mehr über die funktionierenden verbalen Mittel verfügte. Ganz selbstverständlich verlangte er das von ihr, wie alle seine Erwartungen auf sie gerichtet waren, auf ihr Funktionieren, auf ihre Verfügbarkeit, auf ihre Bereitschaft zur Aufgabe ihrer eigenen Wünsche. Eine Wut war aus dem Nichts in ihr losgebrochen, so unerwartet, dass sie Tränen in den Augen spürte. Sie verabschiedete sich schnell mit einem *Bis-heute-Abend,* legte auf und warf das Handy auf das ungemachte Bett. Adrenalin ließ ihr Herz schneller schlagen. Karin hatte noch fünf Minuten, in denen sie sich sammeln konnte. Sie hoffte, dass Meike nicht pünktlich war.

Meike Pöhling stand an der Rezeption und fragte gerade nach Karin, als sie die Treppe herunterkam. Meike war noch schlanker geworden und machte einen gehetzten Eindruck. Sie umarmten und freuten sich, dass sie sich doch endlich treffen konnten. Ein kleiner weißblonder Junge kam hinter den Sesseln am Kamin hervor, umklammerte Meikes Beine und betrachtete Karin aus diesem sicheren Halt mit keckem Blick.

»Ja, das ist aber eine Überraschung, der Hannes ist mitgekommen!« Karin beugte sich zu ihm, aber er schob sich hinter die Beine und lugte mit einem Auge neben Mamas Knie hervor. Meike erzählte, dass Hannes nicht zu Hause bleiben wollte, weil er ja schon fast die ganze Woche bei Oma sein musste.

»Er hat so geheult, da habe ich ihn mitgenommen. Markus wäre mit ihm kaum fertig geworden. Er stört ja nicht«, sagte Meike, während sie auf die Terrasse gingen. Hannes lief voraus und entdeckte die Windhunde, wollte auf sie zu laufen, doch Meike konnte ihn gerade noch an seiner kleinen Kapuze festhalten. Er musste sich erst einmal mit an den Tisch setzen und sagen, was er trinken wollte. Hannes war ein hübscher Junge, aufgeweckt und lebhaft. Meike erzählte, dass die Windpocken bei Clarissa viel schlimmer gewesen wären als bei Hannes, der kaum ein paar Pusteln gehabt hätte. Als die Getränke gebracht wurden und Hannes nach dem ersten Schluck nicht mehr zu halten war, ging Karin mit den beiden zum Spielplatz, der von der Terrasse zu überblicken war. Hannes bekam Anweisungen, nur im Sandkasten zu buddeln und auf dem kleinen Schaukelpferd zu reiten. Er versprach es. Vorsichtshalber setzten sie sich an einen anderen Tisch, von dem aus sie einen besseren Blickkontakt zu dem Blondschopf hatten. Nach einer kurzen Schilderung, wie es Karin hier im Hotel angetroffen hatte, ohne dabei Georg zu erwähnen, bot sie Meike an, nachher mit ihr über das Hotelgelände zu gehen, aber erst sollte Meike ihre Probleme schildern.

»Erst einmal eine frohe Nachricht, mein ehemaliger Chef

nimmt mich wieder, aber nicht in meiner alten Tätigkeit, sondern ich soll die Ablage und ähnlichen Kram machen. Halbtags, und das Schönste ist, dass ich mir die Zeit im Großen und Ganzen einteilen kann. Ich kann, wenn es sein muss, bis abends um neun arbeiten. Das ist einfach toll! Du glaubst nicht, wie ich mich darauf freue. Ich muss mit meiner Mutter noch darüber reden, und Markus muss das auch erst mal richtig kapieren. Ich weiß das auch erst seit heute Morgen, als mein Chef mich angerufen hat.« Meikes Freude war nicht zu übersehen. Sie erzählte, dass auch die Bezahlung akzeptabel sei und sie das Geld unbedingt benötigen würden, weil sie von dem, was Markus als Rente ausgezahlt bekomme, nicht leben könnten, schon gar nicht im alten Lebensstil. »Da habt ihr Beamten es besser.«

Karin wusste, dass Meike sie nicht angreifen wollte. Um keinen falschen Ton in der Unterhaltung aufklingen zu lassen, deutete Karin auf Hannes, der inzwischen mit einem kleinen Mädchen im Sandkasten spielte, das zu einem Paar gehörte, das ein paar Tische weiter saß.

»Ach weißt du«, sagte Meike mit sorgenvollem Gesicht, »wenn das meine einzigen Probleme wären, die würde ich hinkriegen. Ich komme mit Markus nicht mehr klar«, ihre Augen füllten sich mit Tränen, »er ist so anders als früher, aggressiv oft, dann wieder völlig anlehnungsbedürftig. Gibt sich das wieder? Wie war das bei euch?«

»Wir haben nicht mehr unsere Männer von früher. Das wird auch nicht mehr. Tut mir leid, das ist jedenfalls meine Erfahrung. Was unsere Männer zu verkraften haben, können wir kaum erahnen. Sprache ist eben persönlichkeitsprägend, und wenn die wegfällt … Ich weiß nicht, ob Markus sich mit seinem Schicksal abgefunden hat. Wenn er noch mit seinem Schicksal hadert, verpufft viel Energie.

Er hat es mit Sicherheit sehr schwer, wenn er seine Kinder sieht und keinen Zugang mehr zu ihnen hat, jedenfalls nicht den, den er möchte.«

»Das sehe ich alles ein. Aber er ist so fordernd, fühlt sich sofort angegriffen und übergangen, wacht eifersüchtig über mein Handy und guckt nach, mit wem ich gesprochen habe. Das kann er komischerweise, aber den Computer kann er nicht bedienen. Er hat kürzlich die Minuten aufgeschrieben, die ich telefoniert habe, und hat es mir vorgeworfen, weil ich meckerte, dass ich zu wenig Zeit für mich habe.« Meike blickte auf ihre Hände, die sie fest zusammenpresste. Karin legte ihre Hand darauf.

»Was genau ist los? Du hast noch was.«

»Ja, ich, ach, ich habe noch mit niemanden darüber gesprochen, ich weiß auch nicht, ob du …«, sagte Meike verzweifelt, »mir sind Markus Berührungen unerträglich. Ich werde wahnsinnig, wenn er …« Sie konnte nicht weitersprechen und musste sich ein Taschentuch aus der Jacke holen. »Mein Frauenarzt hat mal vor ungefähr einem Jahr gesagt …«

Karin wusste sofort, worauf Meike hinauswollte.

»Er fragte mich, weil ich die Pille nicht vertrage, wie wir verhüten würden. Weil ich ihn etwas verwirrt ansah, wollte er wissen, ob wir denn nicht mehr miteinander schlafen würden. Kaum, habe ich ihm geantwortet, weil mein Mann ja behindert sei. Er meinte, dass das kein Grund sei, ich solle meinem Mann etwas entgegenkommen. Das hat mich völlig fertig gemacht. Natürlich habe ich das auch versucht, aber ich kann das nicht mehr. Ich komme mir so … ach ich weiß nicht. Hast du denn auch so ein Problem gehabt?«, wollte Meike wissen. Noch bevor Karin zu antworten bereit war, erscholl ein fürchterliches Geschrei und Hundegekläff aus der Richtung des Spielplatzes. Meike sprang auf und rannte zu Hannes, der am Boden lag und schrie. Das Mädchen schrie ebenfalls, stand aber ein paar Meter entfernt. Die Windhunde befanden sich, orientierungslos um sich schauend, noch zwischen den Kindern, liefen dann aber dem pfeifenden Herrchen in den weißen Shorts entgegen. Der Kleine war unglücklich auf einen Stein gefallen. Die Platzwunde an der Stirn war nicht sonderlich groß, blutete aber stark. Andere Gäste holten sofort einen Erste-Hilfe-Kasten aus der Rezeption, Frau Weidun wollte helfen, den brüllenden Hannes zu beruhigen. Er beruhigte sich aber auch dann nicht, als Meike ihm ein großes Eis versprach. Die anwesenden Gäste sagten, dass die Kinder wohl Steine und Äste gesucht hätten, und plötzlich seien die Windhunde umhergelaufen und Hannes habe vermutlich nach den Hunden gegriffen. Es gab einen heftigen Wortwechsel zwischen Meike und dem Hundehalter. Frau Weidun war sehr besorgt um Hannes und schlug vor, ins Krankenhaus zu fahren, damit sich ein Arzt die Platzwunde ansehen könne, sie fahre Meike gern hin. Doch Meike meinte, sie würde lieber sofort nach Hause fahren. Sie verabschiedete sich von Karin und versprach anzurufen, sobald sie zu Hause sei.

Mit schwirrendem Kopf ging Karin in ihr Zimmer. Sie hätte ihn gern umgestülpt, wie man eine Hosentasche umstülpt, um sie von unnötigem Inhalt zu befreien. Meikes Probleme waren auch ihre Probleme, nicht mehr existenziell brennend in der Gegenwart, aber die Vergangenheit hatte Narben hinterlassen.

Voller Gedanken war sie ins Badezimmer gegangen und wusste nicht, weshalb sie vor dem Spiegel stand. Sie stellte sich vor, dass Meike den Schritt wagen könnte, sich von Markus zu trennen. Vielleicht sogar musste, um die Kinder nicht in einer aus dem Gleichgewicht geratenen Familiensituation aufwachsen zu lassen. Und Meike war jung, erst Mitte dreißig, sie hatte noch das ganze Leben vor sich. Eine völlig andere Situation als bei Karin und Steffen.

Aus dem Spiegel blickte eine eigenartige Frau Karin an, nicht direkt fremd, aber doch auch nicht vertraut. Das sekundenschnelle Erkennen einer verborgenen Person erlebte Karin intensiv, erschreckte sie aber nicht. Die Frau im Spiegel signalisierte mit ihrer sonnenwarmen Haut Lebensfreude und die Forderung danach. Karin gefiel diese Frau, je länger sie sie anschaute. Und obwohl es nicht nötig war, legte sie ein neues Augen-Make-up auf. Dann ging sie zu Georg an den Pool.

# 19

Nachdem Karin Georg mit ihrem frühen Erscheinen überrascht hatte, entschlossen sie sich, in einem der Strandrestaurants zu essen, und wollten dann überlegen, ob sie noch zu den Seen fahren sollten.

Das Mittagessen auf der verglasten Terrasse des Strandrestaurants, auf der man bei Flut über dem Wasser saß, machte sie zu faul, um sich wieder auf die Räder zu schwingen. So mieteten sie einen Strandkorb, einen der letzten, die noch frei waren, und verbrachten den Nachmittag miteinander, als ob sie das schon immer so getan hätten. Sie fanden Themen, ohne nach ihnen zu suchen, und konnten schweigend nebeneinander sitzen und das Strandleben beobachten. Georg holte ein Eis, schüttelte die Handtücher aus, damit Karin eine sandfreie Liegefläche hatte, als sie ihren Rücken der Sonne darbieten wollte, und sorgte sich um ihren Sonnenschutz. Er machte es sich im Korb bequem, den er ohne sie ausfüllte, las und warf hin und wieder einen Blick auf die Frau zu seinen Füßen. Als Karin sich aufrichtete, um die Handtücher in den Schatten zu ziehen und dort zu lesen, meinte Georg, sie könnten nachher am Strand entlang laufen, nahm den Vorschlag aber sofort wieder zurück.

»Ach nein, lass uns hier faul liegen bleiben und nicht zu spät aufbrechen, dann können wir noch einen Umweg durch den Wald machen.«

»Strand ist mir lieber, lass uns gleich los gehen, mir wird sonst dusselig vom Liegen.«

Karin zog ein großes Tuch aus ihrer Tasche, knotete es über dem Bikinioberteil zusammen und forderte Georg zum Mitkommen auf. Es war abfließendes Wasser, sodass sich einige Wattwanderer anschickten, dem Wasser zu folgen, es schien eine der geführten Watt-Wandergruppen zu sein. Das wollte sie schon längst mitgemacht haben, sei aber nicht dazu gekommen, sagte Karin und kündigte an, das im verbleibenden Rest der Zeit noch unbedingt nachzuholen. Georg brummte nur dazu. Erst als sie schon ein Stück gelaufen waren, nahm Georg ihre Hand. Er fragte, ob sie die ganzen zwanzig Jahre nie eine Beziehung zu einem anderen Mann gehabt habe. Er betonte die zwanzig Jahre, als ob dies eine unendliche Zeit wäre, was bei genauer Betrachtung auch der Fall war, nur kamen sie Karin plötzlich wie eine weit zurückliegende Vergangenheit vor.

»Nein, habe ich nicht.«

»Und auch nie daran gedacht?«

»Nein, völlig abwegig, der Gedanke. Na ja, gedacht vielleicht schon mal, aber nicht ersehnt, falls du das meinst.«

»Kann ich mir nicht vorstellen. Nie Sehnsucht nach einem Mann? Glaub ich dir einfach nicht.«

»Ich nehme an, du meinst das sexuelle Verlangen«, sagte Karin und sah ihn nicken, »nein, nie, so unwahrscheinlich das klingen mag, aber es ist so.«

Er schwieg und schüttelte immer wieder den Kopf.

»Die Vorstellung einer Liebesbeziehung in meiner Situation hat mich immer geängstigt. Und nur Sex des Sexes wegen, das muss ich nicht haben. Mit wem auch und wozu?«

Karin hoffte, dass er nicht nach ihren ehelichen Aktivitäten fragen würde, und er tat es auch nicht.

»Was für ein Leben, das kann ich mir absolut nicht vorstellen. Auch, weil ich dich anders erlebe.«

»Ja nun, da ist doch vermutlich das eingetroffen, was ich nie angestrebt habe. Du Bedürfniswecker!«

Georg blieb stehen und sah sie fragend an, legte den Arm um sie und sie liefen weiter.

»Es gab schon was, was ich mir sehnsüchtig gewünscht habe«, sagte sie und streifte mit ihrem Kopf an seiner Schulter entlang.

»Und das wäre?«

»Ich habe mir immer einen schwulen Kümmerer gewünscht«, sagte sie und versuchte nicht zu lachen, »aber ich kriege ja nie, was ich mir wünsche.«

Er musste stehen bleiben, um ihr schließlich lachend und kopfschüttelnd mitzuteilen, dass er ihr diesen Wunsch wirklich nicht erfüllen könne. Er konnte sich noch eine ganze Weile nicht darüber beruhigen, dass sie zwanzig Jahre keine diesbezüglichen Ambitionen gehabt hatte.

Vom Westen zogen leichte Schleierwolken auf und tauchten die Sonne in Milch. Sie empfanden es als angenehm, denn ihre stechende Intensität war am Strandkorb fast unangenehm gewesen. Allmählich traten sie den Rückweg an, sie wollten noch einen Tee am Strand trinken und nicht zu spät aufbrechen, weil Georg für halb acht einen Tisch in einem ortsnahen Fischrestaurant bestellt hatte.

Das Restaurant erwies sich nicht als so gut, wie Georg es erwartet hatte. Schon die Vorspeise, Muscheln in Estragon-Knoblauchcreme, schien aus der Konserve zu kommen, die Creme hatte eine ziemlich feste Konsistenz, die Mehlschwitze war unverkennbar. Der Hauptgang entsprach ebenfalls nicht dem Kochniveau, das den Preisen angemessen gewesen wäre. Das Zanderfilet war trocken gebraten und wurde von Georg höflich, aber bestimmt zurückgeschickt. Daraufhin warteten sie fast vierzig Minuten auf den neu zubereiteten Gang. Diesmal war der Fisch gelungen.

»Ich würde dich gern mal bei mir bekochen«, sagte Georg, »würdest du kommen?«

Eine solche Anspielung auf die Zukunft hatte Karin zwar erwartet, sie war aber dennoch überrascht. Vorbereitete Antworten hatte sie nicht parat.

»Oh ja, das wäre sehr schön.« Mehr bekam sie nicht zustande, betrachtete die Reste auf ihrem Teller und ärgerte sich über den beschleunigten Puls. »Ich würde gern kommen ... ich bin noch nie von einem Mann bekocht worden.«

»Dann bin ich auf dem Gebiet der Erste für dich. Ein erhebendes Gefühl. Da muss ich mich besonders anstrengen.«

»Wieso besonders anstrengen? Eine Jungfrau hat doch keine Vergleichsmöglichkeiten.«

»Das nicht, aber da werden Weichen gestellt.«

»Ja, da sagst du etwas sehr, sehr Weises. Das gefällt mir gut.« Sie betrachtete sein Gesicht, das durch den Dreitagebart und die schmale Brille gütig und männlich aussah. Hatte sie sich nicht als Kind so den lieben Gott vorgestellt? Sie musste lächeln.

»Ich wage eigentlich noch gar nicht an die Zeit danach zu denken. Habe es natürlich schon getan. Aber weiß ich denn, dass es eine solche Zeit auch geben wird?«

»Das hängt von uns ab. Ich für meinen Teil möchte fortsetzen, was wir begonnen haben, weiß aber nicht wie. Dazu müsstest du dich äußern, falls du das auch willst.«

»Natürlich will ich dich wiedersehen, das weiß du längst, sonst würdest du mich ja nicht zu dir nach Hause einladen«, sie machte eine Pause, weil die Gedecke abgeräumt wurden, »ich weiß nur noch nicht, wie ich das alles organisieren kann.«

Georg nickte ernst, schlug vor, das Lokal zu wechseln und bestellte die Rechnung. Dadurch entstand eine Pause. Karins dachte, dass sie Georg gerade einmal eine Woche kannte. Das Gefühl, beschützt und aufgefangen zu werden, war in Georgs Gegenwart wie selbstverständlich.

»Dabei kann ich dir nicht helfen, das musst du leider allein machen, aber ich fände es sehr schön, wenn wir das eine oder andere Wochenende zusammen verbringen könnten.«

»Gib mir Zeit. Ich werde überlegen.« Angst schlich in ihr Herz. Wochenenden, wie sollte das alles möglich werden?

Georg nahm ihre Hand, öffnete sie so, dass die Innenfläche frei lag, und küsste sie.

»Ich denke, du weißt, was das bei einer Frau auslöst?«

»Nein, weiß ich nicht, sag's mir, bitte!« Er schaute sie mit dem Blick an, den sie am Jazzabend vor ihrer Zimmertüre ausgehalten hatte, aber am Abend darauf schon nicht mehr. Auch an diesem Abend würde sie ihm nicht widerstehen können. Wollen, korrigierte sie sich.

Sie bummelten durch den Ort, setzten sich auf der Seebrücke auf eine Bank, gingen zurück, weil die Luft schon herbstlich kühl war, und tranken noch ein Bier an der Promenade. Auf dem Weg zum Wagen zeigte Georg ihr die Straße, in der die Wohnung seiner Schwester lag, und erzählte von seiner schönen Beziehung zu ihr und dass ihr Tod ihn sehr getroffen habe. Damit waren sie bis ins Hotel beschäftigt.

Im Hotel stand Frau Weidun an der Rezeption, reichte ihnen unaufgefordert die Schlüssel und fragte, ob Karins Bekannte gut nach Hause gekommen sei. Jetzt erst bemerkte Karin, dass sie das Handy überhaupt nicht mitgenommen hatte. Karin antwortete, dass Frau Pöhling sich noch nicht gemeldet habe. Als Frau Weidun auf ihren Bruder zu sprechen kam, nutzte Georg die Gelegenheit, sich zu verabschieden, und wünschte den Damen eine angenehme Nachtruhe. Beim Weggehen stupste er Karin in den Rücken, ohne dass es Frau Weidun mitbekam. Herr Weidun sei noch im Krankenhaus und würde sich allmählich damit abfinden, dass er für seine Depression auch Medikamente brauche. Sie redeten noch eine Weile. Karin hatte zum Schluss den Eindruck, dass sie bei Frau Weidun irgendwie jetzt in einem besseren Licht dastünde. Zum Abschied meinte Frau Weidun, dass sie gut verstehen könne, dass Karin einmal ausspannen wolle, und sie freue sich, dass Karin sich hier so gut erhole.

Im Türspalt zu ihrem Zimmer steckte ein Zettel von Georg. Das einzige Wort *müde* hatte er mit vielen Fragezeichen versehen. Sie machte kehrt und ging zu ihm. Er war im Bad.

»Wie könnte ich müde sein?«, rief sie ihm zu. »Ich hoffe, du kommst zu mir?«

»In zehn Minuten, Kleines!«

Kleines, sagte Karin vor sich hin, als sie über den Flur zu ihrem Zimmer ging, Kleines!

Das Zimmermädchen hatte das Handy auf den Tisch gelegt. Das Display meldete zwei Anrufe von Steffen und eine SMS von Meike, die Wunde sei doch genäht worden. Hannes sei ganz stolz darauf. Sie musste unbedingt Steffen anrufen, vermutlich saß er noch mit Axel zusammen, hoffte sie.

Steffen war gerade nach Hause gekommen. Axel und er waren in der Altstadt bei einem Italiener gewesen, bei welchem, wurde zunächst nicht klar, Steffen musste die Rechnung zur Hilfe nehmen, sodass er auch ablesen konnte, was sie gegessen hatten. Er war sichtlich guter Laune, versuchte zu erzählen, was Axel über die Studienfahrt berichtet hatte, aber das wurde schwierig. Dann fiel ihm ein, dass er Karin mehrmals vergeblich angerufen hatte.

»Wieso … ich nicht … Kar… Karin?«

»Ich habe das Handy im Zimmer liegen lassen.«

Steffen schwieg und überlegte. »Zehn Uhr … gestern, nein, heute!«

Sie wusste, was er sagen wollte und kämpfte mit sich, seine Worte als unverständlich darzustellen. Sie könnte sagen, dass er mit der Uhrzeit recht habe, es sei jetzt kurz nach zehn.

»Ich bin den ganzen Tag unterwegs gewesen und gerade erst zurückgekommen, hatte das Handy vergessen. Kann doch mal vorkommen, oder?«

»Nein! … Ich … ka… krutt … quatsch … krank, Kar… Kar… nicht!«

»Du hast ja recht …« In diesem Moment kam Georg ohne anzuklopfen mit einem flotten Spruch ins Zimmer. Obwohl Karin sofort das Mikrophon zuhielt und mit dem Kopf ein Zeichen gab, dass Georg still sein solle, hatte Steffen gehört, dass sie nicht allein war.

»Leute?«, fragte Steffen verwundert.

»Nein, keine Leute, die Zimmertür war noch offen, ich habe sie geschlossen, es waren Leute auf dem Flur.« Eine Hitzewelle überflutete sie. Um Steffen nicht weiter überlegen zu lassen, fuhr sie fort: »Ich habe mich heute mit Meike aus Husum getroffen. Sie lässt dich grüßen.« Steffen wusste mit dem Namen nichts anzufangen und verstand erst allmählich, um wen es sich handelte, daran war er nicht interessiert. Und da er, wie er sagte, dringend auf die Toilette müsse, *Bad ich*, nutzte Karin die Gelegenheit, ihm eine gute Nacht zu wünschen. Sie kannte ihren Mann, er würde noch einmal zurückrufen. Sie sagte es Georg. Er nickte stumm, schaltete den Fernseher ein und zappte zu dem Programm, auf dem gerade ein Krimi begonnen hatte. Im Bad setzte sie sich auf den Badewannenrand und sagte laut *Scheiße!* Georg kam zu ihr und nahm sie in den Arm.

»Na komm, sehen wir halt fern. Und solche Ausdrücke sind nicht ladylike.« Er führte sie ins Zimmer und richtete ihr die Kissen, damit sie sich bequem auf dem Bett anlehnen konnte. Dann legte er ihr noch das Handy in Griffnähe. Was für ein Mann, dachte Karin. Ihr Inneres schmerzte.

Als das Handy läutete, stand sie auf und ging ins Bad. Steffen wollte ihr noch sagen, dass er das Päckchen bekommen habe, aber nicht da war, als der Postbote es brachte. Was er sagen wollte, verstand sie erst, als er die Mitteilungskarte der Post vorlas. Das Päckchen lagerte an einer der neu aufgestellten Packstationen. Für Steffen waren sie nicht zu bedienen, auch sie hatte damit schon Schwierigkeiten gehabt. Steffen schimpfte über diese Erfindung. Sie tröstete ihn, dass ihr bis morgen früh etwas einfallen würde. Damit war er zufrieden.

Als sie sich wieder neben Georg in die Kissen lehnte, war es nach elf Uhr. Sie brauchte eine Weile, bis sie in den Krimi fand, lehnte den Kopf gegen Georgs Schulter und wurde ruhig. Gegen Ende des Krimis kuschelte sie sich ganz in seine Armbeuge, schob die Hand unter sein T-Shirt und spielte mit seinen Brusthaaren. Er lachte brummend und sagte, dass er das Ende schon noch sehen wolle.

## 20

Am nächsten Morgen wurde sie vom Haustelefon geweckt, jemand hatte sich verwählt. Erst halb acht, stöhnte sie und erinnerte sich, dass Georg gegen drei in sein Zimmer gegangen war, weil sie nicht schlafen konnte und sich hin und her gewälzt hatte. Kopfschmerzen stellten sich ein und die Erinnerung, dass Steffen bestimmt noch einmal auf die Leute im Flur und das vergessene Handy zurückkommen würde. Für das Päckchen-Problem fiel ihr beim Zähneputzen eine Lösung ein, sie würde Axel bitten, mit Steffen zur Packstation zu gehen. Unter der Dusche beschloss sie Steffen zu erzählen, dass sie mit anderen Gästen, die Hammschultes hatte sie ihm gegenüber ja schon erwähnt, einen Tagesausflug gemacht habe und auch noch welche für die letzte Woche plane. Sie würde am liebsten sagen, dass sie ein paar Tage nicht durch die tägliche Telefoniererei gestört sein wolle. Mit diesen Gedanken, durchbrochen von Erinnerungen an Georg, zog sie sich an und setzte sich auf den Balkon, um Georg anzurufen.

»Guten Morgen, Brummbär, tut mir leid, dass ich dich verscheucht habe. Aber du bist ja noch gar nicht wach, oder?«

»Nein, du hast mich tatsächlich geweckt. Wie spät ist es denn?«

Er schimpfte, dass es schon so spät sei, und sagte, er werde sich beeilen.

»Nein, wozu? Lass dir Zeit, du bist im Urlaub. Ich wäre

auch noch im Bett, wenn sich nicht jemand verwählt hätte. Ich wollte nur hören, ob du dann noch gut geschlafen hast.«

»Zu wenig. Du bist nicht enttäuscht?«

»Enttäuscht, worüber denn?«, sie musste tatsächlich nachdenken, »ach du lieber Himmel, nein! Wir sind doch keine zwanzig mehr. Mach dir darüber doch keine Gedanken!«

»Mach ich mir eigentlich auch nicht, aber über das viel zu schmale Bett, da mach ich mir Gedanken. Da kann man wirklich nicht zusammen schlafen. Wartest du auf mich?«

»Klar, ich warte.«

Sie musste sich in eine Decke wickeln, denn die Luft war frisch und kühl, und auch die Hände, die das Buch hielten, wurden kalt. Immer wieder schweiften ihre Gedanken vom Buch ab. Wie es mit Georg weitergehen sollte, darauf hatte sie noch keine Antwort. Nur dass es weitergehen sollte, das wusste sie sicher. Eine Bekannte in ähnlicher Lebenssituation hatte Karin erzählt, dass sie mit ihrem behinderten Mann ausgemacht habe, ein Wochenende im Monat für sich zu haben, an dem sie wegfahren würde. Seit über zwei Jahren traf sich die Bekannte dann regelmäßig mit ihrem Freund. Die Bekannte hatte ihr Verhältnis damit begründet, dass sie etwas brauche, worauf sie sich den ganzen Monat freuen könne. Ohne diese Vorfreude würde sie den Alltag mit ihrem Mann nicht durchstehen können. Ihr Mann habe ihr Verhältnis zu akzeptieren. Karin hatte gemeint, dass ihm auch kaum etwas anderes übrig bliebe, was die Bekannte bestätigte und fragte, ob überhaupt für sie etwas übrig bliebe. Die Bitterkeit dieser Worte war damals durch die Telefonleitung bis auf Karins Zunge gekrochen und wurde jetzt lebendig. Karin wickelte sich aus der Decke und nahm eine Kopfschmerztablette, das kalte Wasser erfrischte sie.

Sie formulierte eine SMS an Meike: Dein Problem bewegt mich. Lass uns unbedingt darüber reden. Am Telefon oder ich komme zu dir. Meike schrieb sofort zurück: Freue mich, nur wann? Melde mich noch deswegen.

Beim Frühstück fragte Georg, ob sie schon mit ihrem Mann telefoniert habe, und als sie verneinte und nachfragte, warum er das wissen wolle, sah er sie sehr ernst an.

»Ich finde es nicht schön, wenn dein Mann anruft und ich bin dabei. Normalerweise würde ich dich bitten, das Handy auszuschalten. Ich fände es schön, unseren Alltag auszuklammern. Ist das ein schlimmer Wunsch?«

»Nein, das wünsche ich mir doch auch. Nur … ich versuche es hinzukriegen.«

Obwohl er aussprach, was sie sich auch wünschte, war es aus seinem Mund etwas anderes.

»Was möchtest du heute machen?«, fragte er und widmete sich dem Schinken auf seinem Teller.

»Ich habe noch nicht darüber nachgedacht, habe etwas Kopfschmerzen. Aber uns fällt schon noch etwas ein.«

Eine Fröhlichkeit wie an den vergangenen Tagen kam bei diesem Frühstück nicht auf. Der junge Kellner sah, dass sie fertig waren, und fragte, ob sie in der kommenden Woche immer zusammen frühstücken würden, damit er richtig eindecken könne.

»Können wir das nicht von Tag zu Tag entscheiden?«, fragte Georg, doch als er das verwirrte Gesicht des Kellners sah, klopfte er ihm auf die Schulter und sagte, dass das ein Scherz gewesen sei, Frau Lohberg habe sich entschlossen, bis zu ihrer Abreise mit ihm zu frühstücken.

»Mach dich doch nicht über ihn lustig, er ist halt etwas einfältig, aber bestimmt ein lieber Kerl. Schlechte Laune?«, fragte sie verwundert.

»Auch Kopfschmerzen«, brummte er, »ich verziehe mich jetzt aufs Zimmer, bin im Augenblick nicht zu gebrauchen. Bist du in deinem Zimmer?«

»Weiß ich noch nicht, wie du weißt, habe ich mein Handy dabei, kannst mich ja anrufen.«

Sie waren an der Flurgabelung angelangt, winkten sich noch kurz zu und jeder ging in sein Zimmer.

Bevor sie Steffen anrief, telefonierte sie mit Axel und fragte ihn, wie der Abend mit Steffen gewesen sei. Wie immer sei Steffen gewesen, wie immer erstaunlich gut aufgelegt. Nur einmal habe Steffen etwas betrübt ausgesehen, als er sagte, dass sie, Karin, noch eine ganze Woche weg sei.

»Und, soviel ich verstanden habe, hat sich wohl niemand aus eurem Bekanntenkreis bei Steffen gemeldet. Das scheint ihn mitzunehmen.«

»Ach Axel, du weißt doch, dass du der Einzige bist, der gern und freiwillig hin und wieder mit Steffen essen geht. Ich habe dieses Mal niemanden angesprochen, sich während meiner Abwesenheit bei Steffen zu melden. Es ist halt, wie es ist«, sagte Karin.

»Das ist ein Jammer, so was. Natürlich ist es mir lieber, wenn du dabei bist, aber das kann ich Steffen doch nicht merken lassen.«

»Du bist schon ein Schatz, Axel, und deswegen habe ich eine Bitte.« Karin erzählte ihm von dem Paket, das in dem Automaten lagere, den Steffen nicht bedienen könne. Axel war sofort bereit, mit Steffen zusammen zur Packstation zu fahren.

Sie redeten noch über seine Studienfahrt und Karin schilderte die ruhige Atmosphäre an der See und dass sie sich gut erhole.

Steffen war nicht bei besonders guter Laune, weil ihm, wie Karin interpretierte, etwas bei der Zubereitung des Frühstücks nicht geglückt war. Er wollte erst in einer Stunde telefonieren, was sie nicht gut fand, weil sie dann, wie sie ihm sagte, mit anderen unterwegs im Watt wäre, da könne sie nicht telefonieren. Fünfzehn Minuten vereinbarten sie, dann würde er zurückrufen.

Steffen rief zurück und erzählte von seinem missglückten Versuch, ein Ei zu kochen. So viel verstand sie, aber warum es missglückt war, blieb im Dunkeln. Karin erklärte ihm, dass Axel mit ihm das Paket aus dem Automaten holen werde, worüber sich Steffen sehr freute. Er fragte nach den Leuten, mit denen sie weg wollte, und Karin nannte einige Namen, darunter auch Hammschulte und Wohleidt, und nannte zusätzlich das Alter. Unter Wattwanderung konnte er sich erst nichts vorstellen, dann bekam er den Wortlaut mit dem richtigen Inhalt zusammen und meinte *ich nicht*, was soviel bedeutete, dass er dazu keine Lust haben würde. Zum Schluss sagte sie noch, dass er sie erst heute Abend anrufen solle, sie wäre ja mit den Leuten zusammen. Sein fragendes Schweigen versuchte sie zu überhören und sagte *Tschüss-mein-Schatz*.

Sie läutete noch einmal bei Axel durch, um ihm zu sagen, dass Steffen mit ihm eine Uhrzeit ausmachen würde. Dann legte sie sich auf das ungemachte Bett, am Sonntag wurde das Zimmer erst gegen Mittag gesäubert, und versuchte ihren Kopf von Inhalten zu leeren, die mit Steffen zu tun hatten. Das war schwierig, denn Steffen hatte mit Georg zu tun. Sie musste einen Weg finden, beide unter einen Hut zu bringen. Oder, dachte sie, vielleicht wäre es besser zwei einzelne Hüte zu tragen, mal den, mal den. Mit geschlossenen Augen lag sie da und lauschte in sich hinein.

Der Vormittag war schon weit fortgeschritten. Unschlüssig, was sie tun sollte, entschied sie sich für den Pool, um auf Georg zu warten. Auf dem Weg nach unten bog sie in den Gang zu seinem Zimmer und stand unschlüssig davor, weil sie ihn telefonieren hörte. Sie wollte nicht lauschen, bekam aber mit, dass er mit jemandem eine Verabredung traf, und klopfte nicht bei ihm an. Er würde sich schon melden.

Georg kam zur Mittagszeit, frisch und ohne Kopfschmerzen, weil er, wie er sagte, geschlafen habe und nun Lust hatte, mit dem Rad wieder zum Strand zu fahren und lesend und faulenzend im Strandkorb zu liegen. Das setzten sie in die Tat um und verbrachten den Tag völlig frei von selbstdarstellerischen Aktivitäten und verliebten Neckereien, die, so schön sie waren, auch anstrengten. Karin lief allein den Strand entlang, sammelte einige Muscheln auf und legte sich leise auf ihr Badetuch, weil Georg eingeschlafen war und kleine Schlafgeräusche von sich gab, über die sie lachen musste, aber die sie auch eigenartig berührten, weil ihnen eine Intimität innewohnte, der sie sich plötzlich nicht gewachsen fühlte.

Dem trägen Nachmittag folgte ein träger Abend. Vor dem Fernseher fielen Karin die Augen zu, was Georg zum Anlass nahm, ihnen beiden eine frühe Nachtruhe zu verordnen.

Ihre gemeinsame zweite Woche begann mit einer ruhigen Vertrautheit. Sie fühlten sich wohl miteinander. In dieser Atmosphäre vergingen auch die folgenden Tage, die ausgefüllt waren mit touristischen Aktivitäten: der Halligfahrt, einer geführten Wattwanderung, einer Radtour zu den kleinen Seen, von dessen Ufern Karin einige schöne Fotos von auffliegenden Gänsen gelangen, einer ausgiebigen Fahrt durch das Umland, wo sie durch die kleinen Städtchen mit alter Seefahrertradition bummelten und deren kleine Heimatmuseen besichtigten.

In Gesprächen über ihr Berufsleben erhielt Georg einen ungefähren Einblick in die Arbeitswelt einer Gesamtschule, Karin lernte Zusammenhänge von Produktmanagement und marktwirtschaftlichem Konkurrenzkampf verstehen. Über persönliche Lebensereignisse sprachen sie nicht. Karin fragte auch nicht nach, weil sie den Eindruck hatte, dass Georg nicht gern über seine gescheiterten Ehen redete. Sie selbst hätte auch nicht gern über ihre Ehe mit Steffen gesprochen.

Karin telefonierte jeweils vor oder nach dem Frühstück mit Steffen, mehr aus Pflichtgefühl als aus Neigung, die abendlichen Telefonate vergaß sie. Zweimal rief Steffen während des Tages an, das war ihr lästig, und dass der Polopullover ihm nicht besonders gefallen hatte, ärgerte sie. Er fragte nach den Leuten, mit denen Karin zusammen war, und ließ sich immer wieder die Namen nennen. Bei Georgs Namen hakte er schließlich nach. Karin beschrieb Georg als gebildeten Mann, der im Übrigen nicht weit von Düsseldorf wohne und der sich daher angeboten habe, sie hin und wieder ins Theater oder zu anderen Veranstaltungen zu begleiten. Karin war, ohne dass sie nachgedacht hatte, auf diese Begründung für das Zusammensein mit Georg gestoßen. Er würde ihr Kulturbegleiter werden. Dagegen konnte Steffen nichts haben, denn er hatte sie immer ermuntert, ins Theater zu gehen. Den Namen Georg konnte Steffen sich recht gut merken und auch abrufen. Als er fragte *Georg-immer-wieder?*, wusste Karin sofort, was er meinte. Sie erzählte ihm, dass Georg der Einzige unter den Gästen sei, mit dem man vernünftige Gespräche führen könne. Aha, war Steffens Antwort. Karin versuchte so neutral wie möglich zu sprechen, wenn sie seinen Namen erwähnte. Aber sie wusste, dass Steffen nicht naiv war. Das nahm sie mit einer Gelassenheit, so wie man das Wetter hinnimmt.

Ihre Gedanken kreisten um Georg und sie vergaß, dass sie mit Meike ein Gespräch verabredet hatte. Meike schlug in einer Kurzmitteilung den Dienstagabend vor, gegen neun Uhr würde sie anrufen. Als Karin Georg sagte, dass sie zu diesem Gespräch Ruhe brauche und am liebsten im Zimmer mit ihrer Bekannten reden würde, meinte er nur, dass sie tun müsse, was zu tun sein. Das fand Karin einerseits gut, andererseits war sie irritiert, weil seine Antwort ein wenig wie Tu-was-du-nicht-lassen-kannst geklungen hatte.

An diesem Abend saßen Karin und Georg nach dem Abendessen mit den Hammschultes zusammen und redeten über allgemeine Themen. Als das angekündigte Telefonat kam, ging Karin in ihr Zimmer. Meike erzählte zunächst, dass sie schon in zwei Wochen anfangen könne zu arbeiten, ihre Mutter würde sich dann um Hannes und Clarissa kümmern. Markus sähe das allerdings nicht gern und habe sich nur wegen der angespannten finanziellen Lage damit abgefunden. Er sei sehr resigniert.

»Er ist vor allem deswegen resigniert, weil ich ihm klar gemacht habe, dass ich häufiger im Wohnzimmer schlafen werde. Da ich mich in den letzten Monaten seinen Annäherungsversuchen widersetzt habe, reimt er sich alles Mögliche zusammen.«

»Das sind für Markus schon mächtige Probleme. Könnt ihr nicht darüber reden, dass dich die Sexualität überfordert und dass du ihn nicht verlassen willst? Das befürchtet er doch vermutlich.«

»Ja, das vermute ich. Du drückst das sehr fein aus mit der Sexualität, die mich überfordert. Klar, er ist mein Mann und Vater meiner Kinder und wir hatten mal Spaß im Bett. Aber das war mit einem anderen Mann. Du weißt, was ich meine.«

»Ich weiß. Liebe und Sex ohne miteinander zu reden, das hat Steffen für mich förmlich skelettiert und irgendwie aufgelöst. Kein Fleisch mehr auf den Knochen, hüllenlos und durchsichtig.«

»Ich habe mal einer Freundin gesagt, dass Markus mir wie ein Kind vorkäme …«

»Das ist es, genau das ist es, sie sind oft nicht nur sprachlich wie ein kleines Kind, sondern wollen auch immer einen Schonraum haben. Und gleichzeitig erwarten sie, dass man sie ernst nimmt wie im normalen Zustand, als gleichberechtigten Partner.«

Meike kam zu ihrem eigentlichen Anliegen zurück.

»Ich habe schon ein schlechtes Gewissen, wenn ich, wie man so schön sagt, meinen ehelichen Pflichten nicht nachkomme. Aber ich kann mich nicht überwinden, ich bin doch nicht nur Körper«, sagte Meike, »ich kann mit einem Kind nicht schlafen. Verstehst du das?«

»Natürlich verstehe ich das! Du kannst das aber so nicht deinem Mann sagen, das wäre zu brutal. Wo wir wieder beim Schonraum wären.«

»Diese ständige Rücksichtnahme geht mir auf den Wecker. Es laugt mich aus.«

»Merkt Markus nicht, dass du generell überfordert bist? Das müsste er einsehen lernen, dann kann er vielleicht nachvollziehen, dass du auch für Sex zu erschöpft bist. Lass ihm Zeit. Das hat bei uns auch Jahre gebraucht.«

»Er sieht nicht, dass ich bald nicht mehr kann. Er ist zu sehr mit sich beschäftigt. Im Moment ist er nur noch böse auf mich, auch weil die Kinder mich brauchen. Das ist gut, weil es mich ablenkt.«

»Ich vermute, Markus ist eifersüchtig und hat panische Angst, irgendwann allein gelassen zu werden. Vielleicht, wenn er diese Angst abbauen kann, werden seine Forderungen nach sexueller Betätigung abnehmen. Ich weiß es aber nicht. Steffen und ich, wir haben auch erst ganz allmählich zu einer gewissen Zufriedenheit gefunden. Wir leben wie Bruder und Schwester zusammen, aber wir wissen und fühlen beide, dass wir zusammengehören. Vielleicht konnte das nur gelingen, weil wir keine Kinder haben.« Karin fühlte eine Zufriedenheit darüber, dass sie und Steffen es bis hierher gebracht hatten. Das würde sie nicht zerstören. Mit Georg musste sie einen Weg finden, der diese Zufriedenheit nicht berührte.

»Ich weiß nicht, ob ich das schaffe. Markus hat …«, sagte sie mit leiser Stimme, »ich wage es kaum auszusprechen, er hat mich kürzlich geschlagen. Er ist völlig ausgerastet, als ich ihn weggestoßen habe. Ich stand am Herd und er fasste mich von hinten … auch mit der spastischen Hand … es war schrecklich.« Karin merkte, dass Meike mit den Tränen kämpfte. Am liebsten hätte sie nichts darüber gewusst.

»Gehst du eigentlich noch zu deinem Psychiater? Das kannst du nicht allein durchstehen.«

»Habe auch schon überlegt, wieder hinzugehen. Ja, das mache ich auch, ich glaube, ich muss auch wieder Antidepressiva nehmen, hatte sie abgesetzt. Aber ich schlafe sehr schlecht, habe oft Herzrasen.«

»Geh ja zum Arzt, nicht dass du zusammenbrichst wie ich! Denk vor allem an deine Kinder! Nur gesund kannst du dieses Leben meistern!«

Meike fragte, ob es nicht vielleicht für Markus gut wäre, wenn sie, Karin, ihm erzählen würde, dass das getrennte Schlafen sogar gut für die Beziehung sei.

»Du bist ja noch vier Tage hier oben, komm doch, ich hole dich vom Bahnhof ab, dann siehst du auch mal, wie wir wohnen.«

Karin konnte nicht ablehnen. Vielleicht konnte sie Meike tatsächlich helfen. Sie fassten für den Besuch den Donnerstag ins Auge.

Als Karin wieder nach unten ging, fühlte sie sich erschöpft und das sah man ihr an.

Es gelang ihr nicht, Meikes Probleme wegzuschieben. Während sie sich an dem lebhaften Gespräch beteiligte, dachte sie an den Vergleich mit einem Kind und dass sie das oft genauso empfunden hatte und manchmal immer noch tat. Das Bemühen um Respekt für Steffen, das Bemühen um seine Würde, das Bemühen um seine Ebenbürtigkeit in der Beziehung waren das Anstrengende im Leben mit der Aphasie. Sie musste einen abwesenden Eindruck gemacht haben, denn Georg fragte sie, wo sie gerade in Gedanken weile.

»Ich weile im Lande Gänseklein / hinter den hohen Bergen / nicht bei den sieben Zwergen / wir leben dort ganz allein.«

Sie verfiel in Lachen, als sie die verdutzten Gesichter der anderen sah.

»Das ist ein Vers, den mein Hirn mal nach einer Episode mit einer Martinsgans produziert hat. Aber ich würde eigentlich jetzt gern zu Bett gehen.«

Da die Gläser geleert waren, standen alle auf und verabschiedeten sich.

Auf dem Weg nach oben meinte Georg, dass das Gespräch mit der Bekannten aus Husum ihr nicht sonderlich gut getan habe.

»Du kannst nicht abschalten«, sagte er und streichelte ihr über den Rücken.

»Wie soll das auch gehen? Es ist schließlich mein Leben.«

»Das verstehe ich sehr gut, es ist nur schade, dass … du so belastet bist.« Weil sie vor Karins Zimmer angekommen waren, hielt er inne, um die Tür aufzuschließen.

Sie schaute ihn an und setzte sich in den Sessel. »Soll heißen?«

»Ich habe mir Gedanken darüber gemacht, wie ich dich ablenken kann.«

»Du lenkst mich doch total ab«, sagte sie. Er setzte sich so auf die Bettkante, dass er ihr gegenüber saß und ihre Knie zwischen seine Knie klemmen konnte.

»Ich habe mir überlegt … Was hältst du von Hamburg? Oper, Schauspielhaus, Museen, was du willst!« Er sah sie prüfend an und lächelte über ihr überraschtes Gesicht.

»Eine tolle Idee! Ist aber schon eine ziemliche Strecke, um nachts zurückzufahren.«

»Kluges Mädchen. Deshalb übernachten wir in Hamburg, und zwar die letzten beiden Nächte. Das sind dann auch wirklich gemeinsame Nächte. Ich muss nicht in mein Zimmer schleichen.«

»Was für eine geniale Idee!« Sie lachte und wiegte doch nachdenklich mit dem Kopf.

»Wir sagen hier im Hotel Bescheid, dass wir am Freitag abreisen. Ist doch ganz einfach. Es gibt kein Problem«, meinte Georg.

»Du hast recht, nur … nein, schon gut, das regel ich schon.«

»Streich das Wörtchen *nur* mal für kurze Zeit aus deinem Wortschatz. Du bist jetzt hier, bei mir, bist mit mir nicht ganz unglücklich, und ich möchte dich verwöhnen und deine Nähe spüren. Sei einfach nur bei mir, sonst nichts.«

»Hört sich verlockend an, und einfach dazu. N…«, sie stoppte lachend. »Das Einfache ist bekanntlich immer das Schwerste. Aber du hilfst mir dabei, ja?« Sie legte ihre Hand auf seine und sah ihn an.

»Soweit es in meinen Kräften steht, immer! Gut, dann leite ich das in die Wege, schaue nach, was an Oper und Theater so läuft. Dir ist Theater lieber?«

»Kommt drauf an, was gegeben wird. Aber gegen Oper habe ich überhaupt nichts einzuwenden, du wirst sie mir bestimmt erklären. Ich bin ja noch lernfähig.« Sie fand die Idee immer toller, je mehr sie ihr bewusst wurde.

»Ich habe vorsichtshalber schon in dem Hotel, wo ich hin will, angerufen, das bestimmte Zimmer wäre frei.«

»Das heißt, wir reisen am Freitag ab. Und am Sonntag trennen wir uns in Hamburg. Ich steige in den Zug und du in dein Auto. Richtig?«

»So habe ich es mir gedacht.«

Sie schwiegen, saßen immer noch Knie an Knie.

»Wie es dann mit uns weitergeht, müssen wir abwarten, denke ich. Das meiste liegt bei dir«, sagte er. Sie blickten sich an ohne zu lächeln.

»Ich weiß.«

»Das klingt nicht sonderlich gut aus deinem Mund.«

»Ich hatte gehofft, dass wir gemeinsam eine Strategie überlegen, wie wir uns zu Hause sehen können.« Nach ein paar Atemzügen fuhr sie fort: »Bist du sicher, dass du mich dann noch sehen willst?«

Er zog sie aus dem Sessel zu sich aufs Bett und umarmte sie. »Was glaubst du, warum ich mir solche Mühe mit dir gebe? Weil du ein Urlaubsabenteuer bist? Karin Lohberg, jetzt freuen wir uns auf Hamburg und denken nicht weiter. Okay?«

»Okay. Ich habe aber noch ein Problem. Meine Bekannte in Husum hat mich gebeten, sie zu besuchen, weil ich ihrem Mann etwas von Steffen und mir sagen soll. Das konnte ich ihr nicht abschlagen. Ich müsste also morgen oder übermorgen nach Husum fahren, bin dann am Abend mit dem Zug wieder zurück. Schlimm?«

»Was soll ich dagegen sagen? Das ist deine Entscheidung. Natürlich würde ich den Nachmittag lieber mit dir verbringen, das gebe ich zu.« Sie hatten sich jetzt die Kissen in den Rücken gelegt und lehnten gegen den Kopfteil des Bettes. »Du bist schon eine ziemliche Herausforderung«, sagte er und zog sie an seine Schulter. Sie seufzte und versuchte sich zu entspannen. Sie lagen ganz ruhig und lauschten auf den Atemzug des anderen.

»Bevor ich jetzt hier einschlafe, verziehe ich mich.«

Er war aufgestanden, bedeutete ihr liegenzubleiben, was sie aber nicht tat, sondern ebenfalls aufstand und ihn umarmte. »Du bist ein umwerfender Mann«, sagte sie zum Abschied.

Er küsste sie auf die Nase und die Stirn und ging.

# 21

»Na, wie hat meine Herausforderung geschlafen?«, fragte Georg, als er Karin zum Frühstück abholte.

»Ganz gut, und du, mein Bedürfniswecker?« Karin war gerade mit Anziehen fertig geworden und räumte auf.

»Schade, dass du schon angezogen bist«, meinte er und zog sie an sich, »aber das Ausziehen macht mir jetzt zu viel Mühe. Ich habe Hunger!«

Sie gingen lachend nach unten und er berichtete, was in der Oper und in den Schauspielhäusern gegeben würde. Sie entschieden sich für ein Kabarett, Oper und Schauspielhäuser boten für ihre Verliebtenlaune zu schweren Stoff. Als Karin darum bat, ihren Hotelanteil selbst zu zahlen, lachte Georg schallend.

»Du bist natürlich in Hamburg eingeladen. Du kannst mich aber zum Essen einladen, ich weiß auch schon wo. Da kannst du dein Geld loswerden.« Er war sichtlich guter Laune. Als Karin ihm sagte, dass sie mit Meike in Husum telefoniert habe und es nur heute mit dem Besuch gehen könnte, wurde er wieder ernsthafter. Am frühen Nachmittag wollte Karin in Husum sein.

»Ich fahre dich natürlich hin. Wir könnten überhaupt nachher schon losfahren und in Husum oder so essen gehen.«

»Ich weiß gar nicht, was ich ohne dich hier machen würde«, sagte Karin und war gerührt.

»Dich mit Matties amüsieren!«, meinte er.

Am frühen Nachmittag hielt Georg vor Meike Pöhlings Haus. Karin stieg aus und winkte Georg zu, als er wieder losfuhr.

»Das ist ja toll, dass dich jemand gefahren hat«, sagte Meike zur Begrüßung. »Wirst du wieder abgeholt? Sonst bringe ich dich gern zum Bahnhof.«

»Ich werde wieder abgeholt. Ich habe gesagt, um fünf. Ist das okay?«

»Ja, sicher. Wer ist denn so nett zu dir?« Sie sah Karin fragend an. »Ein Urlaubsflirt?«

»Ach was, nur ein netter Mann und nur ein ganz winzig kleiner Flirt.« Karin war peinlich berührt.

Meike hatte Kaffee und Kuchen vorbereitet, rief ihre Kinder, damit sie Karin Guten Tag sagten. Hannes zeigte freudestrahlend die genähte Wunde auf seiner Stirn. Dann stieß Markus zu ihnen, und Karin begrüßte ihn mit einer Umarmung, obwohl sie ihn bisher nur einmal gesehen hatte. Markus war verunsichert, freute sich dann aber und erwiderte die Umarmung.

»Guten Tag, Frau Lohberg«, sagte er ganz langsam mit gutturaler Stimme.

»Karin, bitte, nicht Frau Lohberg. Darf ich Markus sagen?«

»Ja, Markus.« Er lachte, es hörte sich etwas meckernd an. Karin sah Meikes Blick. Auch bei Steffen war das Lachen nach dem Schlaganfall anders geworden und irritierte sie manchmal immer noch. Steffens Stimme und Tonfall waren geblieben und hatten sich nicht wie bei Markus verändert.

Während des Kaffeetrinkens erzählte Karin, was sie in den zwei Wochen unternommen hatte und dass sie sich sehr gut erholt habe. Markus bestätigte ihren erholten Zustand, sagte langsam *gut aussehen.*

»Du verstehst alles, nicht wahr? Da hat sich aber viel bei dir getan! Das freut mich«, sagte Karin zu Markus und hielt Blickkontakt mit ihm. Er bestätigte es, doch Meike machte eine verneinende Handbewegung, die ihn ärgerte.

»Ach du!«, sagte er abwinkend zu Meike.

Um abzulenken, fragte sie Markus, wie oft er noch logopädische Therapie habe. Er antwortete langsam, inhaltlich richtig, aber Satzbau und Grammatik waren falsch. Dennoch war Karin verblüfft.

»Du sprichst wirklich gut, hast enorme Fortschritte gemacht, Steffen spricht nicht so gut wie du, vor allem versteht er nicht alles.«

»Lesen haben viel vorbei«, sagte Markus, »nicht mehr schreiben.«

Meike erzählte, dass es aber schon besser geworden sei, und lobte ihn, um die Stimmung anzuheben. Dann sprach Markus von seinen Kindern, dass er nichts mehr mit ihnen unternehmen könne, und zeigte auf seine etwas spastisch verkrümmte rechte Hand und seinen Mund. Sein Gesicht zeigte die Enttäuschung. Um ihn nicht noch trauriger werden zu lassen, erzählte Karin von Steffen, dass er viel und gern mit dem Auto fahren würde, was Markus veranlasste, von seinem Wunsch zu erzählen, ein neues Auto zu kaufen. Karin wusste, dass Markus ebenfalls sehr froh war, immer noch selbst Auto fahren zu können.

»Sollst du auch irgendwann haben«, sagte Meike, »deshalb will ich ja arbeiten.«

»Meike arbeiten, nicht gut.«

Auf Karins Frage, warum das nicht gut sei, sagte er den Namen von Meikes Chef.

»Mensch, Markus, das finde ich abscheulich von dir! Ich habe dir gesagt, dass ich nichts mit ihm habe und haben werde. Du bist mein Mann, sonst niemand.« Meike musste sichtlich an sich halten.

Warum er so eifersüchtig sei, wollte Karin wissen. Er machte ein unwilliges Gesicht und zeigte auf die Couch und formulierte vorwurfsvoll *So… fa!* Karin bat um eine Erklärung. Markus konnte nur *Sofa-nicht-gut* und *Meike-weg* sagen und es wiederholen. Auf Karins Frage, ob er Angst habe, dass Meike ihn verlassen wolle, nickte er und hatte Tränen in den Augen. Karin war erschüttert. Sie erzählte, dass sie und Steffen seit vielen Jahren getrennte Schlafzimmer hätten. Markus hörte erstaunt zu. Sie sagte, dass sich ihre Beziehung dadurch erheblich gebessert habe, weil sie wieder schlafen konnte und nicht mehr angstvoll auf Steffens Atemzüge lauschen würde.

»Wenn man ständig unausgeschlafen ist, wird man gereizt und ungerecht. Gönn dir doch eine ausgeschlafene Frau!«, sagte Karin. Markus machte ein zweifelndes Gesicht.

»Vorbei?«, fragte er und wollte eine entsprechende Handbewegung machen, doch Meike hielt seine Hände fest. Es war offensichtlich, was sein Problem war.

»Nein, wieso?«, fragte Karin zurück und schüttelte demonstrativ den Kopf über seine Vorstellungen, die zwar richtig waren, ihm aber nicht bestätigt werden mussten. Vielleicht würde es sich bei Meike und Markus auch völlig anders entwickelte, dachte Karin. Markus sah sie fragend an.

Meike war über das Gespräch zufrieden und führte Karin nun gemeinsam mit Markus durch das Haus und den großen Garten. Rasenmähen konnte Markus, aber alles andere würde nicht mehr gehen, erfuhr Karin. Weil er nicht wolle, ergänzte Meike, was ihn wieder ärgerte. Meike winkte plötzlich in Richtung Straße, denn sie sah den Wagen, der Karin abgeliefert hatte, vor dem Haus stehen. Georg war schon eine Viertelstunde vor der Zeit zurückgekommen.

»Dein Bekannter soll doch reinkommen und noch eine Tasse Kaffee mit uns trinken, nicht wahr, Markus?«

Karin wehrte ab, aber Meike winkte Georg und Markus schien auch einverstanden zu sein. Karin blieb nichts anderes übrig, als ebenfalls zu winken. Georg stieg tatsächlich aus und kam durch das Gartentor auf sie zu. Karin stellte ihn vor. Er betrachtete interessiert Markus, richtete aber außer der Begrüßung kein Wort an ihn. Markus hatte statt Guten Tag *Bis-bald-einmal* gesagt. Gegen eine Tasse Kaffee und ein Stück Pflaumenkuchen habe er nichts einzuwenden, meinte Georg. Sie gingen wieder ins Wohnzimmer und Meike holte für Georg Teller und Tasse. Eine Weile sprach niemand. Dann erklärte Karin Markus, dass Dr. Wohleidt auch Gast im Hotel sei und sich angeboten habe, sie hierher zu fahren, weil er in Husum etwas besorgen musste. Markus nickte.

»Sie haben ein schönes Haus«, sagte Georg zu Meike, als sie mit dem Teller kam und ihm ein Stück Kuchen darauf legte. Meike bestätigte es.

»Mein Haus. Ich werden … da«, Markus kam nicht weiter. Georg war irritiert.

»Das ist Ihr Haus, selbstverständlich. Es ist wirklich sehr schön. Auch der Garten.«

Georg richtete seinen Blick, nachdem er kurz Markus angesehen hatte, wieder auf Meike und fragte, wie lange sie schon hier wohnen würden. Markus stand auf und machte eine umfassende Armbewegung, wobei er seinen rechten Arm nur zum Teil heben konnte.

»Mein Haus, mein Vater … ich haben«, sagte er und zeigte deutlich, dass alles ihm gehören würde. Meike versuchte ihn zu beschwichtigen.

»Markus, das will Dr. Wohleidt gar nicht wissen. Was machst du für Theater?«

»Sprechen …«, er zeigte auf Georg, »auf … bitte mir!«

Georg verstand nicht, worum es ging, und schaute Karin fragend an.

»Ich denke, Herr Pöhling hat sich etwas übergangen gefühlt, stimmt's, Markus?«

Markus setzte sich wieder und reichte Karin zur Bestätigung die linke Hand, die sie ergriff, und schüttelte übertrieben lange Karins Hand.

»Oh, das tut mir leid, das wollte ich nicht«, sagte Georg.

Die Atmosphäre wurde nicht wieder locker, auch als die Kinder ins Zimmer kamen und der Kleine sofort auf Georg zustürmte und ihn vertrauensvoll begrüßte, obwohl er ihn nicht kannte. Weil Clarissa fragte, was es zum Abendessen geben werde, wollte Karin sofort aufbrechen. Beim Abschied umarmte sie Markus wieder und sagte ihm, dass er den Menschen, die noch nie einen Aphasiker erlebt hätten, Verständnis entgegenbringen solle. Darüber lachte er laut. Georg war der Erste, der nach draußen trat.

Meike flüsterte ihr bei der Umarmung zum Abschied zu, ob sie Einzelheiten über diesen Mann erfahren könnte.

»Wir telefonieren ausführlich, wenn ich zu Hause bin«, versprach Karin und winkte Meike und Markus aus dem anfahrenden Wagen zu.

Georg fragte auf der Rückfahrt, ob das Problem, weshalb sie die Pöhlings besucht habe, gelöst sei.

»Das wird sich zeigen.«

Weil Georg nach dem Problem fragte, berichtete Karin und erzählte, was sie von dieser Familie wusste. Er fragte hin und wieder nach, blieb aber ziemlich wortkarg und schien Schwierigkeiten beim Sitzen zu haben. Als Karin ihn fragte, ob er wieder Rückenschmerzen habe, verneinte er, aber sie glaubte ihm nicht und bot ihm an, das Steuer zu übernehmen.

Er lehnte ab, weil er sich nicht in ihre Hände begeben wolle, versuchte er zu scherzen.

Nach dem Abendessen zog er sich mit Kopfschmerzen zurück. Karin verabschiedete sich schon einmal von den Hammschultes, für den Fall, dass sie sich am nächsten Tag nicht sehen würden. Sie versprachen sich gegenseitig, in Kontakt zu bleiben. Spätestens, wenn neue Bekannte mit Steffen Kontakt gehabt hatten, war das Interesse gewöhnlich verschwunden. Bei den Hammschultes wird es vielleicht anders sein, dachte Karin.

Im Zimmer schrieb sie ein paar Zeilen an Frau Weidun und bedankte sich für den erholsamen Aufenthalt. Dann sortierte sie ihre Garderobe und war ratlos, was sie für Hamburg bereitlegen sollte. Auf Theaterbesuch und noble Restaurants war sie nicht vorbereitet. Sie war in trüber Stimmung, als Jutta anrief.

»Was verschafft mir die Ehre deines Anrufs?«, fragte Karin.

»Was bist du so biestig? Ich dachte, du bist längst wieder zu Hause und meldest dich bei mir. Steffen sagte mir, dass du noch weg bist.«

»Die drei Wochen sind noch nicht um. Ich bin am Sonntag wieder da. Und ich dachte, du meldest dich bei mir, nachdem du mit deinem Mann die Gartenmöbel gekauft hast. Oder du rufst auch mal Steffen an, er hätte sich mit Sicherheit sehr gefreut.«

»Ach, stell dir vor«, hob Jutta an und begann ausführlich

von der vergeblichen Suche nach den passenden Möbeln zu berichten. Als Karin sie unterbrach und meinte, dass sie das eigentlich im Moment nicht interessiere und sie auf dem Sprung sei, war Jutta beleidigt und stellte fest, dass Karin schon seit längerem kein Interesse mehr an ihren Problemen habe. Karin lachte.

»Jutta, sei mir nicht böse, aber umgekehrt wird ein Schuh draus. Wenn dir an unserer Freundschaft etwas liegt, denke bitte mal in einer ruhigen Minute darüber nach. Deine Probleme machst du dir selbst, weil du zum Glück keine hast.«

»Du scheinst ja mächtig schlechte Laune zu haben. Das Alleinsein tut dir nicht gut. Aber ich will dich nicht länger stören.«

»Ich denke, das sollten wir einmal in Ruhe gemeinsam besprechen. Vielleicht decken sich unsere Vorstellungen über Freundschaft nicht … nicht mehr.« Karin wunderte sich über ihre klaren Worte. Jutta atmete hörbar, sie wünschte einen guten Abend. Das ist nun wohl auch vorbei, dachte Karin und wartete auf Herzklopfen, aber nichts geschah.

Herzklopfen stellte sich ein, als sie Steffen anrief und ihm von Hamburg erzählte.

»Ich dachte, wenn ich schon mal hier oben bin, könnte ich doch die Gelegenheit wahrnehmen und mal wieder ins Theater gehen. Ich habe so lange kein gutes Theater gesehen. Und in den Zoo, da freue ich mich richtig drauf.« Sie redete viel zu schnell und musste alles wiederholen. Steffen seufzte ein bedauerndes *Ich-nicht.* Sie versuchte ihn zu trösten, was er mit mehrmaligem *is-gut* abtat.

»Leute?«, fragte Steffen, »ehm … Hauser … nein ehm … Haus?«

Karin schossen verschiedene Deutungen durch den Kopf.

»Die zwei Nächte hier im Hotel hatte ich ja pauschal gebucht und ja auch längst bezahlt. Die kriege ich nicht wieder. Meinst du, ich soll mir die zwei Nächte auszahlen lassen, weil sonst Hamburg zu teuer wird?«

»Noch mal, bitte«, sagte Steffen.

Schließlich reduzierte Karin ihre Frage darauf, ob er meine, dass Hamburg zu viel Geld kosten würde.

»Quatsch! Is gut, is gut.« Steffen hatte keine Lust mehr, das, was er eigentlich wissen wollte, weiter zu erfragen. Karin war klar, dass sie auf Steffens Frage nicht geantwortet hatte. Es war ihr nicht möglich, ihn so bewusst zu ignorieren.

»Willst du wissen, ob ich allein in Hamburg sein werde?«

»Nein … doch ja!«

»Der Georg Wohleidt hat mich ins Theater oder die Oper eingeladen, er muss in Hamburg einige familiäre Dinge klären, was, weiß ich nicht. Wir gehen an einem Abend ins Theater, das war's.«

Steffen schwieg und wollte dann wissen, was im Schauspielhaus gegeben würde. Karin wusste es nicht, sie würde sich noch informieren müssen. Um das Thema abzubrechen, erzählte sie ihm von ihrem Besuch bei Meike Pöhling und fragte ihn dann, was er vorhabe. Er hatte nichts vor.

# 22

Am nächsten Morgen, es war der letzte Tag an der Nordsee, war Georg wieder bei guter Stimmung und entschuldigte sich für seinen gestrigen Ausfall, manchmal bekäme er Kopfschmerzen und Rückenschmerzen zusammen, ohne Rücksicht darauf, ob eine schöne Frau an seiner Seite sei.

»Du bist schon ein unverbesserlicher Charmeur«, meinte Karin. »Geht es dir wirklich besser?«

Er bejahte, wollte sich aber vorsichtshalber noch eine Massage geben lassen und schlug vor, am Abend in die Sauna zu gehen und wieder im Zimmer zu essen. Am Nachmittag wollte Karin ihr Fahrrad wegbringen und noch einmal einen Spaziergang machen. Sie entschieden sich für den Deich, weil Georg dort besser laufen konnte als am Strand.

Es war windig und auch kühl geworden. Karin war froh, einen Schal umgebunden zu haben. Sie liefen eine Weile teils nebeneinander, teils hintereinander. Ausgelassenheit oder eine anregende Unterhaltung waren nicht aufgekommen. Georg war in sich gekehrt und nachdenklich und stellte schließlich die Frage, wie Steffen sich mit dem Sprachverlust fühlen würde.

»Die Frage kann ich dir nicht beantworten. Das weiß ich wirklich nicht.«

Karin sah Georg von der Seite an und strich sich immer wieder die Haare aus dem Gesicht. Georg hatte nicht, wie an anderen Tagen, den Arm schützend um sie gelegt und sie in seinen Windschatten bugsiert. Sein Interesse an Steffens Befindlichkeit irritierte sie. Der Gedanke, dass es nicht gut gewesen war, sich von Georg zu dem Treffen mit Meike fahren zu lassen, war Karin schon am gestrigen Abend gekommen, als Georg nachdenklich und wortkarg ihre Ausführungen über die Pöhlings angehört und sich dann sehr schnell zurückgezogen hatte. Dass er sie jetzt nicht anschaute, obwohl er ihren Blick gespürt haben musste, ließ leises Unbehagen in ihr aufkeimen. Nach einer Weile ergänzte sie: »Ich kann nur vermuten und interpretieren. Das ist ja das Dilemma.«

»Er muss doch versucht haben, dir seine Verzweiflung mitzuteilen, oder?«, fragte Georg.

»Ja sicher, am Anfang schon. Aber er ist nicht verzweifelt. Schon lange nicht mehr. Steffen hat sehr viel schneller als ich seine Behinderung akzeptiert und lebt mit den Sprachresten durchaus zufrieden.« Nach einer kleine Pause fügte sie leiser hinzu: »Er hat ja mich für all das, was kaputt ist. Ich bin der Vierundzwanzigstunden-Reparatur- und Servicedienst.«

Der bittere, wohlbekannte Geschmack des Selbstmitleids stieg im hinteren Gaumen auf. Karin ließ die Meeresluft mehrmals durch den Mund ein und ausströmen, blieb stehen, nahm ihr Fernglas vor die Augen und sagte lauter, als es der Wind nötig machte: »Schau mal dort, Brandgänse, noch mehr als kürzlich, toll!«

»Ist es dir unangenehm, wenn ich dich nach deinem Mann frage?«

»Ja, nein, es ist nur so schwierig zu beschreiben, was diese Behinderung mit einem macht.« Karin drehte sich von Georg weg, auch, um einen besseren Blick auf die Brandgänse zu haben. »Ich könnte dir vielleicht erzählen, was ich empfinde. Aber du willst ja wissen, was Steffen empfindet. Er kann es mir aber nicht erzählen!«

»Ja, schon. Aber du als Ehefrau müsstest doch…« Georg sah, dass Karin die Schultern bewegte, als ob sie etwas abschütteln wollte, und sprach nicht weiter. Sie standen jetzt nebeneinander und betrachteten die Brandgänse, die auf dem von der Ebbe freigegebenen Strandstreifen nach Nahrung suchten. Die Brutzeit war vorüber, aber die Paare blieben beieinander. Karin wollte Georgs Aufmerksamkeit auf zwei Gänse lenken, die mit putzigen synchronen Bewegungen nebeneinander über die trockengefallenen Stellen zwischen den Buhnen watschelten und ihre Schnäbel in Wasserlachen tauchten und nach kleinem Getier suchten. Aber sie sagte nichts darüber, machte Georg nur auf den noch roten Schnabelhöcker der Männchen aufmerksam. Sie beobachteten eine Weile schweigend die Vögel, bis es Georg langweilig wurde. Er hatte sein Fernglas längst weggesteckt und sagte, dass Wind und Wolken zugenommen hätten. Karin blickte in den Himmel und fand Gefallen an den grauweißen Wolkenbergen, die der Wind vor sich hertrieb. Sie boten nun der steifen Brise eine gute Angriffsfläche, sodass sie sich nach vorn beugen mussten, um auf der Deichkrone gegen den Wind anzugehen. Sie liefen ein kurzes Stück hintereinander.

Der schnelle Gang verbrauchte ihren Atem, sodass ein Gespräch nicht möglich war, denn sie wollten noch vor dem sich ankündigenden Regen ins Hotel kommen. Vielleicht waren es die Brandgänse im Allgemeinen oder die synchronen Bewegungen des Gänsepaares im Speziellen, die die gesamte Szene mit der Martinsgans schmerzlich an die Oberfläche kommen ließen. Egal, Karin konnte die Erinnerungen nicht wegschieben.

Damals war sie noch im Schuldienst und ängstlich darauf bedacht, gesellschaftliche Kontakte nicht abreißen zu lassen. Sie hatte zur Martinsgans eingeladen. Sie hantierte in der Küche, Magen, Hals, Leber und Herz der Gans lagen nebeneinander auf einem großen Brett. Sie war damit beschäftigt, die Zutaten für die Füllung neben die Gans zu legen, als Steffen in die Küche kam. Er blieb in der Küchentür stehen und ließ ein *Hhhhhhmmm* hören, bevor er an den Küchentisch trat und alles aufmerksam betrachtete. Mit der flachen Hand umschmiegte er die Gänsebrust und sah Karin lachend an.

»Och je, quack, quack, quack! Arm Ganser«, sagte er mit schief gelegtem Kopf, mitleidig im Ton und klopfte klatschend auf die Gänsehaut, »oooch je!«

»Tu nicht so, als ob du Mitleid mit der Gans hättest, du verfressener Kerl!«

Steffen lachte und leckte sich die Lippen. »Hhhhmmm, lecker,… Hühnchen… Quatsch… ehm… is Gans… prima!«

»Ich hoffe, dass es lecker wird«, meinte Karin.

»Klar, immer wieder, immer Ka… Karin gut, sehr sehr sehr!« Steffen rieb sich den Bauch und gab Karin einen Kuss auf die Wange.

»Quatschkopf«, sagte sie und wollte ihn sanft Richtung Tür schieben, aber er rührte sich nicht und betrachtete alles auf dem Tisch mit großer Aufmerksamkeit.

»Was das? Warum? Wieso?« Er tippte jeweils auf Hals, Magen, Herz und Leber, nahm den Hals in die Hand und legte die andere Hand auf die Gans. Er dachte nach, betrachtete konzentriert den Gänsehals, legte ihn wieder hin, berührte das Herz und auch die Leber. *Ja-genau* murmelte er mehrmals. Dann schaute er Karin ernst an.

»Ich nicht!« Er zeigte noch zweimal auf die Gans und wiederholte drei-, viermal *Ich nicht.*

»Wie, du nicht? Seit wann isst du keine Gans? Ich mach sie doch extra für dich!«, log Karin, fühlte einen Adrenalinstoß.

»Nein ... doch ... ja hier«, Steffen zeigte auf das Gänseklein, »ich ... immer wieder ... Stopp ... kaputt.«

»Das Gänseklein willst du essen? Daraus koch ich einen Fond für die Soße. Die Leber kriegst du heute Abend.«

»Nein ... ich nicht«, sagte er, auf die Gans zeigend, »morgen ... nein ... gestern ... nein Monate ... nein Jahre ist es ... Schlaganfall ich ... ach, mein Goootttt!« Er schaute Karin verzweifelt an.

»Du meinst, seit dem Schlaganfall hast du keine Gans mehr gegessen? Stimmt, aber ist das jetzt so wichtig?«, fragte Karin. Sie hatte ihre unwillige Ungeduld nicht verbergen können.

»Hach, mein Gott ... ich Gans nicht ... Samstag ... heute ... nein, morgen ... ich möchte Soße ... hach nein ... ich ... Philosophie, Philosophie!« Seine aufkeimende Wut ging in einen Seufzer der Erleichterung über. Karin verstand den Zusammenhang nicht und schaute Steffen verständnislos an.

»Hä? Versteh ich nicht. Philosophie?«

»Blöd ... wirklich ... mein Gott ... Kariiiin, ich nicht ... doof.« Etwas Mitleidiges, aber auch etwas sehr Bestimmtes lag in Steffens Stimme, und Karin interpretierte das lang gezogene *i* als Ausdruck der Verachtung, weil sie mal wieder zu dumm war, ihn zu verstehen. Das alte Problem ihrer Beziehung griff Raum, trotz Steffens Behinderung. Vielleicht gerade deshalb umso deutlicher.

»Das habe ich auch nicht behauptet! Mach dir bitte die Mühe und versuch's noch einmal!«

»Ich … Jahr, nein, Monate, nein, gestern … Gans … hier … Schlaganfall … ich und machen kaputt«, sagte Steffen und nahm den Gänsehals in die Hand, schwenkte ihn zur Verdeutlichung hin und her und wollte fortfahren mit seiner Erklärung. Aber Karin wurde nichts deutlich. Sie bemühte sich, Sinnzusammenhänge zwischen Gans, Hals, Herz, Leber und Schlaganfall und Philosophie herzustellen. Sie fand einen Bezug zu dem Bedeutungsraum *Essen*, aber keine Verbindung zur Philosophie.

»Willst du nachher den Hals abnagen, wenn der Fond gekocht ist? Das dauert aber noch.«

»Mein Gooootttt! Nein, nein, nein … alles nicht! Essen nicht!«, brüllte Steffen jetzt und stampfte mit dem Fuß auf, »logo, ich!« Er tippte sich an den Kopf, wiederholte ziemlich laut *logo ich,* wurde dann leiser und stand mit hängenden Schultern und gesenktem Kopf. Er setzte mit *Phil…* erneut zum Sprechen an, aber er bekam das Wort nicht mehr heraus. Sie schwiegen, sahen sich aus weiter Ferne an und wussten nicht weiter.

»Ich weiß nicht, Schatz, ich versteh dich beim besten Willen nicht. Lass uns das heute Abend noch einmal versuchen. Ich muss jetzt weitermachen, sonst werde ich nicht fertig, muss auch noch Hefte korrigieren.« Während sie sprach, wollte sie Steffen in den Arm nehmen, aber er wehrte sie ab. Sie hatte ihn unterbrochen, das hatte seine Wut gesteigert.

»Dann erklär's jetzt noch einmal, ganz ruhig. Wir kriegen's schon noch raus.« Karins sanft gewordene Stimme, mitleidig, schicksalergeben, machte Steffen jetzt völlig fassungslos. Er schnaufte durch die Nase, öffnete den Mund, um etwas zu sagen, aber es kam nur ein gurgelndes *Hach* heraus. Er machte rollende Handbewegungen vor seinem Mund, als ob er versuchen wollte, Wörter von den Lippen zu lösen. Doch es kam nichts außer dem *Hach.* Er wiederholte die Handbewegungen und sah Karin an, Tränenglanz in den Augen.

»Komm, wir versuchen …«, wollte Karin ermuntern und fasste seine Hand. Doch er stieß sie weg.

»Is gut … is gut … is gut«, wiederholte er, machte wegwerfende Handbewegungen in ihre Richtung und verließ kopfschüttelnd und schnaufend die Küche. Karin stand da, mit durchgedrückten Armen, beide Hände auf der Tischplatte und bewegte den Oberkörper hin und her, bis sie sich langsam beruhigt hatte. Nur um etwas zu tun, ging sie auf die Toilette. Danach wandte sie sich der Gans zu, unkonzentriert und mechanisch. Sie wusste, dass hinter allem, was Steffen sagte, Logik steckte. Die Suche nach dem Sinn der Wörter und vor allem nach denen, die nicht vorhanden waren, brauchte Geduld. Zurückhaltung. Einfühlungsvermögen. Und Zeit und Liebe. Unendlich viel von allem. Ein Füllhorn, aus dem sie nicht ständig schöpfen konnte. Das Gefühl, dass der große Behälter der Liebe im Begriff war leerzulaufen, machte ihr Angst.

Während sie für den Fond rote Zwiebeln, Möhren, Petersilienwurzel und Porree in kleine Stücke schnitt, gelang ihr plötzlich eine Verbindung zur Philosophie. Sie sah die ganze Möhre und die Stücke. Die Gans als Ganzes und das Gänseklein.

»Mein Gott!« Karin lief ins Wohnzimmer. Steffen saß regungslos im Sessel. Sie entdeckte eine Tränenspur. Er beachtete sie nicht, auch als sie sich vor ihn hinkniete und sich bemühte, in seinen Blick aufgenommen zu werden. Sie ging wieder in die Küche. Leer, erschöpft und resigniert. Später, beim Abendessen, Gänseleber mit Feldsalat, Äpfeln und Walnüssen, sprach sie von ihrer Erkenntnis und hatte auch eine entsprechende Zeichnung vorbereitet. Die Gans und ihre Stücke. Steffen schaute sie traurig und überlegen zugleich an und nickte nur, spöttisch, wie ihr schien, denn er zog die rechte Augenbraue hoch.

Ihre Einsamkeit umhüllte sie beide, jeden für sich. Das war nichts Neues mehr in ihrem Leben. Das kannten sie längst und wussten auch, dass sie sich in der Kälte bewegen mussten, um nicht zu erfrieren. Steffen war am nächsten Tag auf sie zugekommen und hatte sie in den Arm genommen. Ein paar Sekunden sah sie Verzweiflung in seinen Augen, dann lachte er und sagte beschwichtigend: »Is gut, is gut, is gut, wirklich!«

Als Karin und Georg die Deichkrone über den schmalen Treppenabgang verließen und unten angekommen waren, blies ihnen der Wind nicht mehr so in ihre Ohren. Georg blieb vor Karin stehen und nahm ihr Gesicht in beide Hände.

»Entschuldige bitte, ich will dich nicht in Bedrängnis bringen. Erzähl mir irgendwann später einmal ausführlicher von der Aphasie. Doch jetzt«, sagte er und küsste sie auf die Nasenspitze, »will ich nicht weiter in dich dringen, jedenfalls nicht damit«, meinte er grinsend. Als er sah, dass Karin sich ein Lächeln abrang, lachte er laut auf, nahm ihre Hand, deutete zum Himmel und mahnte zur Eile, denn sie hatten noch gut eine Viertelstunde zu laufen.

»Du bist wirklich unmöglich, Dr. Wohleidt, absolut unmöglich!«, sagte Karin und war unangenehm berührt. Aber sie fühlte sich dennoch erleichtert und ließ sich willig von seiner unerwarteten Heiterkeit mitreißen. Schließlich blieben ihnen nur noch der heutige Abend und die zwei Tage in Hamburg.

# 23

Sie versuchte seinen grauen Lockenkopf so lange wie möglich im Blick zu behalten und drückte die Stirn an die Fensterscheibe des Großraumwagens. Sie würden sich bald wiedersehen, hatten sie sich versprochen.

Karin setzte sich mit feuchten Augen, das Umschließende seiner Arme spürte sie noch immer. Sie schloss die Lider.

Sie waren voller Vorfreude auf Hamburg gewesen, gespannt, sich neu zu erleben.

Das kleine, aber sehr feine Hotel war eine ideale Herberge für ein verliebtes Paar. Georg schien sich auszukennen. Für Karin war es das erste Mal, dass sie neben einem anderen Mann als Steffen aufwachte. Sie war ein wenig aufgeregt. Sorgen machte ihr, dass sie nicht mehr gewöhnt war, mit jemandem in einem Zimmer und in einem Bett zu schlafen, auch wenn es sehr breit war.

Es wurden zwei Nächte mit wenig Schlaf, doch schien dies keine Auswirkungen auf ihre Stimmung zu haben und sie fühlte sich ausgesprochen fit.

Das Tagesprogramm war ausgefüllt von Besichtigungen, Einkaufsbummeln und Restaurantbesuchen.

Von dem Kabarett am zweiten Abend hatten sie sich mehr versprochen. Karin sagte, als sie nach der Vorstellung in einer Bar etwas tranken, dass Steffen sicherlich nichts einzuwenden habe, wenn sie und Georg hin und wieder, oder auch regelmäßig, ins Theater gehen würden.

Sie sähe auch keine Schwierigkeiten, wenn Georg sie der Terminabsprache wegen zu Hause anrufen würde. E-Mail und Handy stünden sowieso zur Verfügung, wenn sie sich Zärtlichkeiten sagen wollten. Georg hörte sich Karins Vorschläge an, hielt sie für machbar, aber sie gefielen ihm nicht, denn er wolle nicht nur der Kulturbeauftragte sein. Er habe mehr an Wochenenden mit Kultur und allem drum und dran gedacht und auch an gemeinsame Reisen. Da es ihr letzter gemeinsamer Abend sei, meinte er, sollten sie sich nicht mit diesen Dingen belasten, zu Hause werde sich das alles besser regeln lassen. Sein Blick und die Berührung seiner Lippen auf ihrer Innenhand lenkte ihr Denken auf den Augenblick.

Es waren kaum zwölf Stunden her, dass sie seine Haut gespürt und gerochen hatte. Die Erinnerung war lebendig und nur mit geschlossenen Augen auszuhalten. Der Zugkellner schob seinen Wagen durch den Gang und stoppte die Bilderfolge. Sie kaufte Sandwich, Kaffee und Wasser, denn sie wollte nicht in das Zug-Bistro gehen. Sie war müde. Sie aß das Sandwich und rief dann Steffen an, mit dem sie seit Freitagmittag nicht mehr gesprochen hatte. Sie hatte ihn gebeten, nur im Notfall anzurufen. Er hatte sich daran gehalten.

»Hallo mein Schatz, jetzt bin ich auf dem Weg zu dir«, sagte sie bewusst fröhlich.

»Aha.«

»Das war schön, mal wieder durch Hamburg zu bummeln. Endlich habe ich eine Hafenrundfahrt gemacht, toll, das sollten wir auch mal zusammen machen«, plauderte sie los und erzählte auch begeistert von der Speicherstadt und was sie sonst noch gesehen hatte. Steffen sagte nichts.

»Hallo, hörst du mir zu?«, fragte sie.

»Und ... Mensch ... ehm ... Leute ... Georg?«, fragte Steffen.

»Ja, wir waren zusammen im Kabarett, das hat mir aber nicht besonders gefallen. Ich wäre lieber ins Schauspielhaus gegangen, aber es gab keine Karten mehr.«

Das stimmte nicht, Georg wollte sich dieses Stück nicht ansehen.

»Bist du sauer?«

»Wieso?«

»Ach Steffen, stell dich nicht so blöd an. Wieso! Du wirst doch wohl nicht eifersüchtig sein!«

Steffen musste jetzt lachen und sagte sein ganz bestimmtes *Doch!* Es klang eher lustig als ernst gemeint.

»In zwei Stunden hast du deine Lieblingsfrau wieder, freust du dich?«

»Wieso?«

»Bin ich nicht deine Lieblingsfrau?«

»Weiß nicht.«

»Das wird ja ein heißes Wiedersehen! Holst du mich ab?«

»Weiß nicht.«

»Und wenn ich dich darum bitte? Bitte, bitte, bitte!«

»Na gut«, sagte er gnädig.

Solche Spielchen machten sie häufiger. Wenn sie ihn ungeduldig und schnippisch angefahren hatte, weil sie etwas mehrmals wiederholen musste und dabei die Augen verdrehte, dann entschuldigte sie sich meistens. Er ließ sie dann spielerisch zappeln, oft verkniff er sich das Lachen. Jetzt musste sie überzeugend wirken. Ihr war mulmig. Sie blätterte eine der Sonntagszeitungen durch, die im Zug auslagen, aber kein Artikel konnte ihren Blick festhalten.

Den Gedanken, Georg anzurufen, verwarf sie, er würde noch im Auto sein und das Handy nicht bedienen können.

Sie hätte sich jetzt gern an die Schulter dieses großen, standhaften Kerls gelehnt.

Während die Landschaft an ihren Augen vorbeirauschte, dachte sie an die Hinfahrt und an ihre Zweifel, ob die Reise sinnvoll sei. Es würde sich ja nichts ändern, hatte sie gedacht. Jetzt kannte sie Georg. Der Wunsch nach Alleinsein war dem Wunsch nach Gemeinsamkeit mit Georg gewichen. Nach gelegentlicher Gemeinsamkeit, dachte sie. Oder würde durch Georg alles nur noch schlimmer, ihr Leben mit Steffen unerträglich werden?

Wie viele Leben habe ich nicht gelebt? Auch ein Leben ohne Steffen wäre möglich gewesen. Doch wären diese Leben besser gewesen? Sie hatte entschieden, wie sie entschieden hatte. Und jetzt hatte sie sich entschieden, Georg ein bisschen in ihr Leben zu lassen. Das würde sie hinkriegen, sagte sie sich.

Steffen war auf dem Bahnsteig umhergelaufen und hatte sie zunächst nicht gesehen, denn er war am Wagenstandsanzeiger gescheitert. So fiel eine Begrüßung zunächst aus, stattdessen versuchte er sofort zu erklären, dass die Anzeigetafel nicht zu verstehen sei. Es lag nicht an ihm, sondern an der dummen Bahn, die den Wagenstandsanzeiger so unverständlich machte. Natürlich.

»Das ist doch jetzt egal, Hauptsache, wir haben uns gefunden«, versuchte Karin ihn zu beruhigen, »sei nicht so nervös, gib mir erst mal einen Begrüßungskuss!« Sie hielt ihn fest, denn er beugte sich über die Koffer, um sie anzuheben. »Schau mir in die Augen, Kleiner!«, sagte sie.

Jetzt lachte er und schien sich zu entspannen. Wie klein

er ihr vorkam. Dabei war er sieben Zentimeter größer als sie.

Im Auto merkte sie an seiner Art zu schalten, dass er immer noch nervös war, und legte ihre Hand auf seine, die den Schaltknüppel festhielt. Sie sagte nichts, aber er verstand und atmete tief durch.

»Was hast du denn?«, fragte sie. Er zuckte die Schultern und konzentrierte sich auf die Straße. Er konnte nicht sprechen, wenn er etwas anderes machte. Parallele Tätigkeiten klappten nicht mehr. Auch sie musste jetzt, wenn sie mit ihm sprach, ihre jeweilige Tätigkeit ruhen lassen und ihn möglichst bewegungslos ansehen. Sonst konnte er sich nicht auf sein Sprechen konzentrieren und auch sie nicht verstehen, wenn sie etwas antwortete.

Ein Blumenstrauß stand zu Hause auf dem Tisch, und er hatte schon für den Abend gedeckt. Sie lobte ihn, auch dass die Wohnung aufgeräumt und sauber war.

»Ich«, sagte er, »eins, zwei, drei, vier Stunden! Vier!«

»Ach du meine Güte! Du hast den ganzen Tag geputzt?«

»Nei… Quatsch … ja!«, sagte er und ließ sich demonstrativ erschöpft in einen Sessel fallen. Karin hatte noch ihren Trenchcoat an, zog ihn aus, legte ihn über einen Stuhl und wollte nach oben gehen. Er war schnell aufgesprungen und hinderte sie daran, die Treppe hochzusteigen. Er sah sie mit wiegendem Kopf an, nahm ihre Hand, führte sie nach oben und sagte *Scheiße!* Ein Korb mit gewaschener Wäsche stand im Raum und auf dem Bett lagen zwei T-Shirts in Kindergröße. Die Wäsche im Korb hatte durchgehend eine babyblaue Farbe. Steffen stand völlig bedröppelt da.

»Ich nicht«, begann er und wollte erklären, dass er daran nicht Schuld sei. Sie wollte sich nicht auf eine Diskussion einlassen und ihm beweisen, dass er das falsche Waschprogramm einstellt und alle Wäsche zusammen in die Maschine gegeben hatte. Das würde nichts bringen, außer, dass er über sich und sie wütend würde.

»Das kann jedem passieren. Vielleicht lässt sich noch ein Teil entfärben. Schade um die T-Shirts, aber die lassen sich ersetzen.«

Sie nahm ihn in die Arme und meinte, dass er sie jetzt endlich richtig begrüßen solle. Erst jetzt drückte er sie an sich.

Er half ihr, die Koffer nach oben zu tragen, und legte die schmutzige Wäsche, die sie auf den Boden warf, in den Wäschekorb. Dabei fiel eines der neuen Seidenhemdchen heraus. Er nahm es und pfiff durch die Zähne.

»Aha«, sagte er.

»Wieso aha?«

»Ehm … Georg?«, fragte er.

»Sag mal, du spinnst wohl!« Sie lachte und schüttelte dazu empört den Kopf. Geht doch, dachte sie.

Beim Abendessen, Steffen hatte Aufschnitt, Käse und frisches Baguette eingekauft, erzählte sie, wo sie an der Nordsee überall mit dem Rad gewesen war. Das interessierte Steffen nicht besonders, er wollte etwas über die Leute wissen, die sie kennengelernt hatte. Also begann sie mit den drei Damen am Nebentisch, zeichnete die Tischverteilung auf, setzte als Strichmännchen die Gäste an die Tische und erklärte jeweils die Person. Steffen winkte ab. Bei dem Professor und seiner Frau war er interessiert, freute sich, dass sie ihn kennenlernen wollten, und fragte nach. Dann, sie waren mit dem Essen fertig, lehnte er sich zurück, betrachtete sie und fragte: »Georg, wieso?«

Sie war völlig perplex und schaute ihn fragend an.

»Versteh ich nicht. Georg, wieso! Was ist das für eine Frage?«

Steffen sah sie mit seinem durchdringenden Blick an, eine Augenbraue hochgezogen. Sie hielt seinem Blick stand und machte eine langsame verneinende Geste mit dem Kopf. Steffen stand auf und räumte den Tisch ab, während sie nach oben ging und ihre Waschsachen und Kosmetika einräumte. Als Steffen kam, hatte sie alles eingeräumt. Sie stellte den Wäschekorb mit der verwaschenen Wäsche in eine Ecke und nahm ihren alten Hausanzug aus dem Schrank. Steffen hatte sich auf den Badewannenrand gesetzt und betrachtete sie durch die offene Badezimmertür. Sie zog sich um und hätte am liebsten geduscht.

»Gut«, sagte Steffen, »Kar... Ka... rin ... gut.«

»Was ist gut?«

Steffen stand auf, kam auf sie zu und betrachtete sie dabei aufmerksam. Er zeigte auf ihr Gesicht. »Gut, wirklich«, sagte er und nickte anerkennend. Karin nahm ihn in die Arme und hielt ihn ganz fest.

»Froh, dass ich wieder da bin?« Als Antwort verstärkte er seinen Druck.

Er fragte nicht, ob sie froh war, wieder zu Hause zu sein, bei ihm. Er fragte nach ihrem Husten, indem er hustete und dann auf sie zeigte. Sie habe seit zehn Tagen nicht mehr gehustet, sagte sie. Es war ihr nicht aufgefallen.

In den folgenden Tagen und Wochen erlebte sie im Zeitraffer, was sie in den ersten Jahren nach Steffens Schlaganfall gefühlt und durchlitten hatte. Sie war in ihren Gefühlen hin und her gerissen. Der Umgang mit Steffens Sprache fiel ihr nicht nur schwer, sondern sie empfand sie als unerträglich wie lange nicht. Sie sehnte sich weg, weg aus diesem Leben, das nur aus Bruchstücken bestand. Sie irrte zwar nicht wie vor zwanzig Jahren zwischen den Sprachresten hilflos und verzweifelt hin und her, aber die fatale Erfahrung, wie unkompliziert ein Leben ohne diese Aphasie sein konnte, raubte ihr den Schlaf. Eine Erkältung kam hinzu. Georg, der sie zwar am Tag nach Hamburg angerufen hatte und ihr sagte, dass die Zeit mit ihr wunderschön gewesen sei und er auf Wiederholung hoffe, war in den folgenden Tagen nicht zu erreichen. Sie hatte mehrmals versucht, ihn zu Hause anzurufen, aber er nahm nicht ab, nicht einmal ein Anrufbeantworter meldete sich. Schließlich versuchte sie es auf seinem ungeliebten Handy. Er spiele gerade Golf, sagte er. Da wollte sie ihn nicht stören.

Sie war gereizt und schimpfte, weil Steffen die Teflonpfannen zerkratzt hatte, machte ihm Vorwürfe, dass er kaum mit dem Auto gefahren sei, sodass sie es hätte für die Nordsee benutzen können. Dass Steffen ein quietschendes Scharnier mit Fleckenspray besprüht hatte, darüber wäre sie in gelassenem Zustand eher erheitert gewesen. Das Wort *ölhaltig* war ihm aus dem Text … *beseitigt ölhaltige Flecken* … hervorgesprungen, doch den Zusammenhang zu *Flecken* konnte er nicht herstellen. Der weiße Schaum hatte ihn zwar irritiert, aber er war von seinem Tun überzeugt gewesen. Karin reagierte entsetzt und Steffen entsprechend wütend, er fühlte ihre Verachtung. Nach einer Woche war die Stimmung zum Zerreißen gespannt und ihr Husten war wieder da.

Sie lag nachts lange wach, sehnte sich nach Georg. Mit ihm wäre alles so einfach.

Georg meldete sich nach zehn Tagen. Sie war überglücklich, seine volle, dunkle Stimme zu hören. Er sehne sich nach ihr und ob sie nicht am nächsten Tag kommen könne. Sie fuhr zu ihm.

# 24

Das Wiedersehen in Georgs Wohnung war nicht so stürmisch, wie sie es sich vorgestellt hatte. Sie selbst fühlte sich, auch wegen der Erkältung, zu keinem Sturm fähig. Georg sah ihre Erschöpfung und meinte, dass es wohl bei ihr zu Hause nicht besonders gut gelaufen sei.

»So kann man es sagen. Mir kommt mein Leben so fremd vor, dass ich es gar nicht beschreiben kann. Aber jetzt bin ich bei dir.«

»Aber leider nur für ein paar Stunden, du musst ja abends wieder weg. Das ist sehr schade.« Er hantierte an einer alten italienischen Espressomaschine und erzählte ihr, dass er diese Maschine schon viele Jahre habe und sie erst jetzt wieder benutzen könne, weil sie endlich repariert werden konnte. Das interessierte sie eigentlich nicht. Sie hätte gern gewusst, warum er telefonisch so schwer zu erreichen gewesen war. Der Espresso schmeckte sehr gut und auch der Kuchen, den er ihr vorsetzte, war vorzüglich. Ein Gespräch kam nicht so richtig in Gang, ganz anders als an der Nordsee.

Sie hatte ihm einige Seiten aus einem Fachbuch kopiert.

»Du hattest mal gesagt, dass du dir mein Leben schwer vorstellen kannst und gefragt, ob ich wisse, wie Steffen sich fühlt und dass du mal mehr über Aphasie wissen wolltest. Der Text, den ich ausgesucht habe, ist auch für Laien verständlich. Die Autorin ist eine der bekanntesten und besten Logopädinnen auf diesem Gebiet«, sagte Karin und reichte ihm die Kopien, »und dann habe ich hier noch eine Videokassette mit einem Spielfilm, den ich mal aufgenommen habe. Er behandelt das Thema Schlaganfall und Aphasie.

Georg blätterte, während Karin ihre Ausführungen zu dem Film machte, in den Kopien.

»Ja, das ist mit Sicherheit sehr interessant, dann kann ich dich bestimmt besser verstehen«, sagte er und schaute auf den Titel, der auf der Kassette stand.

»Man bekommt schon einen kleinen Einblick in die Gefühlswelt der Ehefrau und vielleicht auch in die des Aphasikers. Schau ihn dir an.«

Georg versprach, seine Hausaufgaben zu machen, und legte Kopien und Kassette auf den Beistelltisch.

Sie saßen sich gegenüber und sahen sich an und suchten den zu finden, den sie an der Nordsee kennengelernt hatten. Georg war der Erste, der lächelte. Er schüttelte leicht den Kopf.

»Du hast wieder die ernste Miene. Schau mich mal mit deinen Hexenaugen an oder komm einfach her zu mir.« Er klopfte mit der flachen Hand auf den Platz neben sich.

Jetzt lächelte auch Karin, irgendwie erlöst, stand auf und setzte sich neben ihn in seinen ausgebreiteten Arm.

»Ich bin ziemlich erkältet, das Schlimmste ist zwar vorbei, aber steck dich nicht an.«

»So empfindlich bin ich nicht. Wann musst du weg?«

Karin wollte gegen sieben Uhr zu Hause sein. Georg war sichtlich enttäuscht. Sie verwies auf ihre Kopfschmerzen.

»Dann ist es doch besser, wenn du bald wieder fährst und deine Erkältung auskurierst. Wenn du wieder fit bist, kommst du mit viel Zeit, ja?«

Er drückte sie an sich und sie legte ihren Kopf in seinen Schoß und sah zu ihm hoch. Jetzt war sein Gesicht gütig und als er ihr zärtlich über die Wange streichelte, schloss sie die Augen und fühlte sich geborgen.

»Warum hast du eigentlich keinen Anrufbeantworter an, ich habe mehrmals versucht, dich hier zu erreichen«, fragte sie mit geschlossenen Augen.

»Auch die Dinger mag ich nicht. Du hast mich doch auf dem Handy erreicht, da ist dann auch ein Anrufbeantworter.«

»Du hast also nicht gern Anrufe, auch nicht von mir. Ich habe dich beim Golfen gestört, richtig? Du hast etwas verhalten geklungen.«

»Ein Partner hatte gerade seinen Abschlag. Ich hatte vergessen das Handy auszuschalten, sah dann aber, dass du es warst. Sonst wäre ich nicht drangegangen.«

Als sie die Augen öffnete, sah sie, dass seine Kiefer zuckten. Sie setzte sich auf und fragte nach der Toilette. Während sie weg war, hatte er den Tisch abgeräumt und polierte gerade die Espressomaschine, als sie zurückkam. Sie beobachte ihn einen kurzen Augenblick von der Küchentüre aus. Er legte das Tuch weg und lächelte sie an.

»Eine Marotte von mir, die Maschine muss blitzen, sonst bin ich nicht so pingelig, wie du vielleicht jetzt gerade gedacht hast.«

»Habe ich gedacht, in der Tat, hätte mich schwer verunsichert. Zeigst du mir mal deine Wohnung?«, bat Karin.

Er führte sie herum und freute sich über ihr Lob. Die Wohnung gefiel ihr, sie war erstaunt über die gelungene Mischung aus modernen und alten Möbeln und sparte nicht mit Anerkennung. Dass sie für einen Junggesellen so groß war, wunderte sie.

»Na ja«, meinte Georg dazu, »hin und wieder habe ich nicht allein hier gewohnt. Ich habe gern viel Raum um mich.«

Im Schlafzimmer deutete er auf das große Bett und bedauerte, dass sie nicht fit sei. Karin kündigte Wiedergutmachung an, doch sein gezielter Hinweis verunsicherte sie. In seinem Arbeitszimmer betrachtete sie die Bücher und warf eher zufällig einen Blick über seinen Schreibtisch. Ein Lageplan eines Golfplatzes auf Sylt lag ausgebreitet auf der Schreibunterlage. Karin sah handschriftliche Eintragungen auf dem Plan. Ein weiterer Blick tastete gezielt die beiden Bilder ab, die auf dem Schreibtisch standen. Auf dem einen waren zwei Jungen zu sehen und auf dem anderen eine Frau beim Golfschlag.

»Deine Söhne?«, fragte Karin. Und als er bejahte und sie auf das andere Bild zeigte und fragte, ob das seine Ex-Freundin, die Lehrerin sei, bejahte er auch das.

»Muss ich mal wegräumen«, sagte er und zog sie vom Schreibtisch weg, um ihr einige seiner Bilder im Flur zu zeigen.

Eine schöne Wohnung, dachte Karin auf dem Weg nach Hause, aber die Atmosphäre war ihr nüchtern vorgekommen. Vielleicht lag das an ihrer Stimmung, beruhigte sie sich. Am Freitag der kommenden Woche wollten sie zusammen in ein Konzert gehen. Ob sie über Nacht bei ihm bleiben könne, hatte sie offen gelassen.

Steffen fragte nicht, als sie nach Hause kam, wo sie gewesen sei. Sie hatte, als sie ging, gesagt, sie wolle allein sein. Er saß auf der Couch und schaute sich die Nachrichten an. Nach dem Wetterbericht nahm sie seine Hand, doch er entzog sich und ging in sein Zimmer.

Die frostige Atmosphäre in den folgenden Tagen hielten sie beide nicht aus. Sie umarmten sich schließlich, als sie sich in der offenen Badezimmertür begegneten.

»Ach, Tierchen, wir haben es beide nicht einfach«, seufzte sie und schmiegte ihren Kopf an seine Schulter.

Er schnaufte durch die Nase.

»Ich nicht«, sagte er und machte sich frei, »Ka… rin nicht.«

Sie zog ihn auf das Bett und versuchte mit ihm gemeinsam zu erkunden, was er meinte. Steffen meinte, sie würden sich beide nicht mehr lieben. Karin nahm ein Blatt Papier und schrieb die Sätze: Steffen liebt Karin nicht. Karin liebt Steffen nicht. Sie hatte jeweils das Wort *nicht* unterstrichen. Steffen nickte und sah sie mit traurigen Augen an. Karin schüttelte den Kopf und sagte, dass sie das nicht glaube. Gleichzeitig schrieb sie in großer Schrift *Stelika* und *Kaliste* und zeichnete dicke Kreuze über die Kürzel. Sie hatten diese Kürzel kaum mehr benutzt, weil Steffen sie nicht aussprechen konnte.

»Meinst du das wirklich?«, fragte sie. Ihre Augen füllten sich, seine ebenfalls. Er schüttelte den Kopf und sie tat es ebenfalls. Da mussten sie lächeln, etwas befreit, aber von einer Traurigkeit getragen.

»Ich brauche Zeit, um mich wieder zu gewöhnen. Sei geduldig mit mir.« Sie hatte sich gegen ihn gelehnt und wartete insgeheim auf ein winzig kleines Geborgenheitsgefühl. Sie fühlte sich ihm sehr nahe. Sie wusste, dass sich das nicht ändern würde, auch wenn sie es wollte.

Die Sehnsucht nach Georg bohrte manchmal ganz plötzlich ein ätzendes Loch in ihr Herz. Vor allem wenn sie kochte dachte sie an ihn, denn er hatte versprochen, sie an einem Dezembersamstag zu bekochen. Sie freute sich und hatte gleichzeitig Angst, über Nacht wegzubleiben. Darum hatte er sie aber gebeten. Georg hatte zudem versprochen, sich bis dahin den Film und den Text anzusehen. Nach dem Konzertbesuch gestand er ihr, dass er noch nicht dazu gekommen sei. Es war ein schöner, unterhaltsamer Abend gewesen und sie genoss, wie er sie hofierte, doch die Fröhlichkeit der Nordsee stellte sich nicht ein.

Steffen hatte ohne mit der Wimper zu zucken ihre Verabredung zum Konzert akzeptiert.

Da sie nicht über ihre Zeit frei verfügen konnte, waren Verabredungen schwierig, und auch Georg konnte nicht sofort für sie da sein. Er hatte etwas reserviert reagiert, als sie ihn einmal anrief und fragte, ob sie schnell auf einen Espresso und eine kleine Umarmung zu ihm kommen könne. Telefonisch war er selten auf seinem Festnetzanschluss zu erreichen und am Handy waren ein Gespräch oder gar verliebtes Geplänkel nicht möglich.

Karin dachte an ihr zukünftiges Leben. Wäre es ihr möglich, einen Strich unter ihr bisheriges Leben zu machen, sich von Steffen zu trennen? Sie müsste jemanden organisieren, der Steffens verbale Dinge regelte. So, wie es sein würde, wenn sie tot wäre. Ihre Pflichten habe sie, sagte sie sich, längst im Übermaß erfüllt. Zwanzig Jahre gemeinsam die Aphasie zu ertragen, das war fast die Hälfte ihrer Ehe, das wäre doch eigentlich mehr als genug, dachte sie trotzig und auch zornig. Ein Leben mit Georg wäre diesen Schritt wert. Den Rest ihrer Tage könnte sie in der Normalität verbringen. Gewiss, von ihrer Vergangenheit würde sie sich innerlich nie trennen können, Steffen war ein Teil von ihr. Ob der Preis für den Traum Georg kalkulierbar wäre und ihrem Wesen entsprechen würde, versuchte sie zu ergründen.

Sie wünschte sich eine Möglichkeit, Georg und Steffen irgendwie unter einen Hut zu bringen. Sie überzeugte sich selbst davon, dass es Steffen durchaus zuzumuten sei, ihre brachliegenden verbalen, intellektuellen und kulturellen Bedürfnisse endlich häufiger zu befriedigen. Auch die wiedererweckten sexuellen Bedürfnisse gehörten dazu. Die Treffen mit Georg mussten selbstverständlich werden. Sie nahm Steffen im Grunde ja nichts weg, er hatte seine eigenen Interessen. Sie würde Steffen nicht verlassen, sondern für ihn da sein. Nur manchmal wäre sie weg, aber immer mit Steffens Wissen. Heimlichkeiten würden Steffens Würde verletzen – wie auch die ihre.

Sie dachte auch daran, dass Georg tatsächlich nur ihr Freund und Kulturbegleiter wäre. Auch das wäre schön, sagte sie sich, und vielleicht wäre es die Variante, die sich auch auf Dauer verwirklichen ließe.

Je länger sie über die Möglichkeiten nachdachte, umso besser gefiel ihr die Vorstellung einer Freundschaft mit Georg. Er würde für sie da sein, für Gespräche, für Ausstellungsbesuche, für das Theater und Konzerte. Die sexuelle Anziehung stand diesem Konstrukt im Weg, das war Karin klar, aber sie traute Georg so viel Souveränität und Verständnis für ihre Situation zu, dass dieser Aspekt aus ihrer beider Gedanken gestrichen werden könne. Das wollte sie Georg an dem Kochwochenende vorschlagen. Auf jeden Fall wollte sie dieses eine Mal bei ihm übernachten, als Abschied sozusagen von der Verliebtheit. Dieses Wochenende sollte der Beginn einer wunderbaren Freundschaft werden. Nur Steffen müsse dieses eine Mal angelogen werden. Sie würde offiziell bei einer ehemaligen Kollegin übernachten. Wenn Georg etwas an ihr läge, wäre es selbstverständlich, dass er über ihren Vorschlag zwar nicht begeistert, aber doch froh wäre. Schließlich würden sie sich häufig sehen können.

Sie konnte wieder mit Steffen lachen.

Eines Tages legte Steffen ihr eine Zeichnung vor. Es waren die Grundrisse zweier Wohnungen. Unter den einen hatte er *ich* geschrieben und unter den anderen *Karin*. Er sah sie erwartungsvoll an.

»Willst du eine eigene Wohnung haben, dich von mir trennen?«, fragte Karin.

Er nickte und hob hilflos die Arme.

»Ich … Schlag… Schlaganfall. Ka…«, er bekam den Namen nicht hin und zeigte auf sie, »machen … wie gesagt … ehm … allein. Genau allein!« Er war froh, das Wort *allein* gefunden zu haben.

»Du spinnst doch, oder?«, fragte Karin erschrocken.

»Nein, ich nix«, sagte er mit verschleierten Augen und stieß verächtlich Luft durch die Nase.

»Ach Steffen, das wäre doch Wahnsinn, für mich und für dich!« Karin umarmte ihn spontan und drückte ihn ganz fest an sich. Ihre Tränen konnte sie nicht aufhalten, als sie sagte: »Das kommt überhaupt nicht infrage. Niemals! Wie kommst du nur darauf? Ich will doch nicht von dir fort!« Sie hätte schreien können, als er sie anblickte und mit dem Kopf schüttelnd *nein?* fragte.

Steffens Vorschlag getrennter Wohnungen war nicht neu. Solche Überlegungen hatten sie vor Jahren angestellt, weil Karin nicht aus ihrer depressiven Stimmungslage herauskam. Aber das hatten sie damals schnell verworfen, schon der gemeinsame Gedanke an diese Möglichkeit hatte ihr geholfen.

Zwei Wochen später saß sie in einem Restaurant Georg gegenüber und war durch seine Körperhaltung alarmiert. Er hatte aus familiären Gründen, wie er betonte, das Bekoch-Wochenende abgesagt und sie, da er sie sehen wollte, in eines der noblen italienischen Restaurants in Düsseldorf eingeladen, damit sie nicht so weit fahren müsse. Die Filmkassette und die Kopien lagen auf dem Tisch. Sein Lächeln war mager, auch der Begrüßungskuss.

»Ich habe den Text sorgfältig gelesen und mir auch den Film angesehen. Wenn ich an die Begegnung mit dem Mann deiner Freundin in Husum denke, bin ich tief betroffen«, sagte er und hielt dabei den Kopf schief. »Der Sprache nicht mehr mächtig zu sein ist ja grauenvoll. Das ist mir jetzt so richtig klar geworden.«

Er nahm Karins Hand, drückte sie und wollte sie festhalten, als Karin sie ihm entzog. Sie sah ihn fragend an.

»Deshalb habe ich dir ja die Sachen gegeben, damit du Einblick bekommst und mich verstehen kannst, wenn ich vielleicht mal bedrückt bin.«

»Genau, das ist es ja. Ich verstehe dich nur zu gut. Und ich verstehe auch, glaube ich, deinen Mann. Der Protagonist in dem Film ist schon ein erbarmungswürdiger Mensch. Allerdings finde ich die Sex-Szene scheußlich.«

»Wieso scheußlich? Weil er behindert ist? Du findest die Szene scheußlich, wie sie verzweifelt versuchen, die Normalität herbeizulieben?« Karin schaute ihn an, erstaunt über die Unsicherheit, die er ausstrahlte.

»Die Liebesszene ist unwichtig. Für mich ist deutlich geworden, dass jemand mit einer solchen Behinderung jemanden braucht, der für ihn da ist.«

Er betrachtete die Tischdekoration.

»Ja, das ist richtig. Aber worauf willst du hinaus?«

»Ich möchte mich nicht zwischen dich und deinem Mann drängen.«

»Da ich mich nie von Steffen trennen würde und das auch nie angedeutet habe, drängst du dich nicht zwischen uns, das heißt … durch dich musste ich schon meine Beziehung zu Steffen neu überdenken. Das ist wahr«, sagte sie nachdenklich.

Er mied den Blickkontakt,

»Du sagtest mal, dass es für dich Zufall war, dass wir uns im Hotel begegnet sind. Ich sehe das anders. Ich finde, es war Fügung. Wie auch alles Andere Fügung ist, was unser Schicksal beeinflusst«, sagte Georg.

»Und wer soll das verfügt haben? Der Regierungspräsident verfügt, indem er Verfügungen erlässt.«

»Sei nicht albern, du weißt, was ich meine. Es war Fügung oder Schicksal, dass dein Mann den Schlaganfall hatte. Und du sagtest auch, dass man das Schicksal annehmen muss. Du hattest dafür sogar Sisyphos bemüht.«

»Glück in Verachtung des Schicksals. Ja. Und wo ist der Zusammenhang zu dir beziehungsweise zu uns? Darauf willst du doch hinaus, oder?«

Sie merkte, dass sie ärgerlich wurde.

»Ja. Du musst dein Schicksal allein meistern, denn nur dir allein ist es gegeben worden.«

»Natürlich ist es mein Schicksal – und das von Steffen, und keiner nimmt es uns ab. Aber von wem gegeben? Es war Zufall, dass Steffen nicht gefunden wurde, es war Zufall, dass der Thrombus genau die Adern verstopft hat, die das Sprachzentrum versorgen, es war Zufall, dass sich überhaupt ein Thrombus gebildet hatte. Ich sehe keine Fügung, Vorsehung oder so was. Und was sollte der Glaube daran mir bringen? Ich habe mein Schicksal angenommen, und das ist doch die Hauptsache!« Sie war im Ton heftig geworden.

»Seit ich den behinderten Mann in Husum gesehen habe, versuche ich mich in dessen Situation zu versetzen. Das muss ganz furchtbar sein. Seine Frau ist ziemlich distanziert, was ich nicht so recht verstehe. Ich hoffe, dass so was in meinem Schicksal nicht vorgesehen ist.«

»Ich kann dir nicht recht folgen. Fügung! Schicksal! Vorsehung! Wieso warst du als Fügung und nicht als Zufall in dem Hotel? Wo liegt der Unterschied? Wenn du auf irgendeine Moral hinaus willst, dann brechen wir hier lieber ab.«

Sie legte Messer und Gabel hin und sah ihn an. Ihr Herzschlag hatte sich beschleunigt.

»Du regst dich auf, das ist nicht gut. Ich denke schon, dass unser Schicksal vorbestimmt ist. So habe ich durch dich über meine Beziehungen zu meinen Frauen nachgedacht und habe gesehen, dass ich egoistisch war.«

»Nach deiner Version war es Fügung, dass du zu deinen Frauen egoistisch gewesen bist. Wenn es so vorgesehen war, trifft dich doch keine Schuld, nie! Eigentlich eine prima Idee! Und was hat das jetzt mit mir zu tun?«

»Auch hier war ich egoistisch. Ich wollte dich haben.«

»Mach es kurz und lass die intellektuelle und moralische Verpackung. Du meinst: Wir haben gesündigt, es war schön, aber nun wollen wir wieder brav sein!« Sie ärgerte sich über das leichte Zittern in ihrer Stimme.

»Das ist so nicht richtig. Ich kann es nicht verantworten, dass dein Mann, der dich braucht, verletzt wird.«

»Jetzt solidarisiert er sich mit Steffen! Das wird ihn freuen! Wirklich rührend! Die Verantwortung liegt bei mir, bei sonst niemanden.«

»Du bist eine begehrenswerte Frau, das weiß du. Aber bei deinem Schicksal kann ich dir nicht helfen.«

Der Kellner hatte inzwischen abgeräumt und fragte, ob noch ein Dessert gewünscht würde. Karin verneinte und fügte hinzu, dass die Nachspeise ihr gerade auf der Zunge zergehen würde.

»Der Kellner versteht deinen Sarkasmus nicht. Und mir tut er weh.«

»Das tut mir schrecklich leid, dass ich dir wehtue! Wann habe ich dich gebeten, mir bei meinem Schicksal zu helfen?«, sagte sie in einer Schärfe, die dem Messer, das sie noch in der Hand hielt, in nichts nachstand. »Ich sag dir mal meine Version des Ganzen, die mir gerade klar geworden ist: Ich war leichte Beute für dich und du hast dir nette Tage mit mir gemacht. Ich einsame Frau war ja so dankbar für männlichen Beistand! Lass mich bitte ausreden!«, zischte sie, als Georg sie unterbrechen wollte. »Und die Verlängerung im Hotel war nichts anderes als eine Überbrückungswoche bis zu deinem Treffen mit Bekannten auf Sylt zum Golfen. Vermutlich mit deiner Ex-Freundin«, sagte sie und beobachtete seine Mimik, die immer versteinerter wurde, »so war's doch, oder so ähnlich. Aber warum musstest du das verschweigen?«

»Es hätten bei mir alle Glocken schrillen müssen, als ich erfuhr, dass du Lehrerin bist ...«, er hielt inne und fixierte sie, weil Karin nach ihrer Tasche griff. »Mit denen ist es immer kompliziert. Du hast recht, ich war anschließend zum Golfen auf Sylt, mit drei Freunden. Dass ich im Hotel geblieben bin, hat mich viel Organisation gekostet, weil ich eigentlich zu Hause terminlich etliche Dinge zu erledigen hatte. Auch meine Golfsachen musste ein Freund aus meiner Wohnung holen. Ich verstehe deinen Zorn, aber so ein Schwein bin ich nicht, wie du mich darstellst. Und leichte Beute warst du wahrlich nicht. Ich wünschte, du wärest frei.«

Karin wollte eigentlich gehen, hatte sich aber Georgs Ausführung angehört, weil sie in seinem Gesicht Anzeichen von Trauer sah.

»Ach Georg«, sagte sie kopfschüttelnd, »ich hatte dich für souverän gehalten. Schade, ausgesprochen schade, ich hab mir was vorgemacht! Vielleicht hätten wir Freunde werden können, es gab genug Ansätze. Aber das ist, wie du sagst, nicht unser Schicksal.« Sie wiederholte *Schicksal* noch einmal und gab dem Wort eine ironische und bedeutungsschwangere Note. Sie war aufgestanden und höflich wie Georg war, hatte er sich ebenfalls erhoben. Die Hand wollte sie ihm nicht geben, er war ja kein Geschäftspartner. So küsste sie ihn, der sprachlos dastand, auf beide Wangen und sagte: »Leb wohl, du vom Schicksal bestimmter Mann! Vielleicht ist es wirklich besser so, dass wir nicht herausfinden, was uns verbindet. Wer weiß, was dabei herausgekommen wäre.« Sie ließ ihn stehen, machte ein paar viel zu energische Schritte, drehte um und ging zu ihm zurück. Er stand immer noch da.

»Wovor hast du eigentlich Angst?«, fragte sie. »Dass du zu sehr gefordert wirst?«

»Vielleicht«, sagte er und machte eine Geste, sich wieder zu setzen. Sie sah Verzweiflung in seinen Augen. Aber sie schüttelte den Kopf.

»Ich hätte nicht gedacht, dass du ein Feigling bist.«

Zum Wagen lief sie in Trance. Ihre Hand zitterte, als sie den Zündschlüssel ins Schloss steckte, doch sie war außerstande zu fahren. Sie weinte hemmungslos und umklammerte das Lenkrad.

# 25

Karin war tagelang mürrisch und wortkarg gewesen. Als sie Steffen sagte, dass der Kulturbegleiter ein Hirngespinst gewesen sei, sah sie ein Lächeln über sein Gesicht huschen. Daran musste sie oft denken, wenn sie sich bemühte, Steffens Wortreste zu verstehen und er sie Hilfe suchend oder auch fordernd ansah. Steffen hatte ihr gesagte, dass er sie verstehen könne, schließlich hätte er auch ein Verhältnis gehabt. *Ich … Monate … nein, Jahre … Susi,* hatte er gesagt und dann auf Karin gezeigt und *Georg* gesagt und ganz leise *Scheiße* angefügt. Dann hatte er sie in den Arm genommen. Karin rief sich diese Szene bewusst und oft ins Gedächtnis. Sie versuchte Steffen zu sagen, dass sein damaliges Verhältnis nichts mit ihrem zu Georg zu tun hatte. Aber sie war sich nicht sicher, ob er es verstanden hatte. Er sagte ihr mehrmals, dass er nichts dagegen habe, wenn sie mit Georg hin und wieder ausgehen würde. *Georg … Thekino … nein … Theater … immer wieder, Karin Georg, immer wieder, natürlich!* hatte er gesagt.

Als Steffen von Karin im Frühjahr wissen wollte, ob Georg sich noch einmal gemeldet habe, verneinte Karin und fügte an, dass er sich auch nicht mehr melden werde. Weil Steffen nicht verstand, zeichnete Karin einen Projektor auf, der das Bild eines Mannes projizierte. Das Bild verband sie mit Pfeilen, die aus dem Herzen und dem Kopf einer Frau kamen. Unter den Mann schrieb sie Georg und unter die Frau Karin. An die Pfeile schrieb sie *verschüttete*

*Wünsche und Bedürfnisse.* Steffen verstand das Bild nicht und legte es kopfschüttelnd weg, schaute es sich aber über mehrere Tage immer wieder an, bis er verstand. Er musste lachen und drückte Karin an sich.

Georg tauchte hin und wieder in ihren Träumen auf. Karin holte sich bewusst Steffens Reaktion auf Georg ins Bewusstsein, ebenso die Erkenntnis, dass die Reise an die Nordsee letztlich als Bestätigung ihrer Zusammengehörigkeit mit Steffen zu sehen sei. Das machte sie mal leicht und zufrieden ums Herz, mal resignierte sie bei diesem Gedanken. Manchmal spürte sie ihr Leben nicht. Aber so war ihr Leben eben.

Die Ausbeute der Nordsee-Fotos war nicht besonders groß. Aber ein Bild von den fallenden Tropfen gefiel ihr gut und sie ließ es vergrößern und rahmte es.

Von ihrem Schreibtisch aus, sie war mit der Beschriftung der Fotos beschäftigt, konnte sie Steffen im Wohnzimmer sitzen sehen, vertieft in die Zeitung. Sie betrachtete ihn, wie er konzentriert auf einen Artikel blickte und wie er dabei die Lippen bewegte, weil er die Sätze mitsprechen musste, die er las. Ob es viele Worte waren, die er mit dem dazugehörigen Sinn verbinden konnte, wusste sie nicht. Sie war froh, dass er nach wie vor mit Begeisterung die Zeitung nach bekannten Worten absuchte, um Sinnzusammenhänge zu erfassen. Oft machte er sie auf den einen oder anderen Artikel aufmerksam und forderte sie auf, ihn zu lesen. Manchmal wollte er den Artikel erklärt haben. Das war schwierig.

Welch schönes Profil er hat, dachte sie.